JN139309

著 幻夜軌跡
イラスト 芳村拓哉

登場人物

音無空（おとなしそら）

業界１位・ヘヴンで戦乙女の異名を持つ少女。コンビニスタッフ育成実験の唯一の成功例で、コンビニなしでは生きていけない。

LEGACY

救世（きゅうせい）

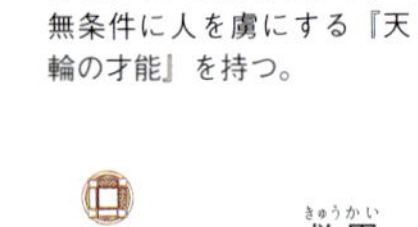

業界６位・レガシーの切り札。山の民の間で救世主と呼ばれる、心優しき少年。無条件に人を虜にする『天輪の才能』を持つ。

LEGACY
救界（きゅうかい）

レガシーのコンビニ戦士。救世の双子の姉。

度偉（どい）

ヘヴンに滅ぼされた中国地方最大手コンビニチェーン・シンのエースだった男。

HAVEN
根暗伊代（ねくらいよ）

ヘヴンのコンビニ戦士。名前の通り、根暗。

HAVEN
執子伊奈（しつこいな）

ヘヴンのコンビニ戦士。名前の通り、しつこい。

見無子（みなこ）

コンビニバトル運営委員会から派遣された審判。

創世（そうせい）

ヘヴン CEO の三番目の息子。コンビニの申し子と呼ばれる。

Friends

明るい

業界3位チェーン・フレンズの新人。食い意地の張った貧乏空手少女。
明るくまっすぐな性格だが、少々天然。

Friends

今日元気

業界3位チェーン・フレンズの新人。鶴ヶ島公女の呼び声高い「揺れない女」お嬢様育ちのせいか、少々ズレたところがある。

NAINEN

金乃愛

業界第4位・ナイネンのアイドル。男性不信な不動のセンター。彼女はコンビニアイドルとして、ある復讐を果たそうとしている。

ATOMS

負気舞

業界5位・アトモス最後の砦と呼ばれている。文武両道・才色兼備の高校三年生。他人が困っていると放っておけない性格。

OLIMPUS

独走

業界2位チェーン・オリンポス在籍。バイクを駆り、妙な関西弁を話す、はんなりした女の子。

UTOPIA

広島子

業界第7位・ユートピアのお荷物的な存在。流され続けて生きてきた彼女の明日はどっちだ!?

コンビニバトルオリンピックとは？

各コンビニが店舗ごとに代表２名を決めて戦う
タッグトーナメントのことである。
優勝した店舗は世界中の人々からの惜しみない賞賛を受け、
チェーンは最強の称号の下に、
莫大なスポンサー収益と増客が約束される。
「ヘヴン」「オリンポス」「フレンズ」「ナイネン」
「アトモス」「レガシー」「ユートピア」
全国６万店以上の店舗から選ばれた、
上位７チェーンの戦士（アルバイター）達は
たった一組の最強となるために、壮絶な戦いに身を投じる。

此処に生きている。
だから彼らは戦う。

――これはコンビニ戦士達による、熱き戦いの物語である。

目次

装丁
小林満
(ジェニアロイド)

☰

ヘヴンの戦乙女とレガシーの救世主

☰

1

放課後の体育館裏、ガタイの良い坊主頭の少年が離れた先にある曲がり角を見ていた。

日に焼けた肌とたくましい筋肉からスポーツマンだと一目で分かる。

ラグビー部所属の彼は、部活が始まる前にどうしても会いたい相手をここで待っている。

少年が背筋を伸ばし緊張した面持ちでいると、待ち人は静かな足取りで角から現れた。

小麦色のショートヘアに日に焼けた健康そうな肌、あどけなさの残る小顔、少年の元へ歩いてくる足取りは兎を思わせる愛らしさがある。

救世(きゅうせい)は自分を呼んだ少年の目の前で立ち止まると、はにかみながら彼を見上げた。

水晶のような輝きを放つ美しい瞳に見つめられて、少年は気持ちが舞い上がって顔を赤らめてもじもじする。荒々しいスポーツのイメージにそぐわない相手の態度がおかしくて、救世が頬を緩ませるのと同時に少年は勢いよく言葉を発した。

「ずっと好きでした！　俺と付き合って下さい！」

自分よりも頭三つ分は大きい少年を見上げ、救世は唇をギュッと閉じる。

救世の答えは決まっていた。

「ごめんなさい」

ラグビー部の少年は顔を歪めて後退(あとずさ)る。

まるでこの世の終わりのような衝撃を受けた顔を目の当たりにして、救世は大きく口を開いた。

「そもそも僕は男じゃないか！」

「それがいいんだよ！　頼む！　俺の彼女になってくれ！」

やけになった少年は両手をあげて救世に抱きつこうとする。

「男だから彼女は無理だよ！」

救世は抱きつく腕のわずかな隙間から腰を落として抜け出した。

「待ってくれ！　本気なんだ！」

背を向けて遠ざかる救世に、少年は必死の形相で手を伸ばす。

「お願いだから本気にならないで！」

救世は振り返りざまにそう言い残して、全力疾走で曲がり角に消えていった。

ようやく安全地帯に達すると、救世は立ち止まって息を整える。

今月だけでも10人目の告白だった。

高校に入学してから今日までの一年間で、他校の生徒も含めて告白者は１００人を超えていた。

その内訳には女子もいるが大半が男子だ。

救世が男子の告白者に言いたいのは、容姿が好みならば自分の双子の姉に告白してくれ、だった。

しかし、彼らは救世の双子の姉よりも救世に想いを寄せてくる。長くその理由が分からずに悩み苦しんでいた救世だが、漫画研究会の男子に告白された際に、「男の娘」という萌え要素があることを知った。

救世の容姿は外から見れば女の子そのもので、それもとびきり可愛い部類に入る。中学に入るまでは山の中だけで育ったために、自分の容姿を特別に意識したことがなかった救世だが、中学から山を下りて世間の目に触れるようになって自分の容姿が男らしくないと気づいた。

告白して来る男も女も萌え要素目当てなのがあからさますぎて、救世は未だに誰とも付き合ったことがない。

双子の姉である救界に相談すると、

「全然良かったじゃない。あなたは萌え要素のおかげで山の民だと畏まられることなく、フレンドリーに接してもらえるんだから」とむしろ羨ましいと言われた。

救世達の一族は昔からここ愛媛県にある山に住んできた。山という俗世間と切り離された世界に住む者として、地元の住民には神聖な存在だと畏れ敬われた名残は、近代になって学校に通う救世達のように一族が山を下りるようになってもまだある。

「いつの話？　って呆れちゃうよね。あなたのような状況は特別だわさ」

本気なのか冗談なのか、そんなふうに言う姉に救世は苦笑いを浮かべるしかない。

救世は高校がある町からバスに乗って山まで一時間かけて帰る。バスに乗るようになったのは高校に進学してからで、それまでは鍛錬も兼ねて歩いて帰っていた。徒歩だと五時間以上かかる距離だが、現在は観光地として開拓され、地上から山頂近くまでを繋ぐケーブルカーとロープウェイが出来た。今では急な勾配に苦労することなく楽に山に入れるようになったことで、地上の民が立ち入ることを恐れた神聖な山が、平日でも観光客で賑わう「文化村」になった。

その現状に対して、若い救世達は山の民としての生活を維持できることへの感謝があったが、老人達は政府が山を森林保護地区にしたので焼畑農業や狩猟が制限されたゆえの苦渋の決断という気持ちが強く、神聖な山で自給自足で生活し、下界に干渉しなかった昔を懐かしんでいる。

救世は麓のバス停で降りると、自分の家にまっすぐ向かわなかった。このまま山の中域まで行けば、観光名所の星光湖(せいこうこ)を中心に部族オリジナルの猪・鹿・豚肉を使った腸詰め焼きを売る屋台、オリジナルのスパイスを使った料理屋、一族の文化工芸品を売る土産屋、宿泊施設で賑わう大通りがある。しかし、救世が向かったのは山の入り口にある「レガシー」の看板を掲げたコンビニエンスストアだった。

救世はそこでアルバイトをしている。

レガシーは、四国全土に展開するコンビニチェーンだ。

社長が志ある人で、コンビニとしての利便さを四国の食文化を守るために使うことを企業理念としており、そのやり方も地元スーパーや飲食店との競合よりも共存を目指している。

観光地として「文化村」になることを選んだ当時、救世の部族にやってきた社長は部族のオリジナルレシピや調味料、腸詰め焼きに目を付けて、それを売り出す戦略を提案した。自分達のコンビニを建てるだけでなく、出店のノウハウを教えてくれてインフラ整備までしてくれた。一族の老人達もレガシーに深く感謝している。

レガシーは四国に住む人々の生活を応援することを喜びとしていて、救世達はそんなレガシーが必要不可欠だ。

この日は土日や祝日ではないので、バスや観光客の車で埋め尽くされる駐車場はガラガラだった。レガシーまでの道を救世はゆっくりと歩いて行く。

救世は店の前に白いワンピースを着た、ツインテールの少女が立っているのに気がついた。

救世は立ち止まって少女の背中を眺めた。

救世は今まで恋したことはないし、自分の体験もあって人の容姿に見惚れたことは一度もなかったので、最初自分がどうして少女の背中から目を離せないのか分からなかった。

山は4月の桜が咲き乱れ、花びらを風が運んでくる。

救世は春という季節に自分の気持ちまでが染められたように感じた。

少女がレガシーから視線を切って振り返った。

救世は自分の心臓の大きな高鳴りを聞く。

少女はまるでモデルのようなスレンダーな体型で、その表情はこの辺りでは見られないような華がある。

最初無表情だった少女は、救世の顔を見つめているうちに目と口を大きく開いた。

少女に呼ばれたわけでもないのに、その動作だけで救世は駆け足で少女の元に向かった。

１６０センチメートルほどの身長の救世は、自分と同じ高さの少女とまっすぐ向き合う。

少女の淡い琥珀色の瞳はまっすぐ救世に向けられている。

少女はその瞳だけで用件が伝わると確信しているのか、口を閉じると開かなかった。

救世は慌てて少女に尋ねる。

「連絡先を交換してもらえないかな？」

少女がまた目と口を大きく開いた。

救世は自分の口から出た言葉に、自分で面食らって頭を掻く。

「あれ？　僕はどうして？　そんなつもりじゃ……」

少女は首を傾げながら、観察するような視線を救世に送る。

救世は少女の瞳に射抜かれて、ますます動揺した。

少女が口を開く。

「そちらがその気なら構わない」

「え？」

そこで初めて少女は表情を浮かべた。

挑発するような笑みだった。

「ところであれは何？」

少女が指差したのは、レガシーの店舗前に吊るされた腸詰めだった。今日は平日で客が少ないために屋台は出していないが、腸詰めは宣伝のためにいつも吊るしている。

「腸詰めは、僕達山の民が昔から作っている特産品なんだ。良かったら食べてみる？」

「うん、ぜひ」

少女は力強く頷く。

救世は駆け足で店に入ると、17時までのシフトに入っている同じ部族の若者に腸詰め焼きを注文した。

「今から食うのか？　珍しいな」

「ううん、外にいるお客さんに」

救世は腸詰め焼きを受け取って少女の元へ急いで引き返す。

少女は目を輝かせて腸詰め焼きを受け取ると、小さな口でパクッと噛みついた。

少女の顔に無邪気な笑みが急速に広がっていく。

「美味しいな、これ！」

これが救世と音無空のファーストコンタクトだった。

2

音無空は、その日から毎日のようにお店にやってきた。

彼女は店の中に入ることはせず、いつも駐車場に立ちつくしていた。

救世は週六で勤務していたので、彼女とはいつも駐車場で会った。

毎日欠かさずやって来る空を、土曜のこの日も救世は待っていた。


土曜の久遠山は観光客で賑わう。

救世は店内を埋め尽くす客の対応に追われながら、店の窓ガラスから駐車場を何度も見て彼女の姿を探す。お店は平日とは比べものにならないほど混んでいた。立地にもよるが例えば都会のオフィス街などなら、通勤ラッシュ時だと一時間で平均３００人は来る客を３人～４人体制で回す。客が一度に買う商品数が少ないし、電子マネーがあるから捌けるわけだが、救世のいる店も山の入り口のため一時間で３００人以上の客が来店する。さらに土日と祝日は、店の前に腸詰め焼きの屋台も置いて外での販売もしていた。延々と夕方まで続くラッシュを４人体制で回すのだから、さながら戦場のようだ。

それでも看板娘ならぬ看板息子の救世の愛想の良さと人気の高さから、店の雰囲気に殺伐さはなく和やかだった。

「お嬢ちゃん可愛いね！　え？　男⁉」

女性のような容姿でありながら男性である救世は、中性的な存在であり、それはなんとも言えない魅力があった。それだから同じ容姿の姉と並んでいても、人々の視線は救世に集まる。

「双子なんだ⁉」と驚かれることよりも先に「男なの⁉」と食いつかれる。

救世を見る者達の目は妖しい光を放ち、一様に高揚した面持ちになる。

テレビでも「美しすぎる男の娘」として取り上げられたことで、救世目当ての観光客も多い。

「オッス、救世！」

救世の学校の運動部などは男女問わず、ランニングコースと称して徒歩で五時間以上はかかる道を走って会いにやってくる。実際は山の民ほど速く走れないので、途中でバスに乗っているらしい。

せっかく会いに来てくれた学校の仲間を無下にすることもできず、救世は腸詰め焼きを買ってもらったお礼に、ねだられるままに店の前で2ショット写真を撮られる。

ちょうどその最中に、救世は駐車場に音無空の姿を発見した。

味気ない自家乗用車や無骨なバスで埋め尽くされる駐車場で、彼女は透き通るような白い百合を思わせた。

救世は写真撮影している自分が恥ずかしくて赤面する。

空は無表情で救世を観察するような目を向けていた。

救世の顔はどんどん赤くなっていく。写真撮影が終わるまでの間、俯(うつむ)いて耐え忍び、逃げ出すように店を離れた。

「空、来てたんだね」

空は救世の目をじっと見つめた。

「ナイネンみたいなことをやっているな」

「え？　違うよ。同じ学校の人達だから」

救世は恥ずかしさで顔が火照って仕方がない。視線を感じて振り向くと、店の前で学校の仲間や客がこちらを見ている。スキャンダル発見の気分なのかカメラを取り出す者までいた。

救世は空の手を掴んだ。

「行こう！」

そのまま駆け足でバス停に向かう。屋台で腸詰め焼きを売っていた姉の救界が声を張り上げた。

「こらっ！　どこに行く⁉　戻って来い！」

救世は振り返らない。

ただ手に伝う空の温もりを噛み締めていた。

3

救世はレガシーの制服を折りたたんで膝の上に置くと、隣の窓際に座る空の横顔を見た。

バスに乗ってから、空は一言も発していない。

窓から外の景色を眺めている彼女に、救世も言葉をかけられなかった。

その場の勢いで強引に連れてきてしまったが、空がどう思っているのか気が気でない救世は、何度も話題を探すが空の横顔に見惚れて切り出せない。

そうしているうちにバスは町に着いた。

「ごめんね。目的があったと思うのに無理やり連れ出してしまって」

バスを降りて救世はやっと謝った。

「別に構わない」

空の反応は淡々としていた。

「せっかくだから良ければ町を案内する?」

救世は空の出自をまだ尋ねていなかったが、「外」から来ただろうことは空の纏(まと)う雰囲気から察していた。

「助かる。まだ町内のレガシーを見ていないんだ」

「レガシー?　そこまで興味があるんだ?」

空は頷く。

「私はそれが目的で来た」

空の口調から意志の強さを感じ取って、救世は一番近くのレガシーを目指すことにした。

四国は食文化を大事にしている。

飲食店が町の大半を占めるのは世の常で、そこはどこも変わらない。

ここ愛媛でも歩けば飲食店が多く見つけられる。例外があるとすれば、街宣車やアイドルグループの広告だ。その光景は地域や町が変わっても、今の日本では飲食店とアイドルを見かけない日がないことを示している。特にアイドルは戦国時代と呼ばれるほど、かつてない多様化を見せていた。

救世は街宣車のコンテナに貼られたアイドルグループの写真を見た。

「空、九州のアイドルグループが愛媛でも公演中らしいよ。見に行く?」

「それには興味がない。レガシーは?」

空はよそ見せずに前だけ向いている。

救世は苦笑して、街宣車から視線を外した。現在の飲食店とアイドルの狭間にあって、小売店の一つの形態であるコンビニはどのような立ち位置を取っているのか? 当然、各コンビニチェーンそれぞれ戦略は違う。コンビニもまたコンビニ戦争と呼ばれるほどに競争が激しい。しかし、この四国ではレガシーの一強時代が長く続いていた。

レガシーは四国発のコンビニだ。この四国では地元との付き合いを大切にしなければ、店をやっていくことはできない。本土から離れた島という特殊な状況下が、他社コンビニチェーンの参入を抑制していることもあって、四国のコンビニはほとんどがレガシーだった。そんな町中にあってレガシーは、周りの飲食店と競合することを選ばなかった。それどころかスーパーとさえ共存することを選択した。

「あの、ちょっとすんまへん」

　先を行く空を追いかけようとした救世は、呼びかけられて足を止めた。

　横を向くとガードレールの外で、バイクに乗った少女がこちらを向いている。ショートボブの小柄な少女は救世と同世代くらいに見えた。少女は黒のライダースジャケットの前を開けていて、下は胸元が目立つ赤いタンクトップ一枚だ。

　救世は思わずバイクに目が行く。少女の乗るバイクはＫＡＴＡＮＡ４００、それも真っ赤に塗られていたのだ。はんなりした雰囲気の少女は柔和なイメージが強すぎて、ガッシリしたバイクとあまりにそぐわなかった。可愛らしいスクーターに乗っている方がしっくりくる。

　前髪を眉毛の上で切り揃えた少女は、救世が脇に挟んだレガシーの制服を一瞬見てからニコッと笑った。

「お嬢さん、道を聞きたいねんけど」

　救世は否定するのも疲れるので、何も言わずに頷いた。

「おおきに。実は久遠山(くおんやま)に行きたいねん」

少女の見た目と言葉遣いから、四国の人間ではないのは一目で窺えた。救世は大阪弁を直接聞いたことがなかったが、少女のイントネーションからどうにも違和感を覚える。

「久遠山だったら……」

救世は先を歩いて振り返らない空を尻目に、少女にできるだけわかりやすく道を伝える。

「ほんまにその通り行ったら良いねんな？」

少女は眉じりを下げて救世に身を乗り出した。すがるような物言いから、方向音痴なのだろうか？　と救世は勘ぐってしまう。

「うち、さっきからもう何人に道を聞いているかわからんわ。皆違うこと言うねん」

それはきっと少女が間違えているからだと救世は思った。聞く場所が違えば道のりの説明も違うのは当たり前だ。

「本当ですよ」

「うち怖いわー知らん地で迷子やもん」

少女は自分の体を抱くようにして大げさに震えて見せる。

こうしている間にも空の背中はどんどん遠ざかる。救世は焦った。

「分かりました。じゃあ電話番号を教えるんで、もしもまた分からなくなったら電話して下さい。でもまっすぐ行って最初の交差点で右に曲がって後は道沿いに行くだけだから安心して下さい」

「ほんまに？　君、ええ奴やなぁ。うちは独走や。よろしゅう」

少女は顔を輝かせた。救世は急いで独走と携帯電話の番号を交換する。

「ほんま助かったわ。無事に辿り着けたらこの恩は忘れへん。困った時はいつでも駆けつけるで」

独走はそう言ってバイクのエンジンを噴かして、颯爽(さっそう)と駆け抜けていった。

「変な人だったな」

救世は駆け足で空の後を追いかける。

救世が空に追いつくのと同時に携帯電話が鳴った。今さっきの少女、独走からだ。

「すまん。分からんなったわ～」

電話に出ると今にも泣きそうな少女の声が聞こえる。

「……早っ⁉」

救世はため息をついた。


救世の学校近くのレガシーに入ると空は眉を顰(ひそ)めた。それは彼女が初めて見るコンビニの店内風景だった。

おにぎりやサンドイッチ、お弁当といった中食(なかしょく)（持って帰って食べる調理済み食品）は最低限あるが、インスタント食品が普通のコンビニ店よりもはるかに少ない展開だった。冷凍食にいたってはアイス以外置かれていない。調味料各種に関しても同じで、お店の大半が日用品と雑誌だった。

「これは？」

空は振り返って自分の後ろに立つ救世に尋ねる。

救世は空が尋ねた意味を最初は分からなかった。

「これがコンビニ？　レガシーはどこも同じ感じなのか？」

救世はハッとした。

「レガシーは立地に合わせて店舗の品揃えがガラッと変わるんだ。ここは町中にあるから周りの飲食店やスーパーにない品物がメインに置いてある。面食らったと思うけど……」

周りにない品揃え。それは間違っていない。しかし、ここまで極端なのはコンビニ業界といえどレガシーとオリンポスぐらいだろう。ただし、オリンポスの圧倒的な差別化戦略と違って、レガシーのは後ろ向きだと空には思えた。

「職場がこの近くにある人はここでお弁当とかを買いたいだろうし、ここの近くに住んでいる人達はスーパーよりもここで買い物をしたいはずではないのか？」

救世の表情が曇る。

「それでも他を利用してもらわないと。自分達だけが何でもかんでも独占したら、多くの人が不幸になる。仲良くやっていかなきゃ」

レガシーでは、相手の領域に深く踏み入らないというルールが徹底されている。

「まるで生きていないみたいだ」

空はそう言って目を閉じた。

「もういい。これ以上見る必要性がない」

早足でお店を出て行く空の背中を救世は追いかけた。

「空？　お店の雰囲気が合わなかったの？」

「別に。情けないと思っただけだ」

空の拗ねたような横顔を見て、真意を問おうとしたその時、二人組の男が話しかけてきた。

「二人とも何やってるの？　ケンカしてる？」

「ケンカは良くないよ。俺達が話を聞くぜ？」

よくあるナンパだった。

キョトンとした面持ちで男二人を見つめる空を守るようにして、救世は男二人の前に進み出た。

「ケンカじゃないよ。大丈夫だから」

男の腕が伸びて救世の手首を摑んだ。

「だったらお茶しない？」

男は強引に救世を抱き寄せると、舌なめずりした。口調は丁寧でも、内心は獰猛そのものだ。

「僕は男だ」

救世は凄まじい嫌悪感を覚えた。

「男だって？　つまらないジョーク言うなよ」

もう一人の男がケタケタ笑う。

「本当なんだって。だからこういうのはやめて」

抱き寄せた男を引き剥がそうと救世が精一杯胸を押していると、男は救世の顔を見て「あ」と声をあげた。

「そういえばこの子って、美しすぎる男の娘じゃね？」

その呼び方は好きではなかったが、この場をしのぐために救世は頷く。

「そうだよ。だからやめて」

救世を見る男の目がギラギラ光った。

「マジで最高じゃねえか！　ずっと会いたかったんだ！　超可愛いじゃん！　本当に男なのか脱いで見せてくれよ！」

男は言うが早いか、救世の服に手をかけて勢い良くめくりあげた。

救世が男だと知ってタガが外れたようだ。

「ちょっ！」

救世は反射的に服を押さえ込むが、情欲に支配された男の力は火事場のバカ力と同じで凄まじい。

男に服を引き裂かれるのは時間の問題に思われた。

「ぐわっ⁉」

男の顔が突然、吹き飛ぶ。

男の手が離れた解放感が全身に広がって、スラリとした足が宙を舞うのが救世に見えた。

顔面を思いっきり蹴り込まれた男は地面に倒れて起き上がらない。

連れの男が血相を変えて、救世の前に躍り出た空を睨んだ。

「てめえっ！」

空は待たなかった。

男が怒りから空を敵と認めるまでの間に、旋回して男の顎をめがけて蹴りを入れる。

的確に顎を打ち抜いた一撃は、男の脳を揺らして意識を断つ。

男が地面に倒れ、空が一回転し終えて着地する。

「大丈夫？」

空は振り返って救世を見た。

救世は答えずに空と倒れた男達に交互に目をやって、すぐに男達に駆け寄った。

空は救世のその動きが理解できなかった。

救世は男達の瞳孔と脈を確認して、携帯電話で救急車を呼ぶ。

「こんな……いきなり暴力を振るうのは良くない」

救世は空を見据えた。

救世の非難の色を浮かべた眼差しを、空は無表情で受け止める。

「彼らだって話せば分かってくれたかもしれない。そうでなくても、僕達がうまく逃げ出せば良かったんだ」

争いを嫌うのが救世であり、レガシーのスタイルだ。

「戦わないのは死んでいるのと同じだ」

救世は空の言葉に息を呑んだ。短く発せられた言葉は空の思考と生き方を表していた。

空の救世を見つめる瞳は澄んでいて微動だにしない。

あまりにも純粋無垢な彼女に、救世は返す言葉が出てこなかった。

空は救世から視線を切って背を向ける。

「空」

救世は彼女を呼ぶ。

「そう言えば、連絡先を交換したのにまだ電話をしてくれてなかったな？」

「え？」

空は首だけ回して振り返る。

「こちらはいつでも構わない」

空はニッと口元を緩めた。

救世は空の真意が分からず困惑する。空は前を向くとゆっくりと歩き出した。後を追いかけたかった救世だが、救急車が来るまではその場を離れるわけにはいかない。

沈みかけた太陽の逆光に遠ざかる空の背中が重なり、彼女がまるで崇高な存在のように遠く感じる救世だった。

その日の帰り道、救世の足取りは重かった。

空の言葉がずっと救世の中に残っていて、何度も反芻した。

戦いと共存がどうしても結びつかない。

姉の救界も日頃から、レガシーのエリアナンバーワンの座を死守し続けることに闘志を燃やしている。他者よりも優れないと、自分達の店の存在価値がなくなり、一族の生活を守ることはできないという危機意識が高い。

救世もそれには同意しているが、他者を蹴落としてまでの覚悟はないし、姉ですらそこまでは考えていないはずだった。レガシーは他の店と共存しあうことでやっている。競争もあくまで助け合いの上でなければいけない。

救世は山の麓のバス停で降りる。すっかり日が暮れた夜の時間帯、観光客も多くが帰路についており、山は昼間の喧騒が嘘のように静かだった。

救世は店に向かって歩く。忙しい時間帯に途中で抜け出したことを謝らないといけない。また姉に怒られることを想像して、気持ちはますます滅入った。

「あれ？」

救世はお店の駐車場で倒れている人影を見つける。

慌てて傍まで駆け寄ると、巨漢が仰向けになって目を閉じていた。

柔道100キロ超級の体格をした男は、髪は乱れ、着ている服が擦り切れてボロボロで、無精髭も目立つ。まるで浮浪者のようだった。救世はしゃがみこんで、男の顔を覗き込みながら脈を取る。

力強い脈が伝わってくる。救世は「あっ」と息を呑んだ。

店の光が映し出す男の顔には見覚えがあった。

救世の3倍以上の体格の厚みを持ち、歴戦の武将のような風貌の男は、中国地方最大手のコンビニチェーン・シンのエースだった。

365日休まない男、アルバイトの身からわずか10年でシンの一枚岩の縦社会のシステムを駆け上って10店舗経営者になった通称・始皇帝！

「どうしてそんな人がここに？」

まるで救世の疑問に答えるかのように、始皇帝はその目を見開いた。

救世の顔を視界に入れると、始皇帝はホッとして表情を緩める。

「おお、助かった。すまんが腹がペコペコでな。飯をくれんか？」

救世は相手の一言にキョトンとなった。

4

レガシー久遠山前店では救世の姉である救界がラッシュが収まった店内を回って、在庫確認しながら発注をしていた。時計を見るともう夜の八時を過ぎている。土日は朝九時から働いている救界はこの時間にもなると、昼間の疲れから睡魔の誘惑に負けそうになる。首からぶら下げた発注機に目を落としながら、重い瞼を精一杯開いて発注ミスをしないように意識を繋ぎ止める。今日は救世が勝手に抜け出したせいで、一時は人手が足りなくなり大変だった。帰ってきたら容赦はしないと心に決めていた。

ドンッ

レジ横にある事務所のドアが勢い良く開かれる音に、救界と店のスタッフは驚いて振り返った。

「救界！　ちょっとおいで！」

オーナーである長老のお婆婆（ばば）が血相を変えていた。

お婆婆は今年１００歳になるというのに、衰え知らずで若者顔負けの元気さだ。

救界が事務所に入ってドアを閉めると、お婆婆は救界に座敷に上がるように促した。

レガシー久遠山前店の事務所はバックヤードと連結しており、普通のコンビニ店のよりも広い。観光客のために大量の食材を保存するスペースが必要だからだ。その広さは店内販売エリアと同規模である。事務所の休憩スペースには畳が敷かれていて、伐採した山の大木で作った円卓が置かれている。

お婆婆は壁を背にした上座に腰掛けながら、葉巻を一本口に加える。

自分を落ち着かせるように、火を点けてゆっくりと吸って煙を吐き出すと、眉間に皺（しわ）を寄せたまま口を開いた。

「たった今、速報で聞いたんだけどね。三日前に中国地方最大手のコンビニチェーン・シンが滅んだそうだよ」

救界は愕然(がくぜん)とした。咄嗟(とっさ)に言葉が出てこなくて固まってしまう。

シンといえば、わずか10年で中国地方シェア80パーセントを手に入れた、非常に獰猛なコンビニチェーンだ。

その強さの秘密は何と言っても、徹底した階級制度。上下関係を重視し、信賞必罰、能力昇格を推進することでスタッフのやる気を底上げした。結果さえ出せば、短期間での出世と破格の年収を得ることが可能な制度に、家族や恋人を捨ててでも名を上げようとする若者が集まり、世間から狂人の集まりと囁かれるぐらいスタッフはシンに奉仕した。それがあったから、わずか10年であそこまで大きくなれたのだ。

中でも始皇帝と呼ばれる度偉(どい)は、複数店舗経営する店長になっても尚、最前線で働き続ける猛者でシンの象徴だった。

「そんな……ヘヴンが侵攻を開始してわずか1年で……お婆婆様、あの度偉ですら敗れたというのですか?」

救界は信じられない思いだった。

「シンのやり方は強引で、数字ばかりにこだわった押し売りなところがあったからね。ここ数年は中国地方での不満は少なくなかった。身内でも切り捨てられた者は少なくない。決して盤石ではなかった。それでもわずか1年でシンが墜ちることを予想できるもんか。恐るべしはヘヴンよ」

コンビニ業界1位のヘヴン。店舗数も2万店を展開する最強のコンビニチェーンは、都内から日本各地に侵攻している。どれだけ辺鄙な場所であってもヘヴンなら進出が可能なのは、ヘヴンの最速の物流システムと最強の商品競争力による。

ヘヴンは侵攻した地で瞬く間に、地元のどこの小売業者よりも速い三時間おきの工場出荷と配送を可能にするラインを組み上げて、店内に並ぶ商品の鮮度を落とさない。加えて日本の多くの小売業社をグループに取り込んで開発した商品は、高品質でありながら安価でどれも商品寿命の長いヒット作ばかりだ。

「コンビニはイメージ戦略が全てと言って良い。日本のどこに居てもヘヴンの名前を聞けば、良いイメージしか湧かないという圧倒的存在感。恐ろしいわ」

お婆婆はしみじみと言った。救界は身を乗り出す。

「じゃあ、中国地方を制圧したヘヴンの次の狙いはやはり……」

お婆婆はもう一度葉巻の煙を吸い込んで吐いた。

「ここ四国じゃろうて」

救界は眉を顰めた。シンもレガシーも店舗数600ほどと規模は同じくらいだ。シンがヘヴンに屈したのなら、レガシーも時間の問題に思えた。お婆婆は救界の不安を見て叱咤した。

「気をしっかり持ちんしゃい。うちらは一枚岩じゃ。そうやすやすとやられんわ。それにシンと違って時間的余裕があるのが救いでもある」

救界の顔がパッと明るくなった。

「今年はコンビニバトルオリンピックの年！」

お婆婆は頷いた。

「そうじゃ。開催期間中は、各チェーンともに新エリアへの進出は許可されん。そしてイメージと言うなら、コンビニバトルオリンピックで優勝するほど良いイメージはないじゃろ。利権も大きい。わしらには優勝を狙える戦力がある」


コンビニバトルオリンピックは16年前から行われている大会である。

開催期間は5月から8月一杯までで、前年度の上位7チェーンが出場権を持ち、チェーンごとに一店舗につき二名の代表者を選ぶ。代表二名がタッグを組んで、地方予選から本選までを勝ち抜き優勝を目指すトーナメントだ。

第1回大会開催のきっかけは、過酷なコンビニ勤務ゆえにスタッフが集まらないため、コンビニのイメージアップが目的だった。最初は実際のオリンピック同様にスポーツ競技を軸としていたが、第2回大会から格闘技も取り入れてそれが好評だったことと、バトルオリンピックの経済効果に国が目をつけたことで、「日本で一番チェーンが多いコンビニ」を通して長く続く不況を打破することをスローガンに掲げた。

国の後押しを得た運営委員会は大会をさらに盛り上げるため、コンビニの店舗やスタッフのスキルを反映した戦いができるコンビニスーツを採用した。コンビニスーツは数字だけのデータを具現化する最新技術の結晶であり、それを開発したのはアメリカから来た天才科学者だった。

開発したコンビニスーツは各コンビニに送られ、第3回大会は大いに盛り上がった。

第4回大会以降はルールを大きく改変し、簡易的な武器や防具を使用した格闘で決着をつけることになった。コンビニスーツの登場とルール改変により、当時から店舗開発などでコンビニと技術提携をしていた企業は、開発技術を大々的に実験できる場としてコンビニバトルオリンピックを歓迎した。

技術の多くは軍事から民間に転用されたものだ。なので白兵戦というテーマに沿った技術を開発しても、民間に転用できるので企業からしたら差し支えはなかった。各チェーンでコンビニスーツの研究と武器や防具の開発が進み、第4回大会は現在のコンビニバトルの形に近い装備をした白兵戦が繰り広げられた。

試験的だった第4回大会は企業のPRとしても成功し、コンビニが本来得意なイメージ戦略と広告展開で格闘技大会としても異例の注目を浴び、1兆円の経済効果をもたらした。実際のオリンピックやサッカーのワールドカップ、F1に負けないほどの認知がされ、現在の第5回へ続いている。

今回参加するコンビニチェーンは以下の通りである。

業界1位ヘヴン。国内20000店を展開する国内最古であり最初のコンビニ。

その圧倒的なネームバリューは、品質を維持した上で安く提供できる商品力と全国何処でも三時間ごとに商品を配送できる機動力で支えられている。絶対王者として全国制覇に邁進(まいしん)する。

業界2位オリンポス。国内15000店を展開する怒濤の追い上げを見せるコンビニ。

差別化戦略による様々なタイプの店舗を開発し、新しい客層を取り込むことに成功したコンビニ業界の革命児。

業界3位フレンズ。国内13000店を展開する老舗のコンビニ。コンセプト迷走中で、商品開発などの地道な努力よりも店舗増設による囲い込み、有名人や芸能人とタイアップした広告戦略を主軸にしている。ここ数年は他社チェーンの真似を繰り返し、売り上げの計算しづらい新しいことには二の足を踏む傾向がある。囲い込みによるブランドイメージがある程度の収益を支えている。それでも働くスタッフが一番親しみやすいのが魅力。

業界4位ナイネン。国内8000店を展開するコンビニ。4年前から始めたコンビニアイドルプロジェクトが大成功。3兆円といわれるオタク市場を狙い撃ちしており、近年において一番の急成長を見せている。

業界5位アトモス。国内3000店を展開するコンビニ。全店キッチンとイートインを完備している唯一のコンビニ。ファストフード店のスタイルを取り入れた手作りが持ち味。デザートを中心に様々なトレンド商品を生み出したが、近年は落ち目でオリンポスによる買収が進められている。

業界6位レガシー。国内600店を展開するコンビニ。地元四国に根を張り、全国展開を考えていない。各地の特産品に着目し、その店でしか買えない商品を必ず置いている。一店舗ごとに違う色を出すオリジナルのスタイルが好評で、近くの競合店とも客を取り合わない共存共栄を理念にしている。

業界7位ユートピア。500店舗を展開するコンビニ。駅の中にある。元々は鉄道会社が運営していたが、競合店に客を奪われ経営が悪化したため、業務委託する形でファンドによって設立したマネジメント会社に買収される。さらにアメリカの製薬会社と業務提携して、全店ドラッグ販売するコンビニとして生まれ変わった。

これら6万店を超えるコンビニが全国各地で予選を勝ち抜き、本選の地で決勝戦を行う。毎回選ばれる本選の地は変わるが、今回は埼玉県の鶴ヶ島に決まった。

優勝コンビニチェーンは、賞金や細かい利権はもとより最高のイメージを手に入れることから、スポンサーが多くつき、新規のお客の獲得にも繋がる。

第1回大会から4連続で優勝したヘヴンは、それで年々手がつけられなくなっていった。

コンビニにとってイメージは最も大事であり、イメージ戦略で勝負していると言っても過言ではない。お婆婆はまだ吸いかけの葉巻を灰皿に押しつけた。

「救世……あの子は〝天輪の才能〟を持っておる。周りを惹きつけて目を離させないその力は、かつての中原の国の劉備玄徳も持っていたと伝えられておる。あの子の天輪の才能は強すぎて、本人はコントロールできておらんがのう。ナイネンの客を呼び寄せるアイドル力と似て非なるもの。天輪の才能は何をしても客に嫌われない力……コンビニ店員なら誰もが羨ましいと思う力じゃ」

ある人がお店にいるとお客さんの来店が不思議と多い。ある人が商品を勧めるといつも以上に売れる。同じ結果であっても、それをもたらす過程がアイドルと天輪の才能は違う。

アイドルの場合、その発動条件は「虜」であり、それには演技力という努力が欠かせない。そして身内には嫉妬されるという諸刃の剣だ。歴史では傾国と呼ばれる部類のもの。

それに対して天輪の才能は、ありのままに振る舞っていても周りを惹きつけてやまない。誰もがその人物を嫌いになれない。「徳」と呼ばれる部類の力。自然体で振る舞う救世を内外問わず多くの人が愛し支持している。二つの力は似ているが、敵にも愛されるのは後者である。

コンビニ店員なら誰もがお客の顔色を窺って、下手に出て奉仕するように接客をする。基本は敬語であり、タメ口で話す特別な場合があったとしても、相手の立場が上だと明確にしている状況に限定される。

だが、救世は何を言ってもやってもお客の反感を買わない。そこにいるだけでお客を惹きつけて愛される。それは双子の姉である救界でも持ち得ない力だ。

「今はその力に振り回されて、その誘引力で人を惹きつけ過ぎてしまうが、使いこなせるようになる時は必ず来る」

救界はゴクリと唾を呑み込んだ。

その時はレガシーに留まらず、四国全体が救世を支持するようになるだろう。

「あの子は亡きお爺爺の予言で救世主になると言われている。私達一族だけでなく、レガシーの希望だということは認識しています」

お婆婆は積年の重みが宿った眼を救界に向けた。

「同じ双子であるお主には酷じゃが、何があってもあの子を守らねばならん。大会前に一大事があってはならんのじゃ。とくにヘヴンに気をつけんとのう」

「ヘヴンが？　大会前にしかけて来ると？　あんなにも公明正大を謳っているのに？」

お婆婆は重苦しい声で答えた。

「時代の覇者とは綺麗事だけではない。光が強い分その闇も深く、清濁併せ持つものじゃ。そして危険察知能力が高い。些細な芽でも摘もうとする。救世の周りに変わったことがないか、くれぐれも目を光らせておくのじゃぞ？　大会まではどんなに気をつけても気をつけ過ぎることはないからのう」

救界は頷いた。

救世は優しすぎる。昔から虫も殺せないような子だった。今回のコンビニバトルオリンピックも参加に気乗りしていない。救界はレガシーのコンビニスタッフとして見れば、平和主義者の救世に苛立つが、姉の立場では優しい弟に無理はさせたくないと思う。

「お婆婆様、安心して下さい。救世は私がこの命に代えても守ります」

救界は一族の立場も、レガシーへの恩義もよく理解している。自分のすべきことをよく分かっていた。

ドンドンドンッ

事務所のドアが勢い良く叩かれた。

「何事かえ⁉」

お婆婆と救界が険しい顔つきになる。

「お婆婆様！　救世が戻ってきました。ただ、ちょっと……」

救界はお婆婆と目を合わせ、頷いてすぐに立ち上がった。

店の入り口に救界が行くと、そこにはオドオドしている救世と、その隣に立つ上半身裸の巨漢の姿があった。

「姉さん……ただいま」

救世は愛想笑いを浮かべた。

巨漢が救世の肩に手を置いて前に進み出る。

「ここが予言された地の店か。店長がおるんだったら会わせてくれ。大事な話がある。ああ、ワシは度偉じゃ――いいいいいいいい、シンの始皇帝と呼ばれておる」

救界は突然過ぎて固まってしまい、声が出なかった。

そんな姉を見ながら、救世は内心に嫌な予感を抱く。

嵐がやってくる気配があった。

5

孤児だった空がヘヴンに引き取られたのは3歳の時だった。

当時のヘヴン社長はある目的のために、全国の孤児を対象にした適性検査を行い、数人の子供が選ばれて引き取られた。

その目的とは、理想のコンビニスタッフを育成するプログラムの完成である。

コンビニの業務は、接客、品出し、清掃、発注、販促、特化（各コンビニチェーンごとの強み）

の六つに大きく分けられる。

六つの能力全てが最高レベルのスタッフを育成するプログラムを作成するための実験は、成功するまでの失敗を大前提にしていたために、多くのデータが必要だった。

引き取られた孤児達は人身御供だった。情け容赦なく子供達は追い込まれたのである。

子供達は成功例のない「理想のコンビニスタッフ育成プログラム」に沿って、実験的に育てられたが途中で次々と脱落していった。

多くが肉体を壊し精神を病んだ。

スタートしたばかりの実験に誰も成功を期待していなかった、言ってみればデータ集めだけが目的だ。ところが、研究者達が思ってもいなかった結果を生んでしまう。

非人道的プログラムが生み出したのは「修羅」だった。

ただ一人、奇跡的に成功したのが空であり、彼女は全てのスキルを身につけた。

引き取られてから一度も研究所から外に出してもらえず、コンビニに必要な知識と技術だけを教え込まれた彼女は同年代の少女達みたいな青春はなく、家族も友達もいないままだった。

空は感情が芽生えることがないまま、16歳になって初陣を迎えた。

コンビニスタッフの修羅になった空は、24時間フルで一週間働ける体力を持ち、お客の喜ぶツボに合わせた愛嬌も演じることができた。感情が芽生えなくとも、彼女のなりきりは完璧であり、仕事に一分の隙も見当たらない。

空はヘヴンの戦乙女として掲げられ、中国地方侵攻の急先鋒としてどこの店に送られても幾多の競合店を潰す戦果を挙げた。

感情のない彼女に最初に芽生えた感情は、喜びだった。

空は競合店を潰した瞬間にのみ、自身の歩みの正当性と価値を見出して心から笑う。

戦うことだけが彼女の存在理由であり、生きるということだった。

空は戦いを誰よりも愛し、誰よりも強かった。

中国地方に君臨するコンビニチェーン・シンの、精神的支柱である、度偉との直接対決にも勝利した。

休むことなく侵略の手を広げるヘヴンは、彼女を四国に送り込んだ。

四国に店舗を作る前に彼女に与えられた任務は、レガシーの偵察とレガシーの救世主を大会に参加できないようにすること。

レガシーの救世主の予言は、ヘヴンの調査書にも上がっており、危ない芽は早いうちに摘むのに限るというわけだ。

しかし、初めて一人で行動する空はコンビニの外ではただの女の子に過ぎず、勝手が分からなくて、目的の店を見つけたのに未だに偵察任務しか遂行できていなかった。

町で救世と別れた空はまっすぐホテルに戻った。

部屋に入るとすぐにテーブルの上のノートパソコンを立ち上げ、中継で本部に今日の報告をする。

パソコンの画面に上司の顔が映った。

「――ご苦労。進展はあったか？」

余計な会話を省いた、要件のみの会話はいつものことだ。

「まだレガシーからの動きはありません。救世主候補のスタッフは二人にまで絞られましたが特定に至っておりません」

空は淡々と答える。

「そちらに行ってもう五日目だ。コンビニバトルオリンピックまであと三週間しかない。長く時間をかけられないことは把握しているね？」

「はい」

5月の予選開始は目の前まで迫っている。

マスコミの注目度も上がってきて、そろそろ裏工作がおおっぴらにできなくなる時期だった。

「これ以上進展がないようだったら、君の方から仕掛けろ。タイミングは任せる」

「かしこまりました」

中継が切断されるのを確認して、空もパソコンを閉じた。

空は立ち上がって窓へと歩く。

五階の窓からは蔵造りの町並みが見えた。

まだ夜の深まった時間でもないのに街灯の明かりくらいしか見えない。
空はこれが都心ではなく地方だと再度認識させられる。
窓ガラスに映る自分の顔に目が移り、仕事ではない時の無表情を確認する。
空は自分の瞳の奥が揺れていることに気がつく。
その小さな揺れは救世から来ていた。
自分に害を与える相手ですら傷つけない彼に、空は心の底がざわつくのだ。
あどけない笑みを見せる救世の顔が空の脳裏に浮かぶ。
空の中で第二の感情、怒りが芽生えようとしていた。
それがどこから来るのか、空は分からない。
戦いだけが喜びであり、存在意義である自分のことを否定されたことに繋がるからか？
戦うことしかできない自分を理解して欲しいからか？
空は窓ガラスに向かって笑顔を作った。
お客さんを出迎える時の笑顔は、年相応の女の子らしく華やかで温かみがある。
しかし、空の心には何もない。空っぽだった。
空にはコンビニしかない。
空という人間はヘヴンによって象(かたど)られている。

6

「これは本当に美味い！　噂にたがわぬ！　地域ごとの特産品を目玉にしたレガシーの戦略は正解だったか！」

救世は目の前で皿に盛られた腸詰め焼きが、あっという間に度偉の口に放り込まれ、胃袋に納められていくのに感心していた。度偉の食べた量はこれでもう成人男子の10人分だ。

腸詰めは先ほどから救界が必死に焼いていたが、焼いても焼いても度偉の食べるペースに追いつかない。

巨漢通りの旺盛な食欲にその場にいた誰もが感心する。

「ふぅ～堪能したわい」

腸詰め焼き20人分を平らげてお茶で喉を潤した度偉は、お腹をさすりながら畳の上で仰け反った。

上座に腰かけたお婆婆の正面の席に度偉は座っていて、救世と姉の救界はその両脇に腰を下ろしている。

「気持ちの良い食いっぷりですな。始皇帝」

お婆婆はそう言ってお茶を啜る。表情は穏やかだがその目は油断ならぬものを見る警戒の色があった。度偉も察したようで、ゆっくりと体を起こすと前のめりになる。六人掛けの円卓と同じ大きさの度偉を間近にして、三人は強い圧迫感に襲われる。暴君と呼ばれた男が纏う空気は荒々しい。

「なんせこの三日間ほとんど飲まず食わずだったからな。恩にきる。返せるものは今はないが」

「全てを失った者から取り立てる者はこの山にはおらん」

お婆婆が鼻息を荒くすると、度偉は声を立てて笑った。

「癪に障ったか。そういうつもりではなかったのだがな。何、タダ飯を食うほど落ちぶれてはおらん。労働で返そう」

お婆婆は眉を顰めた。

「しばらくここにおると？　店を失ったのだろ？　今からでは大会参加は叶わぬぞ？」

お婆婆の言葉に度偉は押し黙る。

コンビニバトルオリンピックは、各店舗所属スタッフ二名を選んで参加登録する。そして選べるスタッフは、大会開始三週間前までにその店舗にスタッフ登録された者でなければならない。残り三週間を切った今となっては、度偉がどの店のスタッフになろうと大会参加資格は与えられない。

「敗北で心が折れないのは立派じゃ。しかし、負けたのには理由があろう。その理由を反省せずに急いで立ち上がってもまた転けることにならんか？」

ドンッ
度偉が勢い良く拳で円卓を叩いた。分厚い円卓が軋む。

「救界およしっ！」

救界が反射的に腰を上げるのをお婆婆が制した。

救界の目は剣呑な光を放っていた。救世はその光をよく知っている。守るもののために敵を倒す意志だ。救世の背筋が凍えた。

「ふん、この双子がこの店の代表というわけか。予言は中国まで聞こえている。レガシーを勝利に導く者がどちらか知らんが、ヘヴンは狙っているぞ？」

お婆婆と救界の表情が強張る。

「そうか。中国が制圧されたことで予言が漏れ伝わってしまったか……」

「シンがここまで簡単に負けるからだよ。名前負けしてるんじゃない？」

救界の挑発的な発言に度偉は言い返さなかった。俯くと、そのまま黙り込む。

度偉の肩が震えているのに救世は気づいた。度偉はシンに人生の全てを注いできたのだ。敗北によって失ったのは度偉の人生そのものに等しい。その心に吹き抜ける嵐を垣間見て、救世達も押し黙ってしまう。度偉が再び顔を上げるまでの間、沈黙が場を流れた。

やっと顔を上げた度偉は救世と救界を交互に見て、お婆婆に向かって口を開いた。

「この双子……特にそちらの救界の方はそれなりに自信があるようだが、ヘヴンを測り間違えないことだ」

度偉のその言葉には重みがあり、三人には悔し紛れに聞こえなかった。

「地の利があったお主たちは、いかようにしてこの短い期間で制圧されたのじゃ？」

酷だと分かっていても、お婆婆は聞かずにいられなかった。

　シンの強引すぎるやり方に、客だけでなく身内も離れつつあったのは事実だ。それでもシンと癒着関係にある業者やそこで働く地元の者たちなど、シンを必要とする者の方が圧倒的で、そうやすやすと外からやってきたヘヴンを受け入れることはなかったはずだ。

「ヘヴンの真の怖さは他社を寄せつけないイメージ戦略の巧みさだ。これまで培った信頼関係と地の利で渡り合えるはずだった。それが蓋を開けてみれば、誰もがヘヴンに心奪われ、シンから離れて行ったのだ」

「ヘヴンのイメージ戦略？」

　救世が呟くと、度偉が救世を向いた。

「店舗レベルとスタッフの質に限れば、そこまで大差はなかった。商品に関しては、地元の嗜好を知り尽くした我らにヘヴンが短期間で勝るわけがなかった。しかし、ヘヴンはイメージだけで現実にはさほど差がない両チェーンの間に、まるで大差があるように思わせた。まず最初にイメージで圧倒した。我々はそれに対して無防備だった。最初から搦め手を使ってくるとは……いや、あそこまでのイメージ戦略は予想できなかった。そこからは全てが後手後手になり、追い込まれた我らはイメージを逆転するための起死回生の策として、コンビニバトルを挑んだ。だが、それこそがヘヴンの狙いだったのだ。我らがコンビニバトルをすることなく、地道に粘り続けていればこれほど早い落日は来なかっただろう」

　それでも負ける未来は否定しないのか、と救世は思った。

コンビニが店舗と商品で勝負するのは基本だが、ブランドイメージというものは避けては通れない。どこのコンビニもイメージ戦略に比重を置いている。やはり比べればそこに差が出てくる。ヘヴンのイメージ戦略は全チェーンで一番上手い。広告展開はもちろん、商品のパッケージ一つとっても、発想が飛び抜けていて計算し尽くされている。

中国地方にヘヴンが侵攻する時も、「やっとヘヴンがやって来る」というキャッチコピーの広告を展開した。それを見れば、多くの者がヘヴンが来るのは良いことだと思ってしまう。

救世は度偉の発言からヘヴンの強さを垣間見た気がする。

お婆婆は度偉をじっと見つめていた。

敗北し、パートナーや店舗、スタッフ全てを置き去りにして、逃げ延びた男の腹の底を探るが見えてこない。お婆婆は諦めて気になったことを尋ねた。

「コンビニバトルでお主に勝つとなると、よほどの者なんじゃろうな。コンビニの申し子と呼ばれるあの男かい？」

「いや、違う！」

お婆婆は目を丸くする。

「まだそれほどのスタッフがおったのか。さすがに層が厚いのう。して、どんな相手じゃった？」

「……ツインテールだ」

厳つい容貌の度偉の口から出てきた言葉に三人は、「は？」と声をあげた。

「ツインテールにやられたんだ」

心底悔しそうに吐き出して、そっぽを向く度偉に三人は顔を見合わせた。

トントン
事務所のドアをノックする音に、お婆婆が顔を上げる。

「今度はなんだい？」

「すみません。SVが来られました。先週完了した手続きについての話だそうです」

SLとはスーパーバイザーの意味で、本部から各コンビニ店に派遣される、経営指導する者指している。エリアごとに営業所が設けられており、各自に担当する店が複数割り振られる仕組みだ。

お婆婆はチラリと度偉を見てから、「お通しして」と伝えた。

「何にしろ度偉殿……今さら始皇帝とは呼ばせまい？　行く当てがないんじゃったら、しばらくここに滞在するといい。救界、集落にある宿まで案内しておやり」

救界は憮然とした顔をお婆婆に向けるが、お婆婆にじっと見つめられると、ため息をついて立ち上がった。

「救界、度偉殿を送り届けたらもう一度戻って来なさい。お主にはまだ伝えておくことがある」

「分かりました」

拗ねたように踵（きびす）を返した救界を見てからお婆婆は度偉を向く。

「だがくれぐれも愚かな企てをするでないぞ？　そのようなことをすれば、我ら一族だけでなくレガシー全体も敵に回すと知れ」

度偉は険しい顔つきのまま、お婆婆に「感謝する」と答えた。

7

日が回った真夜中、救世は集落にある集会場にいた。

集落は観光客を迎えるための表通りと、一族が住む裏通りに分かれている。

この集会所も一族の話し合いをする時に使う場所だった。

集会場は地面をコンクリートで塗り固められ、中央には大きな墓標が建てられている。

戦国時代に一族を率いた英雄の墓であり、救世の遠い先祖だった。

救世達の一族のルーツは、平氏の頭領だった平清盛の時代にまで遡る。救世の祖先は平清盛の親友であり、その妹の夫でもあった。戦場で幾多の武功を挙げた祖先は、平清盛との友情を大切にし続けて、死ぬ間際も子供達に平家を託し、一族は衰退した平氏が源氏との戦いに敗れる最後まで忠誠を尽くした。壇ノ浦の戦いで敗れた平氏とともに、一族の生き残りは四国に流れ着き、山に隠れ住むようになって今日に至る。

それにしても、と救世は思う。

集会場には薄明かりの外灯があった。山には普通に電気が通っている。この集会場だけでなく、集落にある一族の住む家は山を下りて見られるごく普通の一軒家だ。木製のものは少なく、ほとんどがコンクリートでできている。昔のような藁と木だけの家は今では好まれなくなり、年代が進むにつれて町から人を呼んで建ててもらっている。山の道も整備され、今ではどこにも神聖な山の民の生活は見られない。

それなのに観光客が利用する屋台が並ぶ通りは道も建物も昔のままであり、観光客を迎えるために一族の紋章が入った昔の衣装を着る。

昔ながらの山の民の生活を見ることを観光客は求めている。

自分たちの生活様式を偽って、「文化村」として観光地になるしか、この山の生活を守ることはできないのが現状だ。時代が進めばいつまでも昔のままでは居られない。レガシーの援助を得て、「文化村」として生まれ変わるまで救世達一族は生活が苦しかった。昔ながらの生活を制限された山では生きていくのが辛くて、山を下りる者も多かったが町で定職に就くことは難しい。レガシーの存在は一族にとって救いだ。レガシーがなかったら、救世達一族は山での生活を諦めたかもしれない。今の救世達の世代のように学校に通えなかったかもしれない。何よりもレガシーはコンビニという日本どこに行っても通用するスキルを与えてくれた。コンビニという職種は特別だ。日本のどこにでもコンビニがある。日本で一番多い働き場所はコンビニだ。コンビニで働くスキルを持つ者はどこに行っても職に困らないのだ。どこでも一人で生きていけることは、救世達に自信を与えてくれる。

山に残っても下りても大丈夫。救世達は無限の可能性を得たのだ。

自分達のレガシーを四国中に広めていけば、その分だけ一族の拠点になるし、故郷の山も潤っていく。それはたとえるなら、世界中どこにでもあるチャイナタウンのように、仲間がどこに行っても繋がっていられる。2号店、3号店と広げていくのが救世の夢だ。救世はレガシーの店長になって店の売り上げを増やし、一族の拠点を増やしたいと強く願っている。

後ろで気配がして救世は振り返った。寝間着姿の救界が立っていた。

夜闇が覆う集会場で、薄明かりに照らされた二人はお互いの顔を覗き込んだ。

まるで鏡を見ているかのように自分にそっくりな顔。しかし、お互いの顔は全く同じではない。確かな違いがあって、それはパーツよりも内面から来ていた。

「明日は日曜日で大忙しの日だよ。朝早いからもう寝ないとさ」

救界がそう言うと、救世は頷いた。

自分と同じ年齢で、お婆婆の片腕として店を切り盛りする姉を救世は尊敬している。誰よりも一族と店を思う救界は一族の皆から信頼が厚い。

「もう寝る」

救世は歩き出して、そのまま救界を通り過ぎる。

「救世……最近何かあった？」

「え？」

救世は立ち止まって振り返る。救界の顔は浮かない。

「今日お店を抜け出したこともあなたらしくなかったし。ひょっとして大会が近づいてきて気分が滅入ってる？」

救界の瞳に宿る光は、救世を心配するよりも確認しているものだった。

救世は首を横に振る。

「そんなことはない。やることは分かってる」

「私達にとってチャンスなんだからさ？」

救世のそっけない言い方は救界を不安にさせた。

「だから分かってる」

救世がそう言っても救界は気が済まなかった。

救界は墓標を見上げる。

「かつての私達の祖先も戦いを好まない人だったたって聞く。けれど、友を助け家族を守るために戦場に出た。戦いがどれだけ凄惨で冷たくとも、守るべき者達の温もりが全てを忘れさせてくれる。だから戦える」

救世が幼い頃からお婆婆に何度も聞かされた祖先の言葉だった。姉の救界はそれをすっかり暗記しているだけでなく、心身に刻み込んでいる。

救界は救世に視線を戻した。

「私達は店舗を増やしたい。コンビニバトルオリンピックは最大のチャンス。私達にはあなたという切り札があるしさ」

救界は救世の両肩に手を置いた。

「あなたの戦いを嫌う気持ちはよく分かる。それは相手が怖いからじゃない。相手を傷つけることを心の底から恐れているから」

救世の肩が震える。その指摘は正しかった。救世はいつだって争いを避ける。相手に背を向けて逃げる。だが相手を怖いと思ったことは一度もない。戦うのが嫌なのだ。戦いは相手を傷つけることでしか勝利できない。お互いを傷つけないために、手を取り合って共存することをどうして選べないのかといつも思う。

「煮えくらんな。覚悟もなしに勝ち抜けるほど優しい大会ではないぞ？　ましてやあのヘヴンの戦乙女には到底歯が立たんだろうな」

救世と救界は声がした方を勢い良く向いた。

集会場の入り口から大きな足取りで度偉が二人の元へ歩いてくる。

救界は口をつぐんで度偉を睨んだ。

度偉は二人のすぐ目の前で立ち止まって救世を見下ろす。救世は巨体からくる威圧感をひしひしと感じた。

「救世主の方はお前か？」

その一言に救界が救世を守るようにして度偉の前に進み出た。

「違うと言ったら？」

「どちらでも構わん」

度偉は鼻で笑って、ギロリと救界を睨みつける。

「強い方でいい。お前達のうち強い方にワシのパートナーになってもらう」

「何⁉」

救界が驚いて大声をあげる。救世も唖然として固まる。

度偉の言葉の真意を二人は理解できなかった。

「あなたには参加資格がないはずでしょ⁉」

救界は改めて度偉に確認する。

「派遣に登録してある。もちろん、三週間以上前にな」

救世は派遣と聞いてもピンとこなかった。しかし、救界の顔が引きつったのを見て、裏道のようなものだと察した。

「あなたは初めから負けてもいいと思ってたの⁉」

救界が非難の目で度偉を見る。

「ワシは勝たねばならん。大会前のこの大事な時期に、もしもの場合を想定しないでどうする？」

度偉は当然だと言わんばかりに堂々としている。

派遣会社。

コンビニチェーンを専門に人材を派遣する会社はある。急場のしのぎや、新規開店時の人手不足など需要は多く、とくに首都圏を中心に多く点在している。

コンビニバトルオリンピックでは派遣利用も認めている。派遣スタッフを店の代表とすることはルール違反ではない。だが一度決めた代表スタッフは、大会中の負傷などでリタイアしても代わりが認められない。実際の仕事のように派遣スタッフを代打で使うことはできないのだ。あくまで最初に決めたスタッフ二名のみに限るため、自店のスタッフを押しのけて派遣スタッフを登録することはめったにない。

そして派遣スタッフが代表として活躍したところで、本人はあくまでその店の代表、つまりそのコンビニチェーンに在籍している者と見なされる。

度偉がレガシー久遠山前店の代表になって優勝したとしても、あくまでレガシーの一員にすぎず、滅んだシンが評価されることはないのだ。

救界は諦めの悪い男の夢想だと思った。

度偉がシンの再興を望んでいたとしても、それはコンビニバトルオリンピックでは叶わない。

「つまり、あなたの狙いは優勝後のレガシーからの離脱。スポンサーを獲得して新しいコンビニチェーンを立ち上げる。それしか旨味はないもん」

度偉が口の端を大きく吊り上げた。

「察しが良いな。その通り！　ワシは再びワシの王国を築く。今度はチェーンの社長として全てをワシがコントロールする。全てがワシの意のままならどこにも負けん」

「履き違えてるよ。そもそもシンのやり方が乱暴すぎたから一枚岩にならなかったし、お客の信頼を失ったんじゃないか。あなたみたいな暴君が社長になんかなったら、余計まとまらない」

見下ろす度偉と見上げる救界の視線が交わり火花を散らす。

どちらもすぐに臨戦態勢に入れる心算をしている。

度偉が続けた。

「ワシの店はどこもヘヴンの侵略に屈しなかった。シンの全ての店舗の中でもワシの店だけは別格だった」

「ならどうしてあなたは負けた⁉」

度偉は押し黙る。

度偉の敗北の理由は、ヘヴンのイメージ戦略の巧みさともう一つあった。信じていた右腕の裏切りだ。本部がヘヴンとのコンビニバトルで代表に度偉の店を選んだ。組んだ相棒は戦う前からヘヴンに内通していた。今では度偉の持っていた店は全て相棒に奪われ、ヘヴンの看板に取り替えられている。

歯を食いしばって唸り声をあげる度偉の顔は紅潮していく。思い出した屈辱が全身を震わせ、血を沸騰させる。

　度偉は叫んだ。

「ワシは今度こそ勝つ！　そのためにどちらか強い方に従ってもらう！」

　度偉が前傾姿勢で構えると、救界は危機を察知して身構えた。度偉はアメフトのタックルのようにまっすぐ突撃する。

　迫り来るブルドーザーのような圧力を前にして、救界は一歩も動かなかった。後ろにいる救世を守るために両手を広げる。

　救世がそんな姉に手を伸ばした時、すぐ目の前まで迫った度偉は直角に曲がって救界を避けた。

「ああ⁉」

　救界の顔が強張る。後悔しても文字通り手遅れだ。度偉は後ろにいた救世目がけて突進する。初めから度偉の狙いは救世だった。

「お前だけ底が見えん。幾人ものスタッフを従えてきたワシの目でも測れない。ならばこの体でお前の力を見定めてやろう！」

　救世は救界に手を伸ばしたままの姿勢で、自分に向かってくる度偉に対して身動きが取れない。

　度偉の血走った目と救世の驚きで見開かれた目が交わる。

　救世は迫り来るブルドーザーのような圧力を恐れなかった。姉ではなく自分が傷つく分には結果オーライだと思っていたから。

しかし、それだけでもなかった。

救世は理由もなく信じていた。

度偉が救世の穏やかな表情を見たのは、自分の体が救世に触れる直前だった。

ドガァンッ
人の体を吹き飛ばす手応えを感じることなく、度偉は墓標に勢いよく突っ込んだ。度偉の体は墓標を砕きながら食い込んでいく。すぐさまめり込んだ半身を引き抜くと、墓標は原形を留めず地に破片を撒いた。

度偉の全身から殺気が抜けていく。代わりに湧いてくるのは疑問だ。

度偉は立ち上がって振り返った。

そ、そこには救世と救界の姿がある。

直撃したはずだ。

見誤ることも、空振ることもありえない。

救世は先ほどの位置から一歩も動いていないのだから。

「な、何をしおった⁉」

度偉の咆哮に救世は答えない。姉の手を取ると度偉に背を向けてそのまま走り出した。

「僕はあなたと戦わない」

二人を追いかけようとした度偉の足元めがけて弓矢が飛んで来た。

「くっ」

気がつけば、集会場は包囲されていた。

闇夜に紛れた一族の戦士達が度偉に向けて弓矢を構えている。

度偉は腰を下ろして両手を上げる。降参のポーズだった。

8

日曜の久遠山は観光客で賑わう。

土日と祝日は掻き入れ時だ。レガシーだけでなく、一族も総出で観光客を相手に商売をする。

自分の店で働く者以外は、ガイドをしたり、武芸を披露したりして観光客をもてなす。

働ける年齢なら子供も一族の紋章の入った衣装を着て、自分の親の出店などの手伝いをする。

救世はレガシーに向かう朝、準備で慌ただしい集落の様子を見て頰を緩めた。

生活が安定しても、まだまだ豊かと言うにはほど遠い。

今の一族の在り方が嫌で都会に働きに行く者もやっぱりいる。

村の子供も年々減ってきているのが現状だ。

誇りを持って働くことは難しい。誰だって生活ありきだ。

それでも誇りを持てる働き方の一つがお店なのは間違いない。

一族伝来の腸詰め焼きや山で採れる様々な香辛料を使った料理、お茶が観光客に喜ばれるのは自分達が認められるということだ。

救世達は誇りを持って生きている。

明るい将来を想像できるから今を頑張れる。

これから先の展望があっても、今は地に足をつけて積み重ねていく時期だ。

山に残った一族の皆は未来に希望を持って、今日も頑張ろうと張り切っているのだ。

「救世兄ちゃん」

村の出口へ向かって歩く途中で、子供達に声をかけられる。

休みの日に遊ばず、親の手伝いを嫌な顔せずにやる子供達が愛おしく思えた。

救世は彼らに手を振りながら出口へと向かう。

見上げる空はどこまでも青く澄み渡っていた。

こんないい天気なのに、村の座敷牢に閉じ込められている度偉に同情した。

今頃は見張りに監視されながら、暗い密室の隅であぐらをかいているだろう。

自業自得だが、彼はいつまで閉じ込められるのだろうか。

「救世？」

先頭を歩く救界が、ペースの上がらない救世を心配して振り返った。

「あ、ごめん」

言って、救世は早足になる。

今日も忙しい一日になる。

救世の頭に空の顔が浮かぶ。

彼女は今日も来るだろうか？


空は今日も駐車場に来た。

山を見れば、快晴に桜が映えてより美しく見える。

空の感情の発達は遅れているが、美味しいものや美しいものは感じとれる。

なので駐車場を埋め尽くす車や山に土足で踏み入る観光客を、少し無粋だと思った。自然はそのままにしておくのが一番だと思う。

時刻は正午に差し掛かろうとしていた。

空は山の入り口にあるレガシー久遠山前店を見た。

入り口の前には人だかりができている。

お店の外の屋台で腸詰めを焼いている救世の姿があった。

お客は屋台の前で長蛇の列を作っている。

救世は一人で腸詰めを焼きながら、氷水に浸(ひた)して冷やしたドリンクを一緒にお客に売っている。

鉄板焼きの要領で一度に大量に焼いて、なんとか受注に間に合わせていた。

空は首を傾げた。

救世の動きは無駄が削ぎ落とされた洗練さも、アトモスのスタッフの専売特許である調理の速さも見られない。

どうしてパンクしないのか？

コンビニは言わずもがな回転率の高さが要求される。

ほとんどのお客は店に入って一分以内に買い物を済ませたいからだ。

お客は待つことに極端なストレスを感じる。

コンビニスタッフはレジ会計に神経質になり、速さを追い求めるものだ。

それなのに列に並ぶお客は待つことに不平不満を感じている様子はなく、救世自身に焦る素振りもなかった。

救世は腸詰めを五分ほどで20本焼き、次の五分の間に販売をする計画を立てていた。

無論、計画通りに行くわけがない。五分では足りなすぎる。

腸詰め焼きを買う本数はお客によってバラバラであるし、袋詰めを要求される場合もある。レジ会計はどうしてもお客に主導権があるので短縮はそう上手くいかない。

腸詰めの焼き加減を確認したり焼きあがりを袋詰めしたり、次の分を鉄板にセットする作業は容易ではない。お客の注文した本数を渡してレジ会計をする作業はおろそかにできない。本当はもう一人必要だった。だが残り三人は店内で列を作るお客を相手にレジから離れられないでいる。だから救世はいつも一人でやらなければいけない。

計画通りいかなくなる時に救世がどうするかと言うと、「ちょっと待っててくださいね」と接客を中断する。

何度も中断してもたつけば、お客は怒って並ばなくなる……はずだった。

「もうちょっと待っててよ。頑張って焼くから」

救世は並び疲れて文句を言いに来た数人の若い客に、膨れっ面を見せた。

「もう三十分待ったぞ」

「そりゃー申し訳ないと思ってるよ。でも忘れてないよ。今焼きあがるこの分はお客さん達の分も入ってるんだよ？」

救世はトングで腸詰め焼きをつまんで見せる。

「え？　マジか。じゃあ待つよ」

「ありがとう！」

救世の満面の笑みに、若い客達は頭を掻きながら列に戻って行く。

救世は視線が当たるその背中を避けるように体を動かして、50メートルは離れた列の最後尾のお客を見た。

「ごめんなさい。頑張って焼くから。いつも来てくれてありがとうございます」

それは地元の老夫婦だった。二人がニッコリ救世に微笑むと、救世も笑顔で手を振った。

「ごめんなさい！　お待たせしました」

　それからレジ会計を中断していたお客の所へ戻って会計を済ませる。ペコペコと頭を下げる救世からは、本当に申し訳なさが伝わってお客も怒らなかった。

　救世は全部のお客を見ていた。

　並んでいるお客も、これから並ぼうとするお客もだ。

　一人一人の様子を視界で把握し、アイコンタクトを送ったり、声をかけたり、手を振ったりする。それも絶妙なタイミングでだ。お客は放って置かれるのが我慢ならないのだ。気にかけられたお客は待つことの体感時間が短くなる。救世が焼くのに五分、売るのに五分の計十分の間で挟むそれらの所作は合理的ではない。そんなことをする時間があれば、ひたすら焼くのと売るのに集中しろと多くのコンビニスタッフは思う。しかし、焼き上がる時間は決まっていて、初めから一人足りないので無駄なく急いでも会計を待たせてしまう状況で、お客を誰一人として帰さないで繋ぎとめているのはその無駄に思える所作だった。

　無論、誰でもできることではない。救世だから可能なことだ。決してマニュアル通りの接客ではなく、お客一人一人に合わせた対応を自然体でやってのける救世には、焦らないだけの場数を踏んだ経験値と、全ての仕事をこなせるというスキルへの自信、全体を見渡す天空の目のような広い視野が兼ね備わっていた。

　さらに決定的なのが他人を惹きつける救世の魅力だ。救世に言われたら聞いてあげたくなる。微笑まれたら気持ちが和む。手を振られたら仕方が無い気になる。

救世はナイネンのアイドルと同じ作用を自然体で行える。

アイドルであればアイドルの信者になったお客にしか効果がないが、救世の場合は全てのお客に効果を及ぼす。

記念撮影にすら応じる救世をお客が怒らないのを見ながら、空は自分が震えているのを感じた。

この震えは空が最も望むもの。

シンの始皇帝と呼ばれた度偉と戦う時も、体の底から湧いてきた。

戦いを欲する衝動。武者震いだ。

合理を追求した修羅の自分とは正反対の救世と、今すぐにでも戦いたかった。

空はそれを必死に抑え込む。

すると、救世の目が空を視界に捉えた。

救世の満面の笑みに、空の胸の奥にある閉じられた扉がガタンと揺れた。


「空、来てくれたんだね」

はにかみながら近づいてくる救世に、空はまるで拗ねたようにそっぽを向く。

自分でもどうしてそんな態度を取ったのか理解できない。

救世に差し出された腸詰め焼きを受け取るが、素直に食べる気になれない。

「せっかくだから山に登らない？」

救世は空が昨日のことで怒っているのだと読み取った。自分を助けてくれたのに、まず最初に言うべきお礼を忘れた。

救世は振り返って屋台を見た。山から交代で来た一族の若者だけでなく、店から救界も出てきていた。店ではお婆婆がレジに入っている。昼が過ぎたこの時間、わずかにピークは落ちていた。

「一時間しか休憩取れないから、その間に村を案内させてよ」

満面の笑みの救世に、空はわずかに躊躇（ちゅうちょ）したものの頷いた。

救世は空の手を取って歩き出す。

端から見れば仲の良い女の子同士にしか見えない。

遠くから見ていた救界は空の後ろ姿に一瞬手が止まる。

「ツインテール？」

だがお客の対応に追われて、思考は中断してしまった。

救世と空はケーブルカーで中腹まで登り、出店が立ち並ぶ表通りへと向かう。

出店は観光客で賑わい、道は人混みを避けないとまっすぐ進めなかった。

二人は歪曲（わいきょく）した緩やかな坂道を下って行く。

どの店も入る隙間がないようで、救世は目を凝らして店を探す。

横を向くと空が腸詰め焼きを咥（くわ）えながら、人だかりを新鮮そうに見ていた。

「山に入るのは初めて？　今日は休みの日だからお客さんだらけだよ」

「こんなにも来ているのか」

空は感心する。

空はお土産屋の前で呼び込みをする子供を見た。

「しっかりしているな」

空の率直な感想だった。救世は嬉しくて微笑んでしまう。

「あ、あそこ空いてるね」

救世は人があまり並んでいないお茶屋さんを見つけて、空の手を引っ張った。

青草茶と書かれた大きな看板が空の視界に入る。聞いたことがないお茶の名前だ。

子供が店番をしていて、救世に気づいて手を振った。

「救世兄ちゃん、来てくれたんだ。あれ？　見かけないお姉ちゃんだね」

「友達なんだ。青草茶を二つもらえる？」

一杯200円の青草茶を頼み、プラスチックの容器に入った冷たい黒ずんだ色のお茶を受け取る。

救世はすぐ空に手渡した。

空は底が見えない黒い液体を覗き込む。

「大丈夫、レガシーでも売ってるものだから。飲んでごらん」

勧められて空は思い切って青草茶を口に運ぶ。口の中に入った途端、砂糖ではない自然の甘みが広がり喉をひんやりと潤していく。

「美味い」

「これは山で採れる薬草をブレンドして作っているんだよ」

空は目を丸くして救世を見た。

「薬草がどうしてこんなに甘い？」

救世は空の褒め言葉に頬を緩めた。

「人工の甘味料は一切使ってない。素材の元からの甘みさ。しかも熱を冷ます作用があるから今日みたいな暑い日には持ってこい」

「そうなのか」

空はお茶をまた口に運ぶ。今度はゆっくりと舌で味わってから、ごくんと飲み干した。

「うん、美味い」

ちょびちょび飲んでは頷く空を、横目で見る救世の表情は穏やかだ。

「山にある薬草からこれだけ美味いお茶が作れるのか。しかもコストはほとんどかからない。全国展開しない小規模チェーンの強みだな」

空はお茶を飲み干すと、顎に手を当てて思案を巡らす。

「このお茶はまだこの山でしか飲めないのか？」

「うちのはそうだよ」

救世は空のツインテールを見つめていた。突然現れた彼女、その言動に思い当たる節はあったが頭を横に振る。

「うん、レガシーは各店舗ごとのオリジナル色を強めていると聞いていたが想像以上だな」

「空」

救世に呼ばれて空は振り向いた。

「連れて行きたい所があるんだけどいい？」

空は美味しいものを味わって緩んだ表情のまま頷く。

「構わない」

救世は空の手を握って奥を目指す。観光客の一番のお目当てはそこにある。

出店の通りを下りきると、奥は開けた大広場になっていた。大広場には観光客が集まっている。

大広場の向こうには巨大な湖があった。

青く澄んだ湖は底まで見えるのではないかというほど透き通っていて、泳いでいる魚達の姿がはっきり見える。透明感ある湖は降り注ぐ太陽の日差しを全て反射してキラキラと輝き、空中に無数の光を散らしていく。その光景はまるで真昼に輝く星で、一際明るい湖は大広場を照らしているようだった。

空は湖から目を離せなかった。

その場に固まったまま湖を凝視する。

美味しい物は美味しいと思えるそんな空だが、何かを美しいと思ったことはこれまで一度もない。理由は見たことがないからだ。空はこれまでのほとんどを研究所の中で過ごし、外に出たとしてもほとんどヘヴンの店の中にしか居なかった。旅行に行ったことはもちろん、夕焼けを満足に見ることすらない。

空は自分の胸の奥から押し寄せるさざ波を聞いた。波が何かはまだ分からなかったが、とても心地が良い。

「これが星光湖だよ」

横に立つ救世の声が空の耳に聞こえる。自分の手を握る救世から感じる温度に呼応するように体が火照る。

「どこにだって、その場所だけの良さがあると思う。それは損ねたり奪ったりしちゃいけない」

空はゆっくりと目を閉じた。

救世の暗に指していることを理解した。

それは空が決して相容れないものだ。

空はすぐさま否定しようと口を開きかける、がすぐ閉じてしまう。

女の子のように華奢な救世の手が熱くて力強い。

空はゆっくりと目を開く。

視界に飛び込んで来る光の煌めきを指差す。

「美味しい、じゃないと思う。こういうのはなんて言えばいい？」

救世は驚いた顔で空を見たがすぐに微笑む。

「美しいって言うんだよ」

「美しい……か。この美しい所にもコンビニはあるのか」

救世は大きく頷いた。

「僕はそれが誇らしい。まるで守っているかのように思えるから」

空は頬を緩めた。

「そうか。そういうコンビニもあるのか」

それは空が無意識のうちに、初めて理解しようと努めた同意だった。

救世と空は湖を眺め続ける。

お互いが相容れない立場にあると分かっていながら、この瞬間だけはそのことを忘れた。今だけは救世も空も見つめる先は一つだから。

そんな二人の様子を少し離れた所で見ている少女がいた。

ショートカットの少女は前髪で隠れた目を大きく見開く。口はぽかんと開かれていた。

「あれれ？　空さん何やってるんでしょうか？　あれじゃまるで恋人ごっこじゃありませんか？らしくないですね～」

少女は携帯電話をポケットから取り出して、その場で電話をかける。

「あー私でーす。今さっき現場に到着しました。空さんのフォローなんて要らないと思ったんですが、必要な状況みたいですー。いやー若の慧眼(けいがん)には感服しますよー。あーはい、分かってますって。運営にはこの状況が気づかれないようにします。やっぱり空さんはまだまだ世間知らずなんでしょうね。どうやらオリンポスも探りを入れてきてるみたいなんで、ここからは巻きで計画を実行させます。はい。それじゃぁ失礼しまーす」

携帯電話を切ると少女は頭を掻いた。視線は空と救世を通り過ぎて星光湖の煌めきに辿り着く。少女はため息をついた。

「乙女心というのは教育しなくても根づいているんでしょうか？　でもこの場合は美的感覚の違いか。あんな古びた湖のどこがいいんだか。ミネラルウォーターとしては使えないし、水撒きで使っちゃいけないなら需要ねーわ」

少女は口元を歪ませる。邪悪で陰湿な笑みだった。

9

毎週土日は朝から晩までバイト漬けの疲れから、救世は家に帰るとすぐにバタンキューしてしまう。月曜の朝は、いつも学校に遅刻しないギリギリの時間に起きていた。しかし、この日は寝覚めが良くて疲れもほとんど感じなかった。朝早く起きて家を出て、一日とても穏やかな気分でいられれた。いつものように好意を寄せて来る者達に付きまとわれても、うんざりしない心の余裕があった。授業も集中して聞けて、抜き打ちテストもスラスラ解けた。

いつもならぐったりしているはずの月曜日を、こんな爽快に過ごせる理由を救世は分かっている。空と過ごした時間があったからだ。救世は自分の容姿にコンプレックスを持っている。もっと男らしい容姿だったらと思わないことはなく、容姿をいじられたり、容姿で好意を寄せられたりすることにうんざりしていた。初対面で救世の容姿に食いつかない者は今までいなかった。しかし、空だけは救世の容姿に反応しなかったのだ。自分から空に声をかけたのも驚きだったが、空のリアクションにはもっと驚いた。

この人が運命の人かもしれないと、救世は空に初恋を抱いていた。

放課後、救世は急いで教室を出た。

今日も空が来ているかもしれない。

救世は駆け足でバス停へ向かう。

バス停の前で列に並ばずに、一人はぐれている少女がいた。

ショートカットの少女は、目元が前髪で隠れていて顔がはっきり見えない。

少女はバス乗り場に背を向けて救世の方を向いており、救世を出迎えるような形になった。救世はその少女を無視できなかった。空に似た空気を纏う少女を前にして救世は立ち止まる。

少女が空の関係者だとすぐに思った。そして口を開いた少女が救世の推測を肯定する。

「救世さんですかー？　わたしぃ空さんの友達なんです。伊代って呼んで下さい！　いやー一目で救世さんだと分かりましたよーそこら辺の女の子より断然可愛いですね！」

馴れ馴れしく話しかけて来る伊代に、救世は「どうも」と相づちを打つ。

伊代は一拍置いてから顔の前で大げさに手を組んだ。

「実は空さんのことでどうしても伝えたいことがあったんです」

警戒心を抱いていた救世だが、空の名前が出てきたので伊代に詰め寄る。

「空がどうかしたの？」

伊代は肩を落として、わざとらしいくらいに大きなため息を吐いた。

「本当はこれ、黙ってろって言われたんですけどー、救世さんには言わなきゃって思ったんです」

救世の頭に純粋無垢な空の顔が浮かぶ。

「空に何かあったの？」

「いえ、何かあったというか、今日帰るんです」

救世は自分の心臓が一瞬止まったかに感じた。

動揺が顔に出ている救世に伊代は続ける。

「空さんは黙って帰るつもりなんですよねー。でもここ数日、あんなに楽しそうな空さんは見たことがなかったからー挨拶もなしに帰ったらきっと後悔すると思って」

「空はどこに⁉」

自分の時間を取り戻した救世は、全身を巡る焦燥感に駆られた。

「今頃は空港かもしれません。私のお願いなんですけど―追いかけて欲しいです」

救世に迷いはなかった。すぐに山に向かうバス停に背を向ける。

「あ、待ってください―念のために電話して待つように言った方がいいですよ」

背を向けた救世には、今にも吹き出しそうな笑いを堪える伊代の顔は見えない。

伊代の顔は笑いを堪えすぎて歪んでいた。底意地の悪さがにじみ出ている。

「電話？」

救世は携帯電話をリュックから取りだした。空の連絡先は知っている。しかし、これまで一度もかけたことがなかった。メールのやり取りすらしていない。携帯電話でのやり取りはいわば非常手段で、救世は直接会って話すことが一番だと思っていた。

救世は空の電話番号を呼び出して電話をかける。

１コールで空が電話に出た。

「空？」

「ああ、私だ」

空の声はいつもと変わらなかった。それなのに救世には空が気乗りしないように感じられた。黙って帰ろうとする相手に、電話をして迷惑だったかもしれない。そう思いつつも、救世は空に呼びかける。

「今すぐ会いたい。黙ってか――」

「了解した」

救世の言葉は空の返事に遮られた。

「え？」

その言葉に救世は違和感を抱いた。

空はそれ以上は何も言わずに沈黙する。

「空、今どこに――⁉」

ザーザーとノイズが受話口に走った。すぐに携帯電話の画面を見ると電波が圏外になっている。

救世は携帯電話をしまうよりも早く走り出した。このまま空と会えなくなるのは絶対に嫌だった。

遠ざかる救世の後ろ姿を見る伊代の手には銃が握られていた。銃口には電波妨害するアンテナが取り付けられている。

伊代はトリガーから手を離して妨害アンテナを取り外すと、自分の携帯電話を取り出す。

「私です。いよいよコンビニバトルスタートです」

10

空は誰もいない部屋の奥でイスに腰かけていた。

姿勢良く座り込んで目を閉じている。

まるで眠っているかのような穏やかな表情だ。

救世からの電話が途中で切れたことは気にしていない。それよりもやっと来たこの時に思いを馳せていた。

空は自分の役目を心得ている。コンビニ戦士として以外の自分に価値はない。自分も戦うこと以外に喜びを見いだせない――ハズだった。

救世の笑顔が脳裏に刻まれている。

星光湖の美しさが瞼に焼きついている。

救世と一緒にいると心の奥底が揺れ動く。

コンビニ以外で初めて心が動いた経験は空に自問自答させる。

この思いはどこから来るのか。

重く分厚い扉は感情の波を押し止め、何重にも鎖で巻かれて開かない。

その隙間から漏れ伝わる感情の萌芽(ほうが)の光。

心が温かくなる光は、戦いで得られるのとは違う昂揚を空に与えた。

空は目を開く。

部屋に明かりはついていなかった。

立ち上がって部屋から外に出ると、コンビニエンスストアの店内だった。

ヘヴンの大型店舗の内装をゆっくりと見渡してから空は出口へ向かう。
外に出ると風が空の体を吹き抜けていく。
空の視線は先端の舳先(へさき)に向けられる。
沈みゆく夕日が舳先にかかっていた。
風を切り、大気を震わせ、翼がなくとも力強く進んでいく。
空はデッキの上を歩いて舳先までたどり着く。
眼下にはミニチュア模型のように小さく見える町が広がっていた。
飛行艇は建物が密集した町から離れて山へ近づいている。
空は前を向く。
ツインテールが宙に浮いた。

11

日が沈んだ空の下で、救界は目の前にいる伊代を睨み付けていた。

こみ上がる怒りを抑え込み、現状の打開策を考えるが何も浮かんでこない。

ここに至って伊代は笑うのを堪えなかった。

顔を引きつらせる救界を見て、ケラケラと声を立てている。

「もう分かってるんでしょう？　選択肢なんか一つしかないことを」


突然、店の前に現れた伊代はヘヴンのスタッフを10人ほど引き連れていた。

お婆婆を事務所に残し、スタッフ総出で迎えた救界達が何事かと問う前に、伊代はコンビニバトルを申し込んだのだ。

「コンビニバトル？　大会まで三週間を切った今は禁止されてるはずじゃないの？」

伊代は救界を鼻で笑った。

「ルールでは自粛するようにとしか言ってないですよー審判もこちらで手配しています。運営には許可ももらいましたー」

「そんなわけがっ⁉」

するとｊ伊代達を押しのけるようにして、メイドのような格好の少女が前に進み出た。

見ためが小学生のように幼い少女は目を閉じている。

救界は少女の胸に釘付けになった。

審判であることを示すバッジがついていたのだ。それも最高ランクのＳ級だ。

少女はスカートの裾を摑んで救界達に深々と頭を下げる。

「初めまして。本日の審判を務めさせて頂く見無子と申します」

少女は目を閉じたまま微笑む。救界は少女に詰め寄った。

「私たちはコンビニバトルを拒否します。だいたいおかしい。こんな時期にコンビニバトルを申し込むヘヴンもそうだけど、運営は何を考えているんですか？」

「運営ですか？」

見無子は首を傾げて見せた。

「運営は中立の立場で進行を司ります。今回は双方合意のコンビニバトルと聞きましたので、異例ではありますが運営は許可しました」

「私達は合意していない！　レガシー本部からも何も聞いてない！」

見無子は困惑した表情を浮かべて肩を竦めた。

「コンビニバトルは、あくまで店舗同士の合意のもとに行われますから連絡がないのは当然かと。お宅は加盟店ですよね？　直営店でない限り本部の許可は必要ありません」

伊代が見無子の前に進み出る。

「引き受けるしかないんじゃないですかー？」

「何故？」

睨みつける救界に伊代は切り札を切った。

「救世さん、帰りが遅くありません？」

その一言で救界だけでなく、他のスタッフ全員の顔から血の気が失せた。

救界は喉まで出かかった言葉を瞬時に呑み込む。仮にもマネージャーの立場を務めているだけあって、救界は冷静に努めて事態を把握して対策を瞬時に練った。

そして、冷静な思考はコンビニバトルを引き受けざるをえないと判断を下した。


「救界」

後ろに控えていたスタッフ達が救界に呼びかけると、救界は片手を上げて一族間だけで通じるジェスチャーをした。

「お婆婆様に報告して安全なところに。そして人を集めて救世を捜しに行かせて」

そう伝えながらも救界は、伊代の後ろに控えたヘヴンのスタッフ達が、簡単に彼らを行かせるとは思わなかった。

救界は大きく深呼吸する。

この事態は全く予想していなかったわけじゃない。最悪の事態を見越して対策を打ってある。救界は感情の揺れと思考のざわめきを必死に抑え込み、仲間に最優先事項を告げる。

「何が何でも救世の安全を確保して」

「救界……それじゃ」

救界は頷く。

「私は戦う」

どよめきがレガシーのスタッフの間に起こる。

「やっとその気になってくれましたか」

伊代が笑いを止めてまじまじと救界を見た。

「今すぐ始めたいんですが、そちらは救世さんいませんか？」

「今すぐだって？」

「ふざけるな！」

レガシーのスタッフが怒りの声を上げる。

「いいよ」

しかし、救界は自分達に選択肢がもう残っていないことを察していた。

伊代は両手を挙げて、「まーまー」となだめる。

「コンビニバトルは二対二の戦いです。こちらは二人揃っていますが、お宅が一つ条件を呑んでくれるなら一対一の状況で戦っても良いですよ」

完全に相手の作戦通りだった。

救界は下唇を噛みしめる。最早いかなる要求でも呑むしかないのだ。

「対決形式は店舗バトルを要求します」

「店舗バトル？」

救界はヘヴンが自分達をここで再起不能にするつもりだと理解した。

コンビニバトルは指定されたフィールド内での白兵戦以外に、店舗を移動要塞として扱える店舗バトルがある。後者はそれだけ店舗を改造していないと不利なため、売り上げの高い一部の店舗しか行わない。ただの店舗ではお店のままに過ぎないからだ。相手がバズーカでも取り付けていれば一瞬で終わる。

店舗バトルでは相手の店舗を先に破壊した方が勝利する。

「そっちの店舗はあるの？」

救界は疑問を口にした。

通常の店舗バトルでは、フィールドをお互いの店舗の周りに限定して、双方が攻城戦を行う形を取る。しかし、この四国にはヘヴンの店舗はまだないはずだ。

その時、遠くから風が切られる音が救界の耳に聞こえた。

8

救界は顔を上げて、伊代達の後ろ側、町の方角を見る。

山と山の間を道路が曲がりくねっているので、先まで見通すことはできない。

しかし、それははるか上空から飛んできた。

遠くから高速で近づいてくるエイの形をした物体。

一つ目のように見える先端のライトが視界を照らす。

大気を突き抜けて近づくに連れて、唸るようなエンジン音が聞こえ、切り裂かれた風が辺り一面に吹き抜けていく。

ブレーキをかけて救界達の上に留まる物体は、さらなる強風を辺りに巻き起こし、大気を震動させる。

救界達は髪の毛が舞い上がりながらも、強風に耐えて踏み止まる。

「え?」

救界は漆黒のＵＦＯを見たと思った。

エイに近い円盤状の飛行艇の腹が救界の頭上にあった。

夕日が沈んで星が輝く空が覆われ、異界に変わって見える。

円盤状の飛行艇にはヘヴンのロゴマークがあり、デッキには大型店舗が見えた。

「まさか……」

飛行艇の舳先には、ヘヴンの白いコンビニスーツを纏った空が立っていた。

空がはるか上空から救界達を見下ろしている。

空のツインテールが宙に浮かんでいるのが、救界にはっきりと見えた。

ツインテールはアーマーでコーティングされている。

救界の顔に冷たい汗が流れる。

「移動型店舗を完成させていたなんて」

ヘヴンは日本にあるコンビニチェーンで唯一、どこであろうと三時間おきに作りたてを店舗に配送できる巨大物流システムを持っている。

コンビニで最初にお弁当の宅配を始めたのもヘヴンだ。

ヘヴンの計画にはここまで含まれていたと知って救界は戦慄した。

移動型店舗によって、品切れを起こさずに商品を補充でき、お客様に商品を届けることも容易になる。しかも空を飛ぶのだから最速だ。

空を飛ぶコンビニ。

イメージ戦略としてもこの上ない。多くのお客の心を掴むことだろう。

「移動型店舗プロトタイプ・ヴァルキリーです。まだ塗装はしてないいんですが、機能的には問題ありません。相手に不足はないでしょ？」

伊代は意地の悪い歪んだ笑みを隠さず最大限に浮かべている。

見上げる救界と見下ろす空の目が合った。

「やっぱり、あの子だったんだ……」

救界は目を閉じた。弟の甘さに心底怒りを覚える。

その怒りをツインテールに向ける。

救世を守るため空には容赦はしない。

救界は再び目を開けた。

「店舗バトル受けた！」

懐からレガシーのロゴマークが入った球体の照明弾を取り出して、導火線に点火して空に向かって放り投げる。飛行艇の腹に届く前に点火した照明弾は狼煙を打ち上げる。茶色い光は勢いよく上昇し、空の目の前を通り過ぎてはるか上空で爆発した。

宙に刻まれるレガシーのロゴ。

コンビニバトル開始の合図だった。

「撃墜してやる」

急速に冷気を帯びる救界の声色から発せられる挑発。

空の鼓動が大きく跳ね上がる。

全身に広がる生の鼓動に空の頬が自然と緩んだ。

12

コンビニ戦士同士が戦うコンビニバトル。

ルールは大きく三つ。

一、基本的に二対二で戦う
二、対戦相手の体に三つあるライフビットの破壊、または戦闘続行不可能で勝利
三、直接相手の体を狙った場合、勝利後の獲得ポイントが減点される

コンビニスーツが支給された第4回大会から大きなルール変更はない。

武器と防具の使用が許可されて以来、各コンビニチェーンは自分たちの特色を反映したスーツと武器・防具の開発に力を注いでいる。

スタッフはコンビニスーツを纏い、武具を持って戦う。

第三者として存在する運営機関にあるマザーコンピューターの評価の下で、武器と防具はポイントが割り振られ、コンビニの店舗レベルとスタッフレベルに合わせて、使用可能範囲が定められている。

つまり、店舗レベルとスタッフレベルがD級なのに、S級の武器・防具を使用することはできな

いわけだ。

店舗レベルは店の売り上げから衛生面まで、総合的に評価されてポイントが与えられる。店はそのポイントと引き替えに、本部から武具を仕入れることができる。

スタッフはコンビニスーツを着て戦うが、このコンビニスーツがスタッフの安全を守る防護服になるだけでなく、そのレベルに合わせた肉体強化をしてくれる仕組みだ。

日頃の勤務データから、接客・品出し・販促・清掃・発注・特化の六つが、攻撃力・守備力・ボーナスポイント・素早さ・スロット数・特殊のパラメーターに変換される。

接客・品出し・清掃は、そのまま攻撃力・守備力・素早さに反映される。

販促（ボーナスポイント）は、その数値を他のステータス一種に割り振ることができる能力。これは自分だけでなくパートナーにも振り分けられる。

発注（スロット数）は、一度に装備できる武器・防具の数。強力な装備ほどスロット数を多く使うので、数が多いと有利である。

特化（特殊）は、コンビニスーツの特性をどれだけ発揮できるかの割合。せっかく特殊スーツを用意しても、この数値が低いと機能が制限されてしまう。

武器・防具はこのステータスを強化する延長の役目を果たす。武器・防具の定義は幅広く、コンビニスーツを強化する小型のサポートチップでも防具に分類される。つまり、大きさの大小問わずコンビニスーツ以外の不純物全てが武器・防具扱いだ。

全ての数値は運営のコンピューターで算出されて決まる。

コンビニスーツの仕組みに関しては公にされていないことがあり、謎に包まれている部分が多い。運営は正確にはコンビニスーツの素材と設計図を支給する。この素材でスーツを製作したり後から改良を加えることができるが、どこも無から作り出すことができていないのが現状だ。運営にスーツのことを問いただすのは禁止されている。

コンビニスーツ最大の謎は、肉体的・精神的にスタッフを強化するだけでなく、特殊な状況下で発揮する数値化できない効能をスタッフに与えることだ。これは未だに原因が解明されていないが、大会では黙視されている。

コンビニスーツは店舗エリア、もしくはバトル指定エリア内でしか機能を発揮しないように作られている。つまり、スーツはアンテナの役目で、本部からデータを受信することで発動する仕組みになっている。当然、武器・防具も指定エリア外では能力を発動しないように、ロックがかけられている。

そして、コンビニスーツを着て戦うスタッフはコンビニ戦士と呼ばれる。

空はすでにコンビニスーツを着て武装化していた。

救界は店舗に保管されていた、黒と灰色が下地のスーツを身に纏う。

黒と灰色はレガシーのイメージカラーだ。

体のラインがくっきり分かる黒いシャツに、灰色の上着を腰に巻いたシンプルなデザインは、レガシーの方針の表れだ。レガシーは製作段階から目に見えないナノマシンを混ぜ込んでいる。後からチップを取り付けるよりも高性能になるからだ。ただし防具装着済みのスーツとして完成するため、着用できるのは高レベルのスタッフだけに限られてしまう。このやり方では当然スロット数も空いていないので、他と比べると装備数の余裕がない。各チェーンともに、平均スロット数は5個で、スロットパラメーターが高いスタッフでもだいたい7個だ。レガシーはスーツだけで4個のスロットを使っている。しかし、7チェーン中で一番予算が少ないレガシーは技術面で大きな後れをとっているので、スタッフの質と一芸特化に賭けるしか勝ち抜く方法がないのだ。

救界は専用武器である弓矢を手に取った。発注能力が高いのでスロット数が一つ多い救界だったが、急場なので専用の武器・防具が店に揃っていない。大会までに本部で最終チェックしたものが送られてくる予定だった。

「ううん、弓矢があれば十分」

各チェーンともにメインとなる武器をデザインしていて、レガシーでは弓矢だった。

各店舗でそこにしかない商品を持ち味にしたのがレガシーのスタイルであり、目玉商品を前面に打ち出すことを表現するのに弓矢以上のものはない。

「救界」

お婆婆に呼ばれて救界は振り返った。

「こんなことになって、お主に全てを押しつけることになってすまんの」

救界はお婆婆に微笑んで見せる。

「私は一族を守りたいから。それに、私はあのツインテールに勝つつもりだよ」

救界はまっすぐ前を向くと、駆け足で事務所を出て出口へ向かった。

店の外に出ると救界は空を見上げる。

微笑んだままの空が救界を見下ろしていた。

救界と空の背中にライフビットが三つ浮かび上がる。

ルール上、このライフビットを破壊された方が負けになる。

レガシーとヘヴンの店舗を基軸に青い光が円形状に広がっていく。

ヘヴンの店舗搭載型飛行艇が山の上空にあるため、エリアの範囲は救界の一族が住む山の中腹にまで及んだ。

救界はお婆婆が他のスタッフに連れられて、店を出ていくのを確認する。

お互いのスタッフが救界と空から離れていく。

二人の間には審判の見無子だけが立つ。

「さて、それではお互いに準備が済んだようですね。始めましょうか」

見無子が人差し指を天に向けると、数字のカウントが大きな映像になって出現する。

「3」

救界は弓を構える。

「2」

空は腰に片手を当てたまま微動だにしない。

「1」

救界は背中にぶら下げた矢筒から弓矢を手に取った。矢の形状は店舗ごとに違っており、救界が持つのは山の特産品である腸詰め焼きをイメージしたものになっている。

「スタート！」

救界が上空で待ち構える空に弓矢を放つよりも早く空が動いた。

正確には、空のツインテールだ。

宙に浮かんだツインテールは、まるで独自の意志があるかのようにくねりとしたかと思うと、一瞬のうちにアーマーの形状を変化させてマシンガンを打ち出した。

空自身に全く動きが見られなかったことが、救界の反応を遅らせてしまう。救界は矢を放つタイミングを逸して避ける判断をする。

マシンガンが数発、救界の体にヒットした。

マイナス3500円のダメージ表記が、救界のスーツを通して空中に映し出される。

コンビニスーツの耐久力はあらかじめ定められている。

直近の一週間の勤務時間に応じた給与の総額だ。もちろん、最低賃金はあっても上限は定められていないため、大会前だけ時給を増やすといった不正が行われないよう、各店舗の1年間の収支のバランスを崩さない金額でなければいけない。

救界の場合は平日月曜から金曜までの17時から22時と、土日の6時から20時まで合わせて53時間かけることの700円で37100円がライフゲージだ。

救界は開始前から3000円を貯蔵したので、34100円からのスタートだ。

マシンガンの衝撃はコンビニスーツに吸収されてほとんどなかったが、消費したライフゲージに救界は驚く。
二、三発当たっただけで3500円も引かれるのは初めてだ。
S級クラスのコンビニ戦士の軽い一撃でもこれほどまでに重い。

救界は的にならないために駐車場を走り回った。坂道を登って山に向かう選択肢は初めからない。これは店舗バトルだ。相手の店舗を破壊しても勝ちになる。救界は店舗から離れることはできない。山に入って森の中に隠れるという地の利を活かすことができない。これも相手が最初から狙っていたことだった。

救界の背中を追いかけるマシンガンの雨は止まない。救界に立ち止まって弓矢を放つ隙を絶対に与えない。

「あの髪……」

救界の一番の驚きはツインテールにあった。

髪が動いて攻撃する。

そんな相手に出会ったことはない。

技術でも人材でもコンビニチェーンのトップを行くヘヴンは、未知のエネルギーを変換する技術を編み出していた。ツインテールは空の意志で自由自在にコントロールできる。

ツインテールでマシンガンを放ちながら、空は救界に一つの疑問を抱いていた。

どうして相手のコンビニスーツは半分だけなのか?

空の視線は救界の腰に巻かれた上着にあった。

救界はコンビニスーツの一部である上着を羽織っていない。

防御力を落としてまでするのには訳があるのか?

空が思考を巡らせている間、救界はマシンガンを避けながら下準備を進めていた。

不利な状況だ。

相手は今日の戦いをシミュレーションして勝つ準備をしてきた。それに対してこちらは地の利も活かせず、装備も揃っていない上に、こちらのエースは相手に握られてしまっている。

それでも救界は勝てないとは思っていなかった。

救界は本来、後方支援を得意としている。マネージャーの立場にある救界は、販促や発注の能力値が高い。ボーナスポイントをパートナーに振り分けたり、多いスロット数を活かしてサポート系の武器や防具を身につけてパートナーを援護する戦い方が持ち味だ。店舗バトルは自分たちの店も武器として扱うことができる。マネージャーライセンスを持つ救界は、一スタッフとは違い、店舗

を遠隔操作することができた。この事実を相手は知っているのかどうか分からないが、救界はそれによる勝利の方程式を実行しようとしていた。

救界は腰に巻いていた上着を手にとって広げた。

空がその動きを見て眉を動かす。

救世が走りながら上着を羽織ると、その体が黄金色に輝き始めた。

「ベルセルクモード？　いや、あれは赤い光のはず」

空が見極めている間に、救界のコンビニスーツのライフゲージは大きく引かれていく。

引かれた数値分が救界の持つ弓と矢の攻撃力に加算される。

資金が少なくて技術面で遅れているからこそ、レガシーは武器と防具に関しては、新開発よりも従来型への上積みを選択した。

コンビニスーツの未知のエネルギーを目に見える武器にする。

それは唯一レガシーだけが具現化に成功したことだ。

コンビニスーツの上着の部分は、エネルギー増幅装置の役目を果たしていた。起動させることで、武器にエネルギーを送り込める。救界は立ち止まって踵を返す。弓を構えて空に矢を向ける。連射されたマシンガンが救界に当たるが、救界は気にしなかった。

腸詰め焼きをイメージした矢に注ぎ込まれるエネルギー。

矢には各レガシーごとの登録商品のデータが記録されており、その破壊力は商品の売り上げによって変動する。救界の攻撃力に加えて、運営の本部コンピューターに登録された数値分のダメージを、相手のコンビニスーツに与える。

直接相手の体を攻撃するのは減点になる。

こんなルールがあるにもかかわらず、コンビニスーツにはライフゲージが設定されている。その減点というのも、試合後に勝利した相手から貰えるポイントが減るだけだ。

コンビニバトルオリンピックのような大会では、勝つこと以上に得られるものがないので、あからさま過ぎないように気をつけるが実は誰もが意に介していない。世間での体裁を気にしただけの、取って付けたようなルールが本当の実態だ。

空のマシンガンも、救界の矢も、ライフビットを狙った上での不測だと言い張れば済むし、審判もそのように判断するのが常だった。

空が直近の一週間で勤務したのは、四国にやって来る当日の朝勤だけしかない。わずか三時間であり、時給900円であってもコンビニスーツは2700円のライフゲージしかない。

お互いのライフゲージは試合前から確認できた。空のライフゲージの低さも救界が勝てると思った理由の一つだ。救界は20000円分のエネルギーを矢に込める。弓矢の狙いはライフビットではなく空の体だ。黄金のエネルギーが矢に収束され、解き放たれる。

まっすぐ空に向かったエネルギーは、腸詰めの評価額3000円に20000円が加算された威力だ。最速で向かってくる破壊の矢が空の瞳に映る。そのエネルギーはマシンガン程度では打ち落とせはしない。

救界は打ち終わりの残心の姿勢で推移を見守る。

空の瞳の色が変わる。

自己催眠のように、空の意志は一瞬のうちに埋没して虚ろになる。

修羅モード。

これはコンビニスーツによって発動するものでは無い。ヘヴンの生み出した「理想のコンビニスタッフ育成プログラム」の完成形。ランナーズハイのように、アドレナリンとドーパミンが大量に分泌してハイテンションでコンビニの仕事をする状態だ。そうなれば自分の気持ちや意志はもうなくなる。コンビニスタッフのオペレーションマニュアルを、感情や肉体の疲労を無視して何時いかなる時も正確に行えるのだ。

コンビニ業務に喜びを抱く修羅。

全てはコンビニのためにある自己。

空の修羅が発動すれば、空の意志はなくなり、そこにあるのはコンビニマシーンだ。

向かってくる矢に対して、ツインテールの形状が瞬時に変化して砲口から白いエネルギーを射出した。救界の上空で白い光が輝いて黄金の光を呑み込む。

ツインテール砲の元となるエネルギーは何を変換しているのか？

それは空の女の子としての幸せの未来だった。コンビニスタッフとして必要のない未来の全てをエネルギーにしている。運が良いのか、この近日で空は年頃の女の子らしい出会いをした。それはツインテールの新しい餌になる。空と救世の繋がりは本日絶たれるだろう。

2３０００円の攻撃を打ち消した空のツインテール砲に救界は驚愕する。しかし、この瞬間こそが救界の本当の狙いだった。

「バフマシーン起動」

救界の声に反応して、レガシーの店舗の駐車場が真っ二つに開く。瞬時に地下から出現した大砲が飛行艇に向けられる。

光沢を出すために床を摩擦で削る清掃用具の名を冠した砲撃は、直近の1ヶ月の来客数に比例したダメージを与える。当然、観光地の名所にあるレガシー久遠山前店に来客する人数の多さは、まだプロトタイプである空の移動型店舗と比べるまでもなく桁違いだ。

空が油断した隙をついて一撃で移動型店舗を沈める。ここまでが救界の策だった。

射出した白い光が収まって、空は大気を貫く轟音と放出される砲丸を横目で確認するが、もう遅い。砲丸を避ける時間はなかった。

しかし、実のところ避ける必要がなかった。

砲丸が飛行艇に当たる直前で、見えない壁に弾かれるようにして粉砕される。

爆炎が飛行艇の周りに漂い、やがてうっすらと空と飛行艇の姿が見えるようになった時、空は宙に舞っていた。

空中でバク転しながら空は自分を見上げる救界を嘲笑う。

「やはり技術的にレガシーは他よりも2年は遅れている」

子供のような屈託のない笑みに救界は戦慄した。

星空に舞う空はあまりにも純粋無垢で、汚しがたい存在に見える。

彼女はヘヴンの戦乙女。

コンビニスタッフであることにしか喜びを感じず、存在価値を見いだせない少女。

そもそもが失敗前提のプログラムの生け贄から始まっている。

彼女に未来は要らない。

この瞬間にコンビニスタッフとしての喜びがあればいい。

空のツインテールが再び救界に向けられた。

現在のコンビニの新店舗や改装店舗では、床はバフマシーンで削る必要のない清掃が楽なタイプになっている。つまり、バフマシーンの削る機能を砲丸にした一撃は、バフマシーンを無効化するシステムが搭載された店舗には通用しないのだった。

救界は心拍数の上昇を感じながらも、心だけは落ち着いていた。

そして覚悟する。自分の敗北を。敗北だけはだが。

空のツインテールから救界めがけて、白いレーザービームが射出される。

音速で打ち出されるレーザービームの先に救界はいなかった。

空がハッとして横をむくと、宙に旋回した自分の隣に救界がいた。この高さまで飛び上がって来たのだ。

音速を超えた移動と人間の脚力を上回る跳躍を可能にしたのは、レガシーのコンビニスーツの力だ。７０００円分のライフゲージを脚の強化に振り分けたのだ。

これで救界の残るＨＰは３６００円だった。

救界は空のライフビットに弓矢を向けている。さらに３０００円を矢に加算する。黄金のエネルギーでライフビットを３個まとめて破壊するつもりだ。

「この至近距離ならどう反応する？」

空中でバク転したままの定まらない体勢の空に、救界の必殺の一撃が放たれる。

宙に黄金の光が広がった。

救界にとって一族の繁栄は人生の全てと言っていい。レガシーを通して一族の拠点が増えて誰もが豊かになり、一族も全盛期以上に増えることを夢見ている。一族の未来はレガシーと一心同体なのだ。絶対にレガシーを失ってはならない。

子供から老人まで全てが救界の兄弟姉妹だった。その繋がりは強固であり、夢を共有している。

一族全ての喜びを実現するために夢を叶える。救界は皆の喜ぶ顔が見たかった。

自分のために戦うんじゃない。皆のために戦うんだ。

救界の思い描く夢は美しく気高かった。

黄金の光が消失して救界の視界が真っ暗に染まる。

救界の顔面に空は拳を叩き込んでいた。

鼻の骨が折れる音と感触が空に伝わり、救界は飛行艇のブリッジまで叩き落とされる。

二人には歴然としたスピードの差があった。

ゆっくり旋回して体勢を整えてから、救界の顔を見て拳を叩き込むまでの一秒未満の時間が空には十秒ぐらいに体感できた。

コンビニスタッフを経験すれば、まず時間の過ごし方、時間の流れを捉える感覚が鋭くなる。

例えば、朝の通勤ラッシュの時間帯でレジ接客をやっていて、店内を埋め尽くすぐらいに列を作ったお客さんのプレッシャーを受けると、目の前のお客さんが財布からお金を取り出すまでがゆっくり感じられるようになる。同じ時間を過ごしていても、お客とスタッフでは感覚が全然違うのだ。

コンビニスタッフを極めれば、時間感覚のコントロールも容易くなる。ゆっくり感じる時間も、速く感じる時間も自在に操れるようになる。コンビニスタッフのトップクラスは、時間の支配者と言っていい。その選ばれた者達の中で、さらに上下が分かれるのだ。

コンビニスタッフのスキル六つ全てをＭＡＸまで極めた空は、言ってみればパラメーターの全てが限界値まで高められていて、スピードも最速だ。

対する救界も、土日は一日で一般的なコンビニの一週間分の売り上げをあげる、レガシー久遠山前店で鍛えられている。救界自身はマネージャーとして裏方に回ることが多いが、決して素早い動きが苦手ではない。というか遅ければ通用しない。

二人の速さを比較するのは本来なら難しい。

立地条件によって店ごとの忙しさは違うし、お客の混み具合も買い物の量も変わってくる。スタッフ一人一人の仕事の速さを一括りにはできない。

空も救界もそれぞれのチェーンでは、トップレベルのスピードなのは間違いない。

それでも空は救界の数倍は速かった。

理由は、勤務スピードにはスタッフの感情や体調が大きく関わってくるからだ。

同じ掃除をやっても、手を抜いて早く終わらせるスタッフと、隅々まで掃除しているのに早く終わらせるスタッフがいる。

救界も人間だ。店が忙しくて仕事に追われたり、疲労が激しかったりする時は、普段よりも一つ一つの仕事の精度が落ちるし仕事を省略することもある。

だが、修羅モードの空にはそれがない。

表向きは空と救界のコンビニ勤務歴は同じだ。なので全く同じ時間だけ働いたと考えて比較したとする。救界が手を抜いた分、空が手を抜かなかった分、二人の間の小さい差も積み重ねで大きな差になってしまう。それが1年以上も続いたのなら尚更だ。

叩きつけられた救界を空は宙に浮いたまま見下ろす。空のツインテールは飛行ユニットの機能もついている。ヘヴンとレガシーでは技術力で大きな開きがあるのに、二人のコンビニスタッフとしても差があるのでは、救界に勝ち目は見当たらない。

オペレーションマニュアルを正確無比に実行する空に万が一の油断は無い。

空は救界の顔をずっと見ていた。

救界の顔は救世の顔と同じだった。

修羅モードの空は倫理観も認識力も曖昧で、救世と同じ顔を殴ることに抵抗を感じなかった。

逆に感じたのはある種の快感だ。禁忌を犯す時の気分。それは手が届かない痒い所、手で掻けないから擦る道具を使って引っ掻く時のような気持ち良さ。痒さを痛みでかき消すという刺激は、人間の体に訴える快楽だ。コンビニ戦士としての戦いの喜び、自分が優勢にあることに加えて禁忌を破る楽しみは、空の体に快感の波となって押し寄せる。

空は無垢である分、多くはやっていいこととやってはいけないことの区別ができず、また抵抗意識が弱い。

救界は鼻を押さえて立ち上がった。骨が折れた痛みと鼻が詰まって呼吸が満足にできない苦しみを、涙と鼻血で表現しながら必死に歯を食いしばる。

空が躊躇なく自分の体を攻撃することに、救界はあまり驚かなかった。お婆婆から聞かされていた通りの最悪の事態だと納得した。相手の体を狙うならライフビットを狙った上でだったり、正当防衛を演じる。ここまで大胆に体を狙わない。しかし、これはお客もスポンサーも見ていない非公式のコンビニバトルだ。

通常、戦うコンビニ戦士から決して離れない審判の姿が見当たらないことから、救界はこのバトルですら完全にヘヴンの手の平の上で行われていると気づいた。

視線はゆっくりとブリッジに降り立つ空に向けられる。

空は熱を帯びた顔で呆然と救界を見つめていた。

あまりにも場違いだと救界は思った。

そんな赤ちゃんみたいな顔で殴れるのが信じられない。

救界はもう一度弓を構える。

空は救界の手の動きに反応して一瞬で間を詰めて、鳩尾(みぞおち)に膝蹴りを食らわせた。

救界の体が痛みに悶える。空の下腹の底からこみ上げてくる熱が一段と増していく。

救界のコンビニスーツのライフゲージはとっくに0だった。0になればコンビニスーツはその強化機能を停止する。ただ普通に動くことに支障がないため、本人が戦闘不能になるかライフビットが破壊されるかで敗北が決まるルールに関係がない。

また、空は直接救界の体を狙っているが、この試合の目的はレガシーの店舗を破壊することにあるので、いくら減点されても問題はない。

空は審判のことを視界からも思考からも完全に除外していた。

百戦錬磨の空の判断とは別に、裏では充分にヘヴンの手が回っていた。

審判の見無子は、飛行艇と地上の駐車場から離れた場所で目を閉じて座っていた。

彼女は最初からこの試合を見ていない。ただ結果を待っている。

救界はブリッジに膝をついて胃の中身をぶちまけた。

嗚咽も汚らしい様も、空には快感をもたらす媚薬でしかない。

空は容赦なく救界の横っ面に蹴りを叩き込む。救界の体がまっすぐ吹き飛んだ。空は蹴ると同時にツインテールのブースターで素早く先回りして、飛んできた救界を今度は上空に蹴り上げる。

救界の意識は消える寸前だが、空は快感でますます覚醒していく。

救界の折れた歯がブリッジに転がるのが空の視界の端に入る。

「あ」

空は口元からよだれを垂らした。

元来、快楽は男性と女性でどちらが強いのか？

その議論をしても、恐らく個人差だったり、置かれている状況によって甲乙つけ難いだろう。しかし、どちらの方が快楽の持続時間が長いのか？　と聞かれれば、それは間違いなく女性だ。

つまり、この場合はたちが悪いことを意味している。

重力に引っ張られて落ちてくる救界を空は見上げた。

空の中に押し寄せる快感の波は、まだまだこれから大きくなるところだった。

もっと。

今まで体験したことのない初めての快感が空を突き動かす。

空は救界を殴る、蹴る、投げる、払う、絞める。自分でも気がつかないうちに手加減していた。この快感を少しでも長く感じるために。

空は無邪気に笑った。

救界はコンビニスタッフとして覚悟を間違えている。

コンビニでしか叶わない夢。

そんなものは一流のコンビニスタッフでなくとも、アルバイトの新人だってコンビニで持ったりしない。コンビニで働く者は我が強く、自己の存在価値を知らしめるために、どのような形であれコンビニを利用しているのだ。

当然、あの度偉はそうであるし、弟の救世ですらそうだ。

救世はレガシーを一族の生活の基盤の一つにしたいと思ってはいても、そこに執着していない。レガシーが無理なら別の手段に乗り換える。あくまで選択肢の一つだ。そのクレバーさを兼ね備える者達でなければコンビニ勤務は務まらない。

依存する者は弱く不安定だ。

常々救世を甘いと思っている救界の方が、実はコンビニスタッフとしてあまりにも幼かった。

ブリッジに崩れ落ちた救界は、歩み寄る足音に恐怖する。

相手は救界が死ぬまでやるつもりだ。いや、正確には快楽が最高潮に達するまで止めるつもりがない。体は痛みの感覚しかなかった。それでも救界の心は折れていなかった。消えそうな意識を必死に繋ぎ止める。

救界は震える体をゆっくりと起こして立ち上がろうとする。瞼は腫れて視界は塞がっていた。あばら骨は折れていた。両足の骨にはヒビが入っている。

こんな状態でも立ち上がるのは次に繋げるためだ。

ここでできる限り空の能力を暴いておく。

救界はもうとっくに負けることは分かっていた。だから救世に託すために戦っている。

救世が最後の希望だ。

空はまだ動く救界を見て胸が高鳴る。快感の最高潮の波をもうすぐそこに感じていた。

13

空と救界の戦いが始まる少し前に、松山空港にいた救世は罠に嵌められたことを知った。

タクシーが空港に近い第一駐車場ではなく、第二駐車場に向かった時点でおかしいと思ったが、タクシーが駐（と）まった第二駐車場から空港に向かおうとした救世は、あまりに人気がなさ過ぎることで足を止めた。

第二駐車場には他にも多くの車が駐められていたが、人の姿は見られない。しばらくその場に立ち尽くした救世は、新しく車がこのエリアに入ってこないことに気づく。救世はタクシーが駐まった場所まで戻った。タクシーはそこに駐まったままだった。

どうして帰らない？

救世が恐る恐るタクシーに近づくと、運転手の姿が見当たらない。

カツン
救世の背後で足音が響いた。

救世が振り向くと、20代前半に見える長身の女性が立っていた。すると駐車場に駐まった車のドアが開き、中から男達が出てくる。あっという間に女性を先頭に20人ほどに救世は囲まれた。

全員がヘヴンのスタッフだと分かる制服を着ていた。

救世は嫌でも事態を呑み込めた。綿密な計画を立てたうえで、ここまで堂々として実行する姿にヘヴンの凄みを感じとる。

「初めまして。私、執子伊奈(しつこいな)と申します。以後お見知りおきください。救世様にご同行願います」

救世の目の前に立つリーダー格の女性が口を開いた。引き締まったアスリートのような肉体からは、彼女がただのスタッフではないことが窺える。

「ヘヴンが僕に何の用なの？」

相手は答えない。

「空はここに……居ないんだろうね」

これで空がヘヴンの関係者であることが、１００パーセントになった。

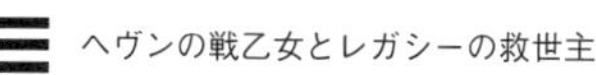

救世だって鈍いわけではない。空の言動に加えて、度偉から聞いたツインテールの少女の話から、空の正体には気づいていた。しかし、取るに足らないことだと無視していた。

空にどのような背景があっても、救世の空への思いは何も変わらない。

「ヘヴンがここまで陰湿な手を使うなんて思わなかったよ」

救世の挑発に伊奈は反応した。

「ヘヴンには崇高な目的があります。それを実行するに当たって細心の注意を払うのです」

救世は顔を上げて伊奈を見た。

「崇高な目的だって？」

「ええ。全てのお客様に、24時間３６５日、朝から晩までヘヴンを利用して頂くことです。この世の中にはヘヴンだけがあればいい。ヘヴンだけがお客様の生活を支える。このプロジェクトこそ我々の大義ですわ」

救世は失笑しそうになった。バカげている。しかし、このバカげたことを本気で実行しようとしているのが紛れもないヘヴンなのだ。ヘヴンは競合店であるスーパーやコンビニだけでなく、あらゆる飲食店も潰すつもりでいる。

「ヘヴンは最初からそのつもりだったの？」

その問いに伊奈は答えなかった。

「救世様、ご同行願います。こちらとしても手荒な真似はしたくありません」

「嫌だ！」

救世が拒否すると、男達はいっせいに救世に向かって駆け出した。

その目は血走り、口元は歪んだ笑みを浮かべている。

救世が見慣れた顔だった。

今まで出会ってきた男女問わず、多くの人が救世に歪んだ欲情を抱く。

それは救世が持つ天輪の才能ゆえなのか、はたまた人の本性が獣なのか。

救世はどうやって逃げるかだけを考える。

彼らは悪くない。

彼らにとってこれは仕事なんだから。

彼らを責めたり、傷つけたりするわけにはいかない。

救世はこの状況でも恐怖を抱いていなかった。

男達の魔の手が救世に伸びる。

救世は下唇を噛んだ。

「まちいやっ！」

その時、イントネーションの悪い関西弁が第二駐車場に響き渡った。

駐車場の入り口からエンジン音を噴かせて、真っ赤なバイクに乗ったライダースジャケットを着た少女がやって来る。救世は少女に見覚えがあった。

「ようやっと追いついたで！」

前髪パッツンの関西弁の少女は男達に向かってバイクで突進する。救世に飛びかかろうとしていた男達は慌てて横に避けた。

少女は救世のすぐ前でバイクを止めて旋回させて男達を向いた。

「ったく、ヘヴンのやることは王者らしくないっちゅーねん！」

少女はバイクのエンジンを点けたまま駐めて降りる。

救世よりも背の低い少女の線は細く、抱きしめたら折れそうな細い腰をしていた。

「無事かいな？」

少女は救世に振り返る。

「独走さん？　どうしてここに⁉」

あの日、町で道に迷っていた少女は、親指を突き立てて自信満々に微笑んだ。

「駆けつけるって言うたやろーが。町で君がタクシーに乗ってるの見かけてな。よく見ると後からヘヴンの車が付いてってるから慌てて追いかけたんや。本当は先回りして着けたと思うんやけど途中で見失って……ちょっと……」

「また迷ったんですね」

走はバツが悪そうに笑う。

「まったく、道が分かりにくいところやで愛媛は！」

「曲がり角が多いのは認めますけど、走さん元から方向音痴じゃないですか」

走は頭を掻いてあははと笑う。救世もつられて笑いそうになるが、現状がそうはさせない。

「来てくれて嬉しいです。でもすごくピンチですよ？」

男達のぎらついた目は、か弱い少女二人であればいかに危険な場所にいるかを教えてくれる。

「見て見ぬふりできんやろ。君には恩があるし。相手がヘヴンなら尚更来ないわけにはいかん」

どうしてそこまで？　と聞こうとした救世は、走がバイクに手を伸ばすのを見た。走はバイクにぶら下げてあった二本の日本刀を手に取る。

「うちかてオリンポスの一員や。何でもかんでもヘヴンの計画通り進めさせるわけにはいかん。ここにかて旦那の反対押し切ってきとるんや。成果をあげんとな！」

救世は驚いて声をあげそうになった。

オリンポス。

ヘヴンの後を追いかける業界の二番手。しかし、二番手であることがオリンポスの勢いに火をつけていると言っていい。ヘヴンは悪く言えば完成形にある。絶対王者としていつも同じスタイルを求められているし、ヘヴンも知名度の高さを活かしたどこでも変わらない商品と店舗を持ち味にしている。プライベートブランドの新商品の発売も、定番商品の信頼度や需要の高さからそこまで活発に行わない。それに対してオリンポスは貪欲だ。店舗開発と商品開発では何でもやるし、未知の領域に踏み込むことを恐れない。失敗してもいい。最後に結果を出せば結果オーライ。不動の地位を築いてシェアナンバーワンを誇るヘヴンの牙城を崩すには、ヘヴンと同じことをやっていてはいけない。

オリンポスのそのスタイルが、今までサラリーマンや学生がメインの客層だったコンビニ業界に、若い女性客や主婦層・シニア層の新規開拓を呼び込んだ。コンビニ戦争がより熾烈になったのは、オリンポスがコンビニ業界に差別化戦略による活性化をもたらしたからだ。

オリンポスのヘヴンへの対抗意識は強い。オリンポスの名前は、火星にあるオリンポス山から来ている。全ての登山家の夢見る最高の山。険しければ険しいほど燃える。どうして山に登るって？そこに山があるから登るの通りだ。未知だからこそ挑戦する。

そのオリンポスにあって、独走は高校三年生にして全15000店以上、25万人を超えるスタッフの中でナンバー2の地位にあった。

走は刀を一本ずつ左右の腰に差すと、伊奈を指差した。

「よってたかって女の子を襲うなんてヘヴンも堕ちたもんやで。うちが性根をたたき直したる」

「オリンポスも手が早いですわね。それもよりにもよってあなたを寄こすだなんて」

伊奈はため息交じりに言う。

男達はあからさまに一歩後退した。

ここは空港の駐車場だ。店舗エリア内でないからコンビニスーツは発動できない。そもそも走はコンビニスーツを着てすらいない。スーツを着ていないないなら普通の女の子にすぎない。男の腕力で物を言わせるのはわけがなかった。相手が走でなければ、だ。

走の全国女子剣道大会準優勝の肩書きが、男達の戦意を挫こうとしていた。

「救世、君な、急いで家に帰った方がええわ」

走は男達を牽制しながら振り向かずに言った。救世はその言い方にムッとする。

「ちゃうねん。君の店でコンビニバトルが始まってるらしいんや」

「え？」

救世の頭の中で姉と空の顔が瞬時に浮かんだ。

「まーそれにはここを切り抜けないとあかんのやけどな。うちが道を切り開いたる。うちのバイクに乗って行きや！」

「いや、運転できませんって」

救世は手を横に振った。

そんなやり取りをしている間に男達は気を取り直して二人を囲み、じりじりと追い詰めていく。

救世と走は後退し続けて、駐めてあるタクシーに背が当たった。

「それじゃ、前出しはできるか？」

走が小声で救世に尋ねた。救世がきょとんとしていると、

「ん？　そっちでは前出しとは言わへんの？」

走はどう言うべきかと思案する。

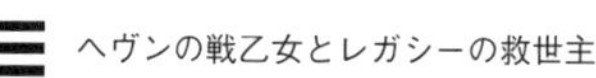

「言いたい意味は分かります。できます」

　救世は力強く答えた。

「ほな、前出ししよか」

　走がニヤリとする。二人は一気にタクシーの最後尾まで飛び下がった。

　前出しとは、商品を商品棚の手前に出す作業のことである。お店の商品棚、通称ゴンドラに一列に並べられた商品は前から順にお客に取ってもらうため、その商品が売れるにつれてどんどん奥に隠れてしまう。奥の商品を手前に出してお客に見えるようにしないと、商品は当然だが売れない。商品の前出しはコンビニ業務の基本中の基本であり、コンビニでアルバイトを始めれば誰もが最初に習う。コンビニチェーンによって、定義も呼び方も違うがやり方は共通している。

　その前出しを救世と走は目の前にあったタクシーにやる。

　救世と走が一緒にタクシーに手を当てて押すと、タクシーはまるで重量が軽いかのように前に吹き飛ばされる。

　前出しを極めることは、力点と支点を極めることだ。どんな者であれ、人であれ、そこには支点があり、作用しやすい力点がある。それを見抜き、正確に矢で射貫(いぬ)くように押し出せば、自分の何倍もの重量でも軽く押し出すことができる。

　この前出しは何千何万回の積み重ねによって、技にまで昇華される。ただし、同じ条件でトレーニングをしても思い描くイメージによって成果が違ってくるように、コンビニスタッフ全員がマスターできるわけではない。そこにはコンビニ業務に注ぐ情熱と、スキルを身につけてやろうという野心が不可欠だ。

コンビニ戦士ではない20人あまりのヘヴンの男性スタッフ達は、目の前の光景に驚愕する。飛び出してきたタクシーを避けたために包囲網は崩れた。

「しまった！」

唯一、コンビニ戦士である伊奈は、男達の後ろにいたことで反応が遅れた。

「今や！」

走はこの隙を逃さずにバイクに跨がり、救世は後部シートに座って走の腰に手を回した。

「ほな行っくでー！」

走は第二駐車場を駆け抜けるが、そのまま空港を素通りして町を目指さずに空港へ直進する。

「どうして？」

「さっきぶち抜いたんやけど、第二駐車場入り口前は封鎖されとったからな！　一度迂回して空港に入ってから外に出るで！」

上空を飛行機が飛ぶ音に負けずに走は声を張り上げた。

第二駐車場入り口で待機していたヘヴンのスタッフが、二人に気づいて慌てて後を追いかける。

封鎖されていて空港の第一駐車場側には行けないために、走は反対の裏側に回るが、そこに入り口などない。このまま滑走場に入るのかと救世が思っていると、「しっかり捕まっとき！」と走の声が聞こえた。

「よっしゃ開いとる！　ここの窓は大きめやからいけるで！」

状況を呑み込めないままに救世の体が浮遊感に包まれる。走は空港のトイレの窓に迷わずバイクで突っ込んだ。

本当に窓枠ギリギリ。針の穴を通すのに等しい無謀さ。救世と走は体を窓枠に打ちつけるも、二人を乗せたバイクは窓下を擦ってトイレに飛び込むことに成功した。

バイクの勢いのままにトイレのドアを押して出ると、そこはちょうど入国検査場だった。入国検査場にいたお客も警備員も、突然のことに驚いて言葉が出てこない。走は悲鳴が上がるより早くゲートを通ってロビーに出る。出た位置はちょうど真横が行き止まりで警察署だった。警察はバイクに乗った走と救世に唖然とする。

「あーやっぱり奥しかないわな」

走はすぐ目の前の外への出口にヘヴンのスタッフを見つけると、諦めて右に曲がってロビーをまっすぐバイクで走る。一番奥の出口から外に出るつもりだ。

「ちょ、ちょっと！　バイクのままでいいんですか？」

「人に当たんないように気いつけるわ！」

そういう問題じゃないと言いかけて、救世は後ろを振り返いた。警官達が血相を変えて追いかけてくる。救世は吹き飛ばされないようにではなく、取り返しがつかないことをしていることへの恐怖から走にしがみついた。

「ヘヴンの奴らのやることや！　間違いなく空港内にもスタッフを配備しとる。急ぐしかないで」

空港内の客がまずバイクのエンジン音に反応して振り向き、実際にバイクがまっすぐ走ってくるのを見て目を丸くする。悲鳴が空港内に響き渡り、集合していた人々がバイクから逃れようと霧散していく。後ろから怒声が飛んでくる。

「おおっ！　道を開けてくれとるで。これなら避けるまでもないわ。皆おおきに！」

「皆さん逃げてるんですよ！」

救世はガックリとうな垂れる。

「ん？　変わったお客さんがおるやん」

悲鳴と怒声が飛び交う空港内で、半被（はっぴ）を着てハチマキを巻いたり、同じような柄のTシャツを着た男性の姿が多く見られた。

「アイドルのファンかいな？　ん？　あの柄って……あ⁉」

「そこのバイク止まれ！」

一番奥の出口が近づいてきた所で、前方に半被姿や同じ柄のTシャツを着た３００人ほどの男達が隊列を組んで立ち塞がった。彼らの目は必死で、覚悟を決めた顔で誇らしく胸を張って、この先は絶対に通すまいと両手を広げている。走は慌ててバイクを止めた。

「なんやねん！」

走は舌打ちする。

「あかんわ。あのTシャツ……よりにもよってあいつがおったんか」

走と救世は振り返った。ヘヴンの男性スタッフ達がこちらに向かって走ってくるのが見えた。警官の姿が見えないことから、ヘヴンが口添えしたのだと走は気づいた。ヘヴンの手が回りきったらまずい。

走の顔に焦りの色が浮かぶ。強行突破するか思考を巡らせるが、実行するのはさすがに骨が折れそうだった。

「仕方ないわな」

やるしかないと決断し、走がバイクのハンドルを回そうと手に力を込めた、その時だった。

「何事なの？」

少女の通った声が聞こえたのと同時に、男達が一斉に歓声を上げた。

道を塞ぐようにして立っていた男達が左と右に避けて通路を空けると、緑のワンピースを着た長髪の少女の姿が見えた。少女はサングラスとマスクを着けている。キャリーバッグを引いて歩いてくる彼女の背後には、同じようにマスクをした数人の少女達がいた。

優雅な足取りで先頭を歩く少女の傍に控えていたスーツ姿の男性が、庇うように前に進み出るのを少女は片手で制する。

走が雑な動作で少女に片手を振った。

「金乃愛（かねのあい）！」

走が少女の名前を呼ぶと、少女達の後を追いかけて来たファンの男性達がさらに歓声を上げた。

彼らはファンクラブの中でも親衛隊であり、愛達の警護を兼ねた送迎を許されている者達だった。

愛は走と救世、そして後ろのヘヴンの男性スタッフ達をそれぞれ観察する。

「大阪以来ね独走。どうしてここにいるのよ？」

「こっちのセリフやわ。何で博多におるはずのあんたが四国におんねん？」

愛は肩を竦めて見せた。

「大阪ライヴと同じ理由なんだけど、見て分からないかしら？　ツアーを終えて帰るのよ」

コンビニチェーン・ナイネンの不動のセンター金乃愛。

ナイネンはコンビニ業界で4位につけているチェーンだ。

ＴＯＰ3との開きが大きく、しかも年々引き離されていく苦しい状況が続いていたが、ここ数年で一気に盛り返した。その成長はめざましく、文字通り倍々で売り上げを伸ばし、その規模を急激に増やしている。

その躍進の理由は、金乃愛達コンビニアイドルだ。

今から4年前に成績不振からナイネンの社長が解任されると、新しく社長に就任した元テレビ局の敏腕女性プロデューサーは、コンビニアイドルプロジェクトを立ち上げた。

求められるアイドルは時代とともに変わってきている。

昨今は手の届かない高嶺の花よりも、毎日会える身近なクラスメイトが求められていた。そのニーズでいくつものアイドルグループが乱立し、コンセプトは多様化して、混迷を極めている。

アイドル戦争の真っ只中にあって、毎日会いに行けるアイドルの完成形とも呼ばれるのが、コンビニアイドルだ。

コンビニで可愛い子が接客してくれる。

それもクラスメイトの可愛い子と違って、毎日笑顔を向けてくれる。

コンビニを利用しない日はないと言っていい現代社会で、コンビニほど身近な場所はない。学校を卒業した社会人も、コンビニなら毎日会いに行ける。

3兆円と言われるオタク市場に目をつけたナイネンの新社長は、コンビニアイドルを全面に打ち出し、オタクをターゲットにした店を一気に展開した。

そのコンビニアイドルの第一期メンバーが金乃愛であり、デビューから4年が経った今では、ナイネンに留まらず名実ともに日本一のアイドルと呼ばれている。

天使すぎるアイドル、1000年に一人の逸材と称される金乃愛は、弱冠19歳にしてアイドル界とナイネンを背負って立っている。

愛達は全国ツアー中で、これから博多に帰って最後のドームライヴを行う予定だ。

愛はヘヴンのスタッフを訝しげに見た。

「ヘヴンが愛媛に？　まだ進出の噂すら聞いてないんだけど……それに走までがいるってことは

「……」

愛は救世の顔に目を留める。彼女は直感で走とヘヴンが救世を取り合っていると見抜いた。

「ここで私達はどういった行動をすべきかしら？」

「そのまま道を開けてくれや！」

走が叫んだ。後ろのヘヴンの男性スタッフ達はナイネンの存在に驚いて動けないでいるが、こうしている間にも空港の外が包囲されてしまいかねない。

走から緊迫感が愛に伝わり、時間がないのが分かった。

社長の判断を仰ぐにも電話がすぐ繋がるか分からない状況下で、愛はまずチーフマネージャーを向いたが、その表情から困惑を見て取ると自分が即決するべきだと判断する。

ナイネンの損得と、アイドルとしての自分の立場、ファンの期待を考慮した結果、

「いいわ。行きなさい」

愛は振り返って親衛隊達に呼びかけた。

「皆さん、バイクに乗った彼女達を通してあげてください」

「感謝するで！」

走はエンジンを噴かす。

「後でメールで説明しなさいよ」

すれ違い様に走に言ってから愛はヘヴンの男性スタッフ達に向き直る。

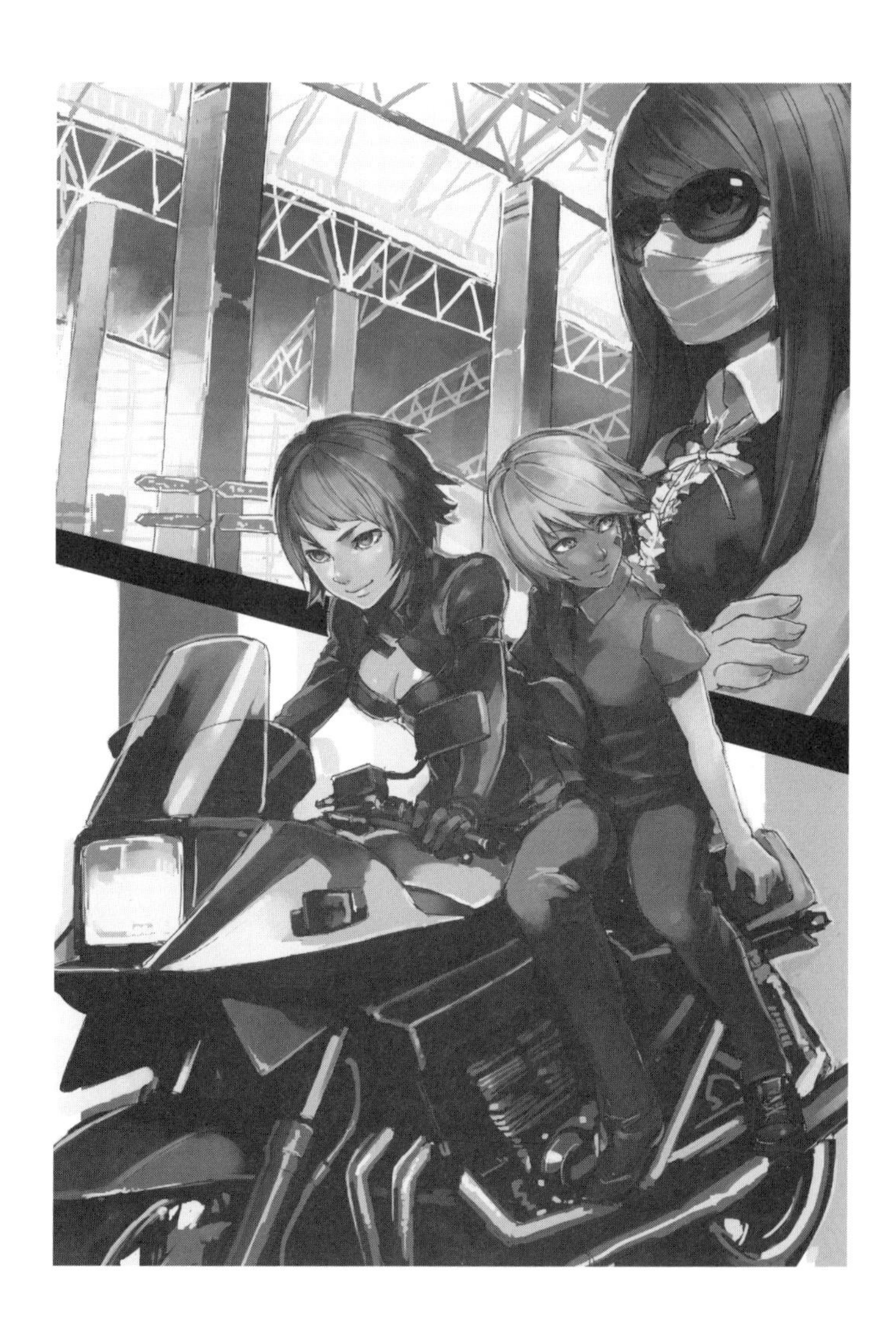

ヘヴンのスタッフも駆け出して、押し通ろうとする。

彼らはコンビニ戦士ではないが、最低限の戦闘能力は持ち合わせている。

暴力で強引に突破しようとする気概を感じて、愛は自分のサングラスとマスクに手をかけた。

オフなのでメイクはしていない。

しかし、10連続グループCDのチャート1位&ミリオンセラー、個人写真集の売れ行き100万部突破、主演ドラマの視聴率40パーセント超え、主演映画の興行収入100億突破、数々の勲章を持つ金乃愛というアイドルが培ってきたオーラはいささかも色褪せることはない。

愛はアイドルの顔でヘヴンのスタッフ達に微笑んだ。

「お願いだから行かないで」

目をウルウルさせながら上目づかいに相手に媚びる。

愛のはそんな可愛いものではなかった。

一流のアイドルなら、ライヴを観に来てくれるファン一人一人に向けたパフォーマンスを、意識するのは当然だ。

この時代のアイドルの女王として君臨する愛ともなれば、ヘヴンのスタッフ一人一人に向けた笑顔を飛ばすのは容易かった。

追いかけようとしたヘヴンの男性スタッフ達は、網膜から脳髄を刺激し、男の本能にまで届いた愛の笑顔に足が止まった。美しい女性から目が離せない男の本能は、愛の魅了によってMAXにまで引き出されてしまい、彼らは瞬間仕事を忘れた。

これは最早、支配だった。物語に出てくる吸血鬼などが魔眼で人間を支配してしまうのと同じだ。

愛の瞳にまっすぐ見つめられて、抗える男などこの世にほとんど居ないだろう。

ヘヴンの男性スタッフ達が立ち止まった隙に、道を開けていた親衛隊のファン達がまた道を塞ぐ。

ヘヴンの男性スタッフ達はその間も愛から視線を外すことができなかった。

愛の魅了の力は、歴史上の傾国美女達に限りなく近づいていた。まだまだ発展途上の彼女はアイドルとしてどこまで上り詰めるのか。

愛はサングラスとマスクをつけ直す。男達はやっと正気を取り戻すが、もう追いかけるには遅い。

愛達は何事も無かったかのように歩き出し、親衛隊がその後に続いていく。

コンビニ戦士はコンビニスーツを着るから戦士なのではない。スーツが無くても際立った能力と個性を持つからコンビニ戦士になれるのだ。

14

「あの人大丈夫なんですか?」

空港の敷地から出た所で、救世は後部座席から空港を振り返る。

「大丈夫や。男であの女に手玉に取られん奴はめったにおらん。それにナイネンの奴らはファンが見ているなら実力以上の力を発揮しよるからな。それよりも……追いかけて来てるようやで」

救世はハッとして振り返る。道の向こうからバイクに乗った女性が、ものすごいスピードで追いかけてくる。伊奈だった。伊奈はコンビニスーツに着替えて戦闘態勢に入っている。

ゴーグル越しに見える彼女の目は、走と救世をまっすぐ捉えていた。

「やっぱり、あいつもコンビニ戦士か」

走も追いつかれないようにバイクのスピードを上げた。

コンビニスーツは指定エリア内でなければ効果を発揮しない。しかし、二人が向かう先は指定エリア内である久遠山だ。戦いは避けられない。

「笑ってる」

救世は伊奈が口元を緩めているのを見た。

彼女はこれからの戦いが楽しいのだろうか？　と疑問を抱く。

「なんや？　君は戦うのが嫌いなクチか？」

バイクを運転する走が見透かしたように言った。

「僕は戦う必要がないのに戦うことはしたくないです。僕が逃げてばかりと姉さんは言うけど、戦うしか道がないという考えだって逃げてると思います」

走はすぐに答えなかった。自分の腰に回された救世の手に力が加わるのを感じ取っていた。

「それでも戦うべきに戦わんと何にも手に入らんし守れないで」

走はバイクのスピードをさらに上げる。救世は走に体を密着させてしがみついた。

「今から久遠山に行ってもコンビニバトルは継続中や。君はそれを見てないするん？　自分の店なんやろ？」

「僕は……」

救世は自分がどうしたいのかまだ決めていなかった。

「ヘヴンはエースを投入したみたいや。中国のシンの度偉を打ち負かした奴やで？　あからさまに分が悪いんちゃうか？　君の店の人が負けそうなのを見てもまだ戦いたいとは思えんの？」

「姉さんは強いです」

救世は姉の救界が負けるところは想像できなかった。これまで四国でも幾度となくコンビニバトルは行われてきた。姉は最前線に立って猛者達と戦って勝利してきたのだ。救世の目の前で、怪力無双の相手、最速を名乗る相手、卑怯な手を使った相手、その全てに勝ってきた。

相手があの度偉レベルであっても、やすやすと後れを取るとは思っていない。

「君はヘヴンのツインテールの戦いを見ていないやろ？　あいつは異常やで」

救世は空の顔を思い浮かべる。

「ヘヴンがツインテールを四国に送り込んだ理由はもう分かってるんやろ？　ヘヴンはそれができる戦力を用意しとるんや。そして予言の子は君なんとちゃうん？」

救世には空は普通の女の子にしか見えなかった。コンビニバトルをするような子には思えない。

しかし、現実には空は戦っているのだ。

「走さんはどうして四国へ？」

救世は走がオリンポスの者だと知って、その目的が気になった。

「うちの狙いはツインテールや。大会前に一度手合わせ願いたくてな。それで久遠山まで追いかけたんや。すぐに君がそこのレガシーの者やって知ったんやけどな。二人が仲良さげやから傍観しとったわ」

「見てたんですか？」

救世は自分の顔が熱くなるのを感じた。

「ひょっとしたらツインテールは友達に会いに来ただけかと思うたわ」

走は面白いと言わんばかりに口元を緩めた。

「ほんまに友達なら今のうちに戦う心の準備しとき。相手は強いで。ＤＶＤで度偉とのコンビニバトルを見た時のやばさと言ったらなかったわ。うちの親友以外にもあーいう奴はおんねんな」

「お取り込み中、申し訳ないんですけれども」

走と救世は声に反応して横を向いた。

伊奈が走のすぐ横にバイクをつけていた。

「止まってくれませんか？」

走は苦笑いを浮かべる。

「しつこいなぁ、おばはん」

「おばさんっ⁉　私はまだ22です！」

伊奈は眉を吊り上げて叫んだ。

「歳を気にしてるなんて十分おばはんやでー」

走はバイクのスピードを更に上げて一気に引き離す。しかし伊奈もスピードを上げてピッタリと後ろに付いてきていた。

走はサイドミラーで確認すると覚悟を決める。

「救世、ここは君の地元やしケンカ売られてるのも君の店や。おまけに空は君の友人みたいやし、久遠山に着いたら先に行け。うちはどーせ追いかけてくるあのしつこいおばはんの相手をするわ」

「走さん？」

「君はまっすぐコンビニスーツを取りに行きぃ。君の姉さんじゃたぶんツインテールに勝てへん」

二台のバイクは距離を保ったまま松山ＩＣから高速道路に入る。ここから久遠山までは飛ばせば四十分ほどで行けるだろう。走は限界までスピードを上げることにした。

夜空には満天の星が輝いている。

「だから止まってくれません？」

二度目の声かけでは、走が横を向くよりも早く伊奈の蹴りが飛んできた。

「なんやて⁉」

走は反射的に仰け反って避ける。片手だけでハンドルを摑んで軸にして体を浮かした伊奈は、空振りした右足を戻す力で今度は左足で走の顎を蹴り上げた。

走はハンドルを握る手に力を入れて、落とされないようになんとか踏み留まる。仰け反った上半身を起こすと、すぐに伊奈から離れて前方の大型トラックの横につけた。

「走さん大丈夫ですか⁉」

救世が見ると走は口元から血を流している。

「口の中切ったわ。向こうは良いバランスしとるで。え？」

オリンポスエースとしての自負がそのまま油断になったか、走は前方から突撃してくる伊奈を見て体が固まった。

伊奈はヘヴンが開発したバイクの加速装置でトラックの前に回り込んで、そのまま逆走してきたのだ。

伊奈の刈り込むような足蹴りが走の顔面に直撃する。

走の正面に足が当たったはずが、伊奈は表情を曇らせた。今度は先ほどよりも手応えがない。走は先ほどよりも深く仰け反って蹴りの威力を和らげていた。

「柔らかいんですね」

「中学までバレエやってたからな」

二人は交差する瞬間、そんな会話のやり取りをする。

「しっかり捕まっとき！」

走はバイクが出せる全開のスピードで、前方の車をジグザグに避けて進む。救世は振り落とされないように、必死に折れそうなほど細い走の腰に抱きつく。

直線だと通常のバイクよりもスピードを出せる相手の方が有利だ。走は車の陰に隠れて相手を翻弄しようとする。

「さて、どう出るん？」

伊奈は空を飛んできた。

「走さん、上です！」

最初に気づいたのは後部座席に座っていた救世だった。

「空まで飛べるんか！」

伊奈は加速装置を使って上空にバイクを打ち上げて、走を押し潰そうと落ちてくる。

走はバイクを横に傾けて紙一重で避けることに成功した。傾いたバイクに伊奈の蹴りが飛ぶ。走のバイクが宙に浮く。走と救世は啞然とする。それは前出しの応用だった。

走と救世が真横に飛んだ先に、後ろを走っていたトラックが突っ込んできた。トラックの運転手は慌ててハンドルを切るが間に合わない。トラックが直撃する瞬間、走は日本刀の柄(つか)に手を置いた。

居合いは剣速を追求した剣術である。

刀を鞘(さや)走りさせて最速で日本刀を抜く。

鞘の摩擦力で刃を加速させることに加えて、斬るのに振り上げて下ろすまで2動作かかる抜刀した状態と比べて、抜いた勢いで払えるので1動作で済む。

剣速を追求した達人なら抜刀するまでコンマ数秒の世界だ。

走の剣速は今のところ0・3秒。

走は左手で右ハンドルを握って体を宙に浮かせて、自分から見てトラックの右タイヤを切断した。

「まあ⁉」

トラックは体勢を大きく崩して、伊奈を押し込むようにして防音壁にぶつかった。

「あれ？　やりすぎた？」

道路に落ちかけて救世に引き上げられた走は顔が青ざめた。

「いえ、来ます！」

救世が指差した先には防音壁をバイクで走る伊奈の姿があった。道路に落ちることなく壁を伝って走ってくる伊奈に走はあんぐりとする。

「なんやあのテクニックは！　あいつ走り屋かいな⁉」

伊奈は頬を緩めている。きっと勝ち誇っているのだろう。

伊奈は防音壁からバイクを跳ねさせて加速装置で一気に突っ込んでくる。

走と救世が乗ったバイクに当てる気だ。

走と救世はギクッとした。

ヘヴンは救世を連行したいのか、それとも再起不能にしたいのか。

ここまでの動きからどちらでも構わないのだと二人は判断する。

「やばくないですか？」

「救世、運転頼むわ！」

走がハンドルから手を離して立ち上がると、救世は慌ててハンドルを握って運転を代わる。入れ替わりで後部座席に立った走は、突進してくる伊奈を見た。

伊奈は空を飛んでやってくる。走は腰の左右に差した刀の柄を、それぞれ反対側の手で握ってやや前傾姿勢になった。走が得意とするのは居合いだ。正確には、一年前から居合いに特化したスタイルに切り替えた。一撃必殺を掲げる流派を極めた親友に勝つために、編み出したのが二本同時の抜刀だ。そんなこと可能なのか？　走なら可能だ。走の体の柔らかさは、リンボーダンス世界記録と同じ棒の高さ15センチをくぐれるほどだ。常人なら無茶な姿勢でも、走には普通のことになる。

伊奈が走とぶつかるまで残り数秒だった。

走は静かな表情で伊奈を見つめている。

伊奈は背筋がぞわぞわとざわめいた。

ヤバイ！　と本能が危険を察知して、咄嗟にハンドルを横に切る。

残り一秒で伊奈のバイクが横に逸れるのと、走が交差させた腕で刀を抜くのは同時だった。

一瞬の間。

伊奈は走と救世を避けて着地する。走はもう抜いた刀を鞘に戻していた。

真横から聞こえた爆発音に、走は伊奈のバイクを見た。加速装置が切断されてショートしている。飛び火するのを恐れて、伊奈は加速装置を切り離した。

「フルスロットルや！」

この隙に加速した救世と走が伊奈を一気に引き離す。

「やられましたね」

伊奈は素直に相手を賞賛した。さすがに普通の女の子ではない。

「それでも逃がしませんよ！」

伊奈もスピードを全開にして後を追いかけた。川内ＩＣが見えて来る。加速装置は壊されたが、ここから久遠山までもう高速はない。さらに山道に入れば走もバイクでスピードを出せない。伊奈は差は縮まらなくても大きく引き離されないと分析する。

二人はコンビニスーツを着ていない。

久遠山に着けばまだ勝算はあると伊奈は信じて疑わなかった。

そして久遠山が見えてくる。

「あれは何？」

山の異常に救世は真っ先に声をあげた。

レガシーの駐車場の上に円盤状の飛行艇が浮いていた。

「恐らくヘヴンの移動型店舗やろ。完成してたんやな」

走が険しい表情を浮かべる。

「戦いが行われてるとしたらあそこやろな。コンビニスーツなしじゃ辿り着けんか。スーツは店にあるん？」

「そのはずです」

救世はぎゅっと下唇を噛んだ。救世の目は山に向けられる。

暗い山の中腹にいつも見える集落の灯火。救世は山に見たことがない光を見た。白い光がいたる所で点いたり消えたりしている。レーザー銃を連射するヘヴンのスタッフを、一族の戦士達は弓矢で応戦していた。

レガシー久遠山前店の駐車場で走はバイクを止めた。救世はバイクから飛び降りて店舗へ近づくが中は無人だった。店の周りは静かで人の気配を感じない。

救世は急いで店内に駆け込んだ。まっすぐ事務所に入り、スーツが保管されている地下室への扉を開ける。地下にある保管室に入ると、引き出しが無造作に開けられていた。保管されていた武器や防具が残らず無くなっている。十数人分はあったから、おそらく一族の戦士達が持っていったのだろう。

「ない？　なんで？」

保管室の奥のロッカーの中に、救世のコンビニスーツはなかった。

ここに保管されていたはずだった。救世はもう一度部屋中を探すがやはり見つからない。焦って地下室から引き返して事務所を出る。

「あったか？」

フライドフードの保温ショーケースから、腸詰め焼きを取り出しながら走が聞いた。

「あ、何やってるんですか？」

「ちゃんと代金は置いたで」

走は腸詰め焼きを頰張りながらレジカウンターを指差す。

救世はそうじゃなくてと言いかけたが、走がお腹を空かしているなら仕方ないと口をつぐんだ。

「なかったんやな？　となると、ヘヴンに取られたか店のもんが持って行ったんやろ。救世は山に入り。聞いた方が早いで」

「はい。走さんは？」

走はニッと笑った。

ブオオオンッ

駐車場からバイクのエンジンの轟音が聞こえてくる。

「さっき言ったやろ？　あの女の相手はうちがするって」

走は急いで腸詰め焼きを平らげると店の外に出た。

「ほんましつこいで、おばはん」

バイクに乗った伊奈は眉間に皺を寄せる。

「今度言ったらタダじゃおきませんよ？」

「どうタダじゃおかないんや？」

走は笑顔でゆっくりと相手に近づいて行く。相手はコンビニスーツを着込んでいた。本部の許可無しで四国に来たため、コンビニスーツを着ていない走に分が悪いのは見て明らかだ。しかし、日本刀だけは持ち込めた。走の日本刀はコンビニバトル用のもので、そこは命拾いしたのに等しい。コンビニスーツと専用の武器・防具に対しては、同じコンビニバトル用でないとダメージを与えることも防ぐこともできない。

「身をもって体感させて差し上げましょう」

「へぇ、楽しみやわ」

走の言葉を引き金に伊奈のコンビニスーツが起動する。白い光に包まれた伊奈のバイクは、その形状を戦闘モードに大きく変えていく。

「ったく、機動力に関してはヘヴンはほんまやっかいやな」

伊奈の武器はバイク。地・空・海に対応しており、移動速度は最高で時速５００キロに達する。真の姿を現した伊奈のバイクは、額から一本の角が生えた白馬の幻獣ユニコーンを模していた。

「って、ユニコーンは処女しか乗せないんちゃうんか⁉　おばはん絶対ちゃうやろ！」

「うるさい！」

思わずツッコんだ走に伊奈が嚙みつく。

「お覚悟なさい。加速装置とは比べものにならないスピードですよ」

「なるほど」

走はライダースジャケットを脱ぎ捨て、上はタンクトップ一枚だけになった。

「つまりこれは、うちが斬るのが先か……」

伊奈が後を続ける。

「私があなたを轢くのが先か……」

今度は二人の言葉が重なった。

「「どちらが速いかを決める戦い」」

審判無しでのコンビニバトルは禁止されている。さらには二人ともライフビットすら用意していない。勝利条件はどちらかを戦闘不能にすることだけだ。運営に根回しが済んでいるヘヴンは、この山で何をするのにも躊躇いはない。

救世は走の後ろ姿をじっと見つめていた。

走はオリンポスのコンビニ戦士だ。

どうして日本刀を使っているのか？　と最初から疑問に思っていた。

日本刀などの刃物を使うことで有名なのは、オペレーションマニュアルが最も複雑で、スタッフに調理スキルが必須なアトモスだ。

オリンポスの真価は、特殊コンビニスーツの研究が最先端だということにある。コンビニスーツの多機能性を活かした肉弾戦こそが本来の持ち味だ。

今はコンビニスーツを着ていない走の戦力は、他チェーンのコンビニ戦士の場合と比べて著しく落ちているはずだ。

「早く行きぃ。うちのことなら心配はいらんで。うちはまだ一人にしか負けたことがないんや。あいつと当たるまで負けられんしな」

救世は頷いて駆け出す。

「走さん、ありがとう！」

伊奈は救世を見もしなかった。走から目を離さずにハンドルを握る手に神経を注ぐ。

「案外、簡単に行かせてくれるんやな」

走が笑う。

「この先もヘヴンの手がすでに及んでいますから」

伊奈は口の端を吊り上げる。

「っは。ほな、やろか」

走の得意とする戦闘スタイルは、「後(ご)の先(せん)を制す」待ちの一手だ。

しかし、走は待たずに地を蹴って突進した。

15

救世は戦うのがずっと嫌だった。

戦うというのは相手から奪う行為だ。

一生懸命築き上げてきたもの、ずっと守ってきたものを失うのは、自分の人生を失うのと同じではないのか。奪い合うことでしか生きていけないのなら、社会はいらないと救世は思う。人間がまとまって社会を形成したのなら、共存共栄を目指すべきなのだ。

レガシーは共存共栄を理念に掲げたコンビニチェーンだ。四国の飲食店やスーパーを脅かしはしない。その地域に足りないものを補うスタンスでやってきた。レガシーは四国から本土に進出する気はない。四国だけで発展し、地元の皆の生活を豊かにする一助になれればと願っている。

そんなレガシーは他チェーンの進出にどう対応するのだろうか。

たとえるなら、生態系を破壊する外来種を前にして、戦う以外の選択肢はあるのか？

ヘヴンは他チェーンとは違う。

この世界に自分達のコンビニだけがあればいいと思っている。

他チェーンも、飲食店も、スーパーも全て排除するつもりなのだ。

それでもレガシーはヘヴンと戦わないのだろうか？

救世は何もかも失うことになっても、戦いたくないと言うのだろうか？

これまで戦いたくなくても戦うことがあったように、戦いは避けられないのではないか？

救世の中で自問自答が繰り広げられる。

山に入ると、銃撃音や悲鳴があちこちで聞こえてきた。

救世は倒れている一族の戦士を見つけると、急いで駆け寄って抱き起こす。

「大丈夫⁉　しっかりして！」

戦士は頭を殴打された痕があり、太ももから出血が見られた。

「ううう……」

まだ息はあるが意識は戻らない。久遠山に入るまでに一族の者を見なかったのは、ヘヴンによって誰一人として山から出してもらえなかったのだと救世は理解する。

救世は自分のポケットからハンカチを取り出して、戦士の太ももをキツく縛った。

「なんなのこれ？」

目の前で起きている光景に頭の理解が追いつかない。

まるで戦争だった。

どうしてコンビニバトルで戦争が起きているのか。

救世は立ち上がって駆け出した。

ここに来て、コンビニバトルへの不信感、ヘヴンへの怒りが芽生えつつあった。

集落に近づくにつれ、銃撃音や悲鳴は大きくなっていく。

死者が出ないか救世は気が気でない。

集落へ踏み入ると、さっそくヘヴンのスタッフを三人か見つけた。

彼らは後ろにいた救世の気配を感じ取って振り返る。それぞれ手にはレーザー銃を持っていた。

どれもコンビニバトル用のものなので、直接当たっても即死はしないが、コンビニスーツを着ていない状態では骨折や内臓損傷することもある。

「おいっ！　どうしてこいつがいるんだ？」

「いいから捕まえるぞ！　上には捕獲しろと言われてるんだろ？」

目の前の三人は互いに意見をまとめると、救世に銃口を向けた。

救世の意識は集落の中からも聞こえてくる悲鳴にあった。

子供や老人もいるのだ。山にはもしもの時のための避難場所があるので、皆が避難していると信じたい。

「おいっ動くなよ！」

救世は目を閉じた。恐怖からではなく、こんなことになったのを悲しんでいた。

「ぐわぁっ！」

突如、間の抜けた悲鳴が上がった。

「後ろだっ！」

ヘヴンのスタッフ目がけて矢が飛んでくる。

すぐ近くの屋根の上に隠れていた一族の戦士が後ろから攻撃したのだ。

不意打ちを食らって一人は倒れ、もう一人はその場から逃亡、最後の一人は矢が当たる前に近くの建物の裏に隠れた。

「救世っ！　座敷牢へ向かえ！」

救世はハッとした。

「お前の探しているものはそこにある。急げっ！　村の者達なら心配するな！　皆ちゃんと避難している」

救世はすぐに駆けだした。

「行かせるか！」

建物の裏に隠れたヘヴンのスタッフが銃を連射する。しかし、救世は振り返ること無く走った。

ビームは救世の体スレスレで通り抜けていく。

「この至近距離で当たらないだと？　ぐあっ！」

驚愕するヘヴンのスタッフに、狙い撃ちした矢が突き刺さった。

救世はただ前だけを見て走る。

進む道にヘヴンのスタッフの姿はない。

一族の戦士達は救世が戻ってくるのを待っていた。彼らは救世が走る座敷牢までの最短ルートを死守していた。他所がヘヴンに侵攻されても、このルートから離れなかった。

救世にはその思いがすぐに伝わり、目頭が熱くなって涙が流れ落ちていく。

戦いは奪う行為だ。

救世は、自分たちが奪われたくないと心から思う。

集落の外れにある座敷牢は赤い街灯に照らされている。

ケンカや盗みをした者を懲らしめる目的で使われる座敷牢では見張りの者が倒れ、周囲はヘヴンのスタッフ10人ほどに包囲されていた。

牢への一本道を走る救世は、扉の前に立つ巨漢を見た。

「度偉さん？」

上半身裸の度偉が、ヘヴンのスタッフの頭を片手で摑んで持ち上げていた。

「貴様ら雑魚がどれだけ集まろうがワシの相手にはならんわ！」

獣のような咆哮を上げて、度偉はヘヴンのスタッフを地面に叩きつけた。

そこからは圧巻だった。度偉はヘヴンのスタッフが銃を撃つより早く突進し、数人をまとめて吹き飛ばす。一人を摑んで振り返り、盾にしながら残りのスタッフへと襲いかかる。

暴力の極みだった。体格差、筋力差、経験の差、人間としてのエネルギーの差……挙げていけばきりが無い。度偉とそこに居たヘヴンのスタッフには、大人と子供ほどの差があった。

最後の一人も掌底で顔面を殴打して吹き飛ばす。歯が数本折れて仰向けに倒れた男はピクリともしなかった。

「おう、やっと来おったか」

全身から闘志を漲（みなぎ）らせて度偉は救世に振り返った。

「度偉さん出られたんですか？」

度偉は首を横に振る。

「初めから鍵などかかっておらんわ。そういう手はずになっていた。でなければ、お前達の戦士のレベルでワシを閉じ込めることはできん」

「え？　どういうことですか？」

度偉は腕を組んで座敷牢に首をやった。

「お婆婆との取引だ。ワシはここの警護を務めておった。お婆婆は最悪の事態に備えていたのだ」

お婆婆は中国地方のシンが制圧される前から、ヘヴンの侵攻を予見していた。そして、ヘヴンがなりふり構わずに侵攻すれば、一族では太刀打ちできないと素直に認めていたのだ。

だからお婆婆は希望を残す道を取った。

コンビニバトルオリンピックという公明正大な舞台でなら、救世は正々堂々と戦って優勝できると考えた。なんとしても救世を無事にコンビニバトルオリンピックへ参加させる。

そのために一族は、レガシー久遠山前店は、犠牲になることを選んだ。

「ワシとお前はこのまま山から脱出するぞ」

「待ってください！　お店を置いて逃げ延びたって大会に参加できないじゃないですか！」

度偉が救世の肩を掴んだ。

「お前はとっくにレガシー久遠山前店のスタッフ登録を解除されておる」

「う、嘘だ」

救世は縋るように度偉を見上げた。

「事実だ。ＳＶに頼んで別の店にスタッフ登録をしておるのだ。お前はこの一ヶ月タダ働きしていたことになるな」

「た、タダ働き……」

度偉は救世の肩を掴む手に力を込める。

「お前も男なら取り乱すこと無く耐えろ。そしてお前に思いを託した者達の気持ちを汲み取れ」

救世は度偉がどうして自分達の所へやってきたのか、やっと分かった。度偉は中国地方のシンが滅ぶ前から、お婆婆にいざという時の根回しをしていたのだ。

「お前のコンビニスーツは牢の中に隠してある。必要なものもまとめてあるそうだ。それを取ったらすぐに出発するぞ」

救世は姉の救界までもが、自分の犠牲になった事実に打ちひしがれていた。

「嫌です。僕は姉さんの所へ行きます」

「行ってどうする？　今のお前ではツインテールには断じて勝てん！」

走り出そうとする救世の肩を度偉は掴んで離さない。

「姉さんと空が戦っているのに、逃げられないです！」

尚もジタバタする救世を、度偉は力尽くでその場に押さえつけた。

そこにビームが救世の頭目がけて飛んでくるのを度偉は見た。

「何⁉」

度偉は救世の肩を力任せに引っ張って横に放り投げる。ビームはまっすぐ度偉の右腕に当たった。

「……相変わらず、せこい奴だのう。伊代よ！」

鍛え上げられた度偉の筋肉によって骨折は防げたが、裂傷と骨へのヒビは避けられなかった。伊代が銃を持って、座敷牢への一本道に立っている。

コンビニスーツを着てミサイルランチャーを背負った伊代は、満面の笑みを浮かべていた。

「戻ってきてたんですねー救世さん。この事態はあなたが招いたというのによくもまあー戻って来れましたねー」

地面に尻もちをついた救世は、伊代の言葉に顔を強張らせた。

「どういう事？」

伊代は声を立てて笑う。

「あなたが電話したからですよー。空さんはずっとあなたからの電話を待っていたんですー。それがコンビニバトル申し込みだと私が言ったから」

救世の頭の中で空が浮かぶ。空はコンビニ以外の事にあまりにも疎い。

空は救世が連絡先を聞いたのを、果たし合いの申し込みをするつもりだとカン違いしていた。

ずっと続いたカン違いを伊代に利用されたのだ。

伊代の底意地の悪さがにじみ出た顔に、度偉は目を大きく見開く。血管が浮き出るほどに怒りを露(あらわ)にする。

「貴様という奴はとことん腐っとるのう！」

「度偉さんも恥知らずに生きながらえたんですね。またお会いできて嬉しいですー」

伊代は銃口を度偉に向けたまま、その場を動かない。

「そういえば伊奈さんも来ているみたいですよ。会いたいですか？」

度偉は伊代の口から出てきた名前に一瞬、集中が途切れた。

伊代はほくそ笑み、空いた左手でおもちゃのような小さい銃を取り出して救世に発射する。

銃弾は救世の心臓目がけてまっすぐ飛ぶ。

「救世避けろ！　その弾丸には当たってはいかん！」

だが吹き飛ばされた救世は体勢を立て直している所だった。避けることかなわず弾丸は救世の心臓に当たる。

「え？」

直撃したのにまるで衝撃がないことに救世は困惑した。

「マーキングＯＫ！　ロックオン！」

伊代はホーミングミサイルを発射する。ホーミングミサイルは空高く打ち上げられ、弧を描いてロックオンされた救世に向かっていく。度偉は怒号とともに駆けだした。しかし、伊代の背中に取り付けられたアームが伸びて、度偉の足を摑んで転ばせる。

「貴様っ！」

救世は自分に向かってくるミサイルを前に動かなかった。

飛んでくるのは明確な敵意によるものなのか。

伊代は自分の死を望むのか。

人は人を傷つけることを厭わないのか。

救世はその答えをいつも知りたいと心から願う。

だって救世は人の本質をいつも見てきたから。

小型ミサイルといえど、半径１００メートルは焼き尽くす破壊力があった。

コンビニスーツによる防御機能が無ければ、体の四肢を失うか、後遺症が残るほど重度の火傷を負うのは目に見えていた。

閃光が見えて続いて爆発音、轟炎が草を焼き尽くし、最後に付属のセキュリティー機能が作動して消火液が空から雨のように地面に降り注ぐ。

「え？　嘘？　な、なんですか？」

伊代が大きく取り乱した。

「これほどまでとはな」

アームを引きちぎった度偉は苦笑いを浮かべる。

ホーミングミサイルは、救世を大きく逸れて地面に衝突していた。

降り注ぐ消火液を浴びながら、救世は今度もそうだったと一人で頷く。

「人は相手を傷つけるようには作られていないんだ」

立ち上がった救世は、混乱している伊代に言い放った。

北欧神話がある。

神々の中で最も美しく、全ての人に愛される神バルドルがいる。

彼はまさに神々の宝であった。

そんなバルドルは不吉な夢を見るようになる。

夢がバルドルの死を暗示していることを知った神々は、集まって相談した。

そしてバルドルの母がこの世界に存在する全てに、息子を傷つけることがないように約束させた。

それによって彼は全てのものに傷つけられることが無くなった。

バルドルのように、救世は誰からも傷つけられたことがない。

天輪の才能によって、人は救世を傷つけることを躊躇するのだ。

「私が外したんですか……？」

伊代は薄々と感じていた事実を口にする。

「ワシの時もそうだった」

　立ち上がった度偉が両腕を組んだ。

「ワシらはこ奴を無自覚に愛してしまっている。人はどうして愛する者を攻撃できる？　攻撃が外れたのではない。ワシらが外しているのだ。ワシらに意識がある限り、こ奴を攻撃できん」

　人が太陽の温かさに頭が上がらないのと同じ。天輪の才能の持ち主に敵意を抱くことは難しい。

　これならばあるいは、と度偉は思った。そしてすぐさま救世に叫ぶ。

「よかろう！　救世！　お前が今度こそ逃げるのではなく向き合いたいと願うのなら、姉とツインテールの元へ行くがいい！」

　救世はこれが皆が繋げてくれた道だと自覚する。

　お婆婆や姉が守ってくれ、走が助けてくれ、一族の皆が導いてくれ、度偉が見届けてくれた。

　救世は戦うのが嫌だ。相手が自分を傷つけないのに、自分が相手を傷つけることはしたくないからだった。

　しかし、愛する者の傍に行くのに戦士の資格が必要ならば、救世は心からコンビニ戦士であることを願う。

「僕は行きます！」

　救世は牢の中へ向かって走った。

　その後ろから我を失った伊代がレーザー銃を連射する。

「当たらない！　当たらない！　何で当たらないんですかっ⁉」

　自分はいつの間にか救世に心奪われていたとでもいうのか？

　伊代は答えを出せない。伊代には身も心も捧げる主がいるのだ。

　認めることは全てを失う恐怖でしかない。

「お前が当てたくないからじゃろう？」

　真横から伸びた度偉の手が伊代の腕を掴んだ。

「度、度偉！」

「中国地方では世話になったのう。なあに気負うな。肩の力を抜け。知ってると思うが、ワシの店ではスタッフは男女平等だ。ワシは女子に手を上げないフェミニストでは断じてない」

　度偉の裏拳が伊代の横っ面に入り、軽々と体を吹き飛ばした。

　サイコロのように林の中まで転がって行き、木にぶつかって仰向けに倒れた頃には伊代は気を失っていた。

　度偉は唾を地面に吐いた。

「ふん、すっかり気だけは大きくなったみたいだが、本来のお前は大木の陰に隠れてオドオドしとる奴じゃろーが。今の方が似合っとるぞ」

　金色の光が度偉の後ろにある座敷牢から広がっていく。

「おお、いよいよ来たか。さあ、お手並み拝見といこう。このワシですら勝てなかったツインテー

ルに今のお前がどこまで迫れるか」

度偉は自分を見下ろす空のあどけない表情を思い出す。

空はあまりにも無垢だ。

牢の中では救世はコンビニスーツに思いを馳せていた。

どうしてコンビニスーツは存在するのか。

自分は数あるコンビニスーツの中でレガシーの物を着ている。

服は気持ちをより明確に表しているのだと救世は考える。

それは自分だけでなく、相手にも伝えるために。

レガシーは共存共栄を目指す。

救世は空と手と手を取り合うために今、コンビニスーツを着るのだ。

救世が羽織った上着が無風なのにたなびいた。

金色の光が双子の姉の戦闘データを受信する。

双子システムが組み込まれた上着は、お互いの戦闘データを共有することができた。

「姉さん？」

救世は頭に流される映像の中で、全身血だらけでヘヴンの看板の上に吊るされる姉を見た。

まるで十字架にかけられたかのような姉を見上げる空がいた。

空は子供のような無垢な顔をしていた。

16

本当に紙一重だった。

視認することができても体の反射神経が追いつく時には、バイクは走の目の前まで来ている。まっすぐ突っ込んでくるユニコーンを、走は体の柔軟さを活かしたバク転で避け続けていた。来ると分かってからでは遅いので、相手の呼吸とハンドルを握る指の動きからタイミングを先読みするしかない。

時速500キロの猛獣との対峙は、一秒が一分にも感じるほどスローの世界に走を招き寄せる。走は感覚を研ぎ澄ませた。花見のシーズンに桜が近くにある店舗にヘルプで入った時の、一時間にお客が600人来た感覚を思いだして時間を支配する。

走の肩を擦って白い稲妻が駆け抜ける。

「くっ」

さっきからずっとだった。避ける度に四肢のどこかはバイクに擦られてしまう。積もり積もった擦り傷は、走の四肢の感覚を少しずつ奪っていく。

ユニコーンに乗る伊奈は何度避けられても焦っていなかった。

それは走の体力と肉体の限界がやがて訪れるのが分かっていたのともう一つ、走に自分への攻撃手段が無いことへの安心だった。

走はもう何度も二刀の居合いを試みていた。しかし、コンビニスーツを着ていない状態では加速補助がなく、とても後の先を取ることができなかった。

それでも走は絶望していなかったし、怖いとも思っていなかった。

「うちって未熟やわ」

最初はイケると思っていただけに、悔しさはひとしお強く、自分への怒りは頂点に達しようとしていた。

「これでどう⁉」

今度は突進と同時に伊奈の蹴りが走に襲いかかる。走はより深く片足で後ろに跳んだ。

走は避ける前からつま先だけで体重を支えている。それもバレエで培った技術で、だからこそ紙一重で避けられていた。

体勢を崩したら致命的なので、避けた後も体が倒れないように足で体を支え続ける。

戦いが始まって10分以上が経過して、走は体力と筋力が衰え始めているのを感じ取った。

あかんなこれ、と思ってももう遅い。

コンビニスーツを着て来れなかったのは仕方がない。

空の四国入りの情報を耳にした走は、本部に掛け合って自分を派遣してくれるように頼んだ。ヘヴンに先を越されたくなかったからだ。

しかし、コンビニバトルオリンピック開催まで間もないこの時期に、ヘヴンと衝突したくないと本部は言った。

相談したオリンポスのナンバーワンである旦那にも反対されて、走は本部のサポート無しで四国に行くことにしたのだ。もちろん、コンビニスーツは持って来られない。それでも刀だけは旦那がなんとか用意してくれた。

その代わり空と鉢合わせても軽い手合わせだけで、すぐに切り上げて戻るのが条件だった。

なので今のこの状況は、自分の責任だと走は自覚している。弱音を吐くわけにはいかない。

走は握っていた二本の日本刀から手を離した。

「あら？　諦めました？」

伊奈が歓喜の声をあげる。

走が諦めたのは事実だ。Uターンした伊奈がユニコーンを再び走に向ける。

走は一度大きく深呼吸した。そして日本刀を一本だけ手に取って抜いた。

伊奈は走が本当にヤケになったのだと思った。なぜなら走のスタイルは居合いだからだ。居合いでは抜き身の刀の状態を死に体と呼ぶ。

刀を抜いた走は戦闘放棄と思われても仕方がなかった。

「え？」

伊奈は走の動きに面食らった。

走は抜き身の刀の柄を両手で握って上段に構え、そこから腕を後ろに引いて手首を寝かせた。切っ先が伊奈に向けられる。走はそこから体を前傾に倒した。見たことのない構え、居合いとあまりに対照的に見える構えなのに、伊奈の顔から笑顔が消える。

「これだけはしたくなかったの」

走の口から関西弁が消える。

二刀流の完成にはまだ時間がかかる。だから今はより慣れ親しんだ技を選ぶ。

走が頭に浮かべたのは、自分が勝ちたくて仕方がない親友の背中だった。

負気舞（めげまい）。

コンビニチェーン業界５位のアトモスで最強と呼ばれる少女。

アトモスはファストフードとコンビニを合体させたストア展開をしている。

全店にイートインが設置されており、調理メニューも１００種類を超える。

スタッフは注文されてから調理をするファストフード店のスキルと、一般のコンビニエンスストアのスキルの両方を持たなければいけない。その過酷で複雑なオペレーションマニュアルを身につけた者だけが、アトモスのスタッフになれる。

走は舞の笑顔を思い出す。アトモスの店長や他のスタッフ、ＳＶ達の笑顔が次々に浮かんでいく。あまりに厳しい労働条件にもかかわらず、お店の雰囲気はすごく良かった。アトモスのスタッフ一人一人の志の高さは全チェーン中で一番と言われている。本部社員と店長、スタッフと上から下まで皆が仲良しだった。義理人情を何よりも優先するアトモスを舞は大事にしていたし、それはかつてアトモスに在籍していた走も同じだ。

「アトモスを出た時から、もうこの技は使う気はなかったのに」

走は親友の技を借りる自分を責めた。

伊奈は急がなければ！　と危機意識が働いた。

その理由は分からないがすぐに動かなければと、ユニコーンのエンジンを全開で噴かそうとハンドルを握る。

「それじゃご機嫌遊ばせ」

その一言を合図に伊奈は白い稲妻と化す。

だが、ユニコーンよりも早く走は動いていた。

アトモスで働くに当たって大事なのは初動の早さ。常に先手で動いていないとたちまちパンクする。お客さんのオーダーや動きを先読みして、自分があらかじめ備えておく。

基本中の基本だ。

舞の流派は一撃必殺を掲げている。最初の一太刀で決める。日頃の研鑽は、全てが一撃必殺の精度を高めるためにある。

アトモスの流儀と舞の流派の真髄はシンクロしていた。

舞の流派の免許皆伝を貰った走は、流派が伝えるたった一つのオリジナル技を放つ。それはシンプルだ。ただ最速で相手との間合いを詰め、最速で刀を薙(な)ぎ払う。

それだけの技だ。

居合いの剣速よりも速いのか？

技の原理は二つ。

一つは、寝かせた手首からつま先まで全身をバネにした反動で剣を加速させる。よって際だった柔軟さと独特のバネを持つ女性に向いている。

二つ目は、未来予知とすら呼ばれる相手の動きを先読みする捨て身の精神だ。この技に二撃目はない。隙の多い構えは外せば即致命傷を受けることを意味している。自分を追い込んで、さらには相手と同調する目に見えない技術である。

その他にも足運びなど様々な要素で技の精度は上がっていくが、この二つが剣速を決める。

イメージ力を必要とするこの技は、「時間の支配者」といった感覚を研ぎ澄ます働きがあるコンビニスーツとの相性が極めて良い。

それはもちろん、同様の性能を付帯させたコンビニスーツ専用武器や防具にも言える。

一閃。

走をまっすぐ轢くはずのユニコーンは、走に横を素通りされた次の瞬間に崩れ落ちた。

伊奈は走が何時の間に素通りしたのか分からなかった。

相手の呼吸と意識の間を突くこの技は認識することができない。

胴体を斜めから真っ二つに切り裂かれ、頭と尻に分かれたユニコーンは地面を転がって爆発する。

伊奈が爆風で駐車場にはじき飛ばされるのを確認して、走は刀を鞘に収めた。

「強かったでおばはん。もしも処女やったらきつかったんちゃうかな。やっぱりユニコーンがパワーアップしたやろし」

からかう走に伊奈は歯を食いしばって体を起こそうとするが、ダメージが重くてすぐには起き上がれそうになかった。

「……お見事ですわ」

「おおきに！」

走は笑いながら擦り傷だらけの両腕を擦する。

「さて」

息つく間もなく走は上を見上げた。

「そっちも見てるだけじゃつまらんか？」

上空の飛行艇の舳先に空が立っていた。

「なんや実際に見るとほんまに子供みたいに幼いな」

自分を見下ろす空の無垢な瞳に走は大きく息を吐いた。

コンビニスーツを着ていたとして、現時点で互角ぐらいだと判断した。

「うちもまだまだやな」

空はコンビニの訓練を受けた期間は長いが、研究所の外に出てからはまだ一年ぐらいしか経っていない。これからさらに経験を得て強さを増していくだろう。本選までの短い期間では、コンビニ経験三年目の自分よりも成長速度が速いだろう空に、走は興奮が隠せずに笑った。

登る山が高ければ高いほど燃えてくる。

「本選が楽しみやで」

それまでには自分も二刀流の抜刀術を完成させてみせる。

走はまだ自分よりも強いのを二人しか知らない。

アトモスの舞とオリンポスの旦那。

自分が乗り越えなければいけない山は多ければ多いほど面白い。

走の気質は根っからの挑戦者だった。

「ほんまは今すぐ軽く手合わせ願いたいねんけど、先約がおるからな。どうやら来たみたいやで」

走が指差した先を空は目で追った。金色の光が空の瞳に映る。

救世が山を駆け下りている。

「救世」

空は名前を呼んだ。

伊代には電話をもらった時点で、コンビニバトル申し込みだと教えられていた。

だが今まで救世の姿はなく、なぜか救界と一対一の戦いをするように言われてしまった。本当は救世に会いたくて仕方がなかった。

空の口の端が吊り上がる。やっと救世に会えた。やっと救世と戦れる。一旦は収まった快楽の波が再び蠢く。空の顔が上気し始める。

救世は駐車場まで下りてくると空高くジャンプした。

「やっと来たな」

空は舳先を越えて店の前までジャンプした救世を振り向いた。

金色の衣を纏った救世は、振り返らずに看板に吊り下げられた姉を見た。

「空、どうしてこんなことをしているの⁉」

待ちわびていた空にとって、救世の発した言葉はあまりにも萎えるものだった。

「何？」

救世はそのまま看板まで飛び上がって姉を抱える。

「姉さん」

救界の意識は完全になかったが、自発呼吸を確認できて救世はやっと落ち着いた。

まさか自分の姉がここまで一方的に負けるなんて信じられなかった。

救世はまだ気づいていなかった。

これまでのコンビニバトルでも、救世達の相手は救界の後ろに救世の存在を意識していた。救世が見ている前で、救世と同じ顔を持った救界を攻撃することへの躊躇いが生まれたことが、彼らの敗因となっていた。救界の実力は度偉よりも一枚落ちる。それでも勝ち抜いて来られたのは救世の存在があったからだと、救界と周りは理解していた。

　救世は救界の腫れ上がった血だらけの顔を見て涙が溢れてくる。

　気丈な姉のあまりにも痛々しい姿に、こんなふうにした相手への怒りが抑えきれない。

「空！　なんでこんなことをしたんだ⁉」

　救世に怒鳴られた空は固まったまま動けなくなった。

　救世の言っていることが分からない。怒りという感情をまだ理解できない彼女には、愛らしい救世の顔が別人のように荒々しくて、まるで威嚇（いかく）する猫を彷彿（ほうふつ）とさせた。

「言っていることが分からない」

　空は自分の声が微かに震えているのに気づいた。

　この震えは何に対するものなのか。

「高レベルのコンビニバトルでは無傷で終わることの方が稀だ」

「そういうことを言いたいんじゃないよ」

　救世が拗ねた子供のような顔をする。

「僕達は友達じゃないか。どうして友達同士が戦わなくちゃいけないのさ？　彼女は僕の姉さんなんだよ？」

　空は首を傾げた。

　救世の言っていることが本当に理解できなかった。戦ってはいけない理由が納得できない。

空は思い出す。

共存共栄がレガシーの目指しているものだと言っていた救世を。

空の無垢な瞳に影が差す。

「空、もうこんなこと止めて一緒に降りよう」

姉を抱えたまま看板から飛び降りた救世は、ゆっくりと空に近づいていく。

空は苛立っていた。覚えたての怒りの感情が全身に回っていく。

空に戦うなと言うのは、生きるなと言うのと同じだ。

どんな業界であれ、資本主義の行き着く先はたった一人の勝者だ。戦わない者は舞台にも上がれないし、一度舞台に上がったのなら戦わなければあっという間に取り残されていく。

コンビニ業界は生き馬の目を抜く世界だ。常に他よりも先を行かなければ、すぐに追いつかれる。コンビニ業界に生きる者は競争している。皆が最後に残るのはたった一つのチェーンだと知っているからだ。

「戦いたくないとか言うな！」

空は生まれて初めて叫んでいた。

「救世の口からそんな死んだ人のような言葉をこれ以上聞きたくない」

あどけないだけだった空の表情が、怒りの色に染まり、救世に敵意を剝き出しにする。

「言ってる言葉が全部つまらないし、綺麗事過ぎて逆に侮辱に聞こえる。戦うつもりがないなら、今すぐコンビニスーツを脱ぐといい。だけど、私と救界の戦いはまだ終わっていない。スーツを脱げばあなたに戦う資格は無くなる。ここでは戦う者だけが発言が許されるのだから」

空は片手を横に広げた。

「救世もここに上がって来たのなら戦うべきだ」

救世は場違いの感情を抱いた。

目の前の空があまりに気高く映ったのだ。

空にとって戦うことは人生そのものだ。救世は自分が並べた通り一遍の言葉を恥ずかしく思った。しかし、姉が受けた残忍な仕打ちやまるで戦争のような村の惨状を目の当たりにして、空の主張を認めるわけにはいかなかった。

どうしてコンビニバトルはあるのか？

競うのならコンビニの売り上げで競いたい。だが、それであっても負けた方が潰れていくのだ。戦いは避けられない。救世はどちらかが潰れることなく、共存共栄できる世界であって欲しいと願っている。真逆の思考を持つ空とは相容れるわけがなかった。

空は自分の感情をゆっくりと埋没していく。それは自己催眠による修羅モードの発動だ。

救世は空気の変化に気づいた。

首を横に振って、姉を抱えて飛行艇を飛び降りる。

駐車場に飛び降りた救世に走が駆け寄った。

「救世どないした？」

救世は姉を走の手に委ねる。

「姉さんをお願いします」

救世は山から下りてくる度偉と、その後ろにいる国が開設した村の診療所の医者に気づいた。度偉が連れてきてくれたのだ。

「僕は空と……話し合います」

走は舌打ちしそうになるのをかろうじて堪えた。

「そうか。そんなら頑張り」

これればかりは本人の自覚の問題だと走は口をつぐんで、救界を背負ってその場を離れる。

姉を預けた救世は再び飛行艇を見上げた。

空は飛行艇から離れて、ツインテールで宙に浮く。

曖昧模糊(あいまいもこ)とした空の瞳はただ攻撃すべき相手を捉える。

ツインテールが白い閃光を放つ。

空のエネルギーの源は普通の女の子の幸せな未来だ。友達と遊んだり彼氏とのデートだったりでシフトに穴を空けられる、大事なイベント時に休むなどあってはならない。コンビニスタッフとして必要ない未来は全て排除する。この時の空のエネルギー量は、過去最大にまで高まっていた。なぜなら運命の出会いから紡がれた空の女の子としての幸せを、自ら切断しているのだから。

救世は弓矢を構えた。

三週間以上もタダ働きしていたので、救世のコンビニスーツのライフゲージは最低の1円だ。いつもなら攻撃の当たる心配はないので気にかけないが、今回は勝手が違う。

空の攻撃は自分に当たるのだと直感的に分かった。修羅モードの空には敵意どころか自分の意志もない。その攻撃はマニュアル通りに行われるだけだ。

自分に放たれたレーザービームに向かって、救世は腸詰め焼きのデータが入った矢を放つ。救界が放った矢では、軽く打ったレーザービームと相打ちがやっとだった。だが救世の放つ矢は黄金の輝きを放ち、巨大なエネルギーとなって全開のレーザービームと衝突する。

あの子が売るといつもより売れる。あの子から買うなら高くない。あの子が渡してくれたフライドフードは美味しく感じる。

コンビニスタッフの魅力は商品の価値を増大させる。天輪の才能を持つ救世なら通常の魅力の比ではない。

宙で光と光がぶつかって爆ぜる。

互角だった。

だが、空は同じ規模のレーザービームをすかさず連射した。

救世もすぐさま、矢を三本束ねて構えて放つ。

まるで花火だった。

白と黄金の光が宙で幾重もの煌めきへと変わる。

救世は空の元へと飛んだ。

「空っ！　ごめん、言い直す。君が好きなんだ！」

救世の言葉に沈めたはずの空の意識が呼び起こされる。

「好きだから空が姉さんを傷つけたのが悲しいし、こんなふうに戦いたくないんだよ！」

空中で身動きが取れない救世に、空のツインテールは変形してガトリングガンを連射する。

しかし、外れる。

空の意識は戻っていた。

「私が？」

空は自分が外したことに気づいて愕然とする。コンビニスタッフとしてあるまじき行為だった。

追撃の矢を射れるタイミングに、救世は空に抱きついた。

空の鼓動が速くなる。

「離して」

空の浮く力も女の子の幸せな未来をエネルギーにしている。救世に抱きつかれたことで、浮力が低下して空と救世は落下し始める。

「空、もうやめようよ。ね？」

空は抱きしめられることを自分が嫌がっていないことに体を震わせた。

この落下はなんだ？　どうして自分は落ちているのか？
恋は堕ちるものと言うように、空はまるで恋する乙女だった。
それが空には許せないことに思えた。
空はずっと戦ってきた。空はコンビニの世界しか知らない。
コンビニで働くことが空の生きる道だった。
コンビニスタッフとして店の役に立つ瞬間が空の喜びだった。
身寄りの無い子供の洗脳とは違う。
空自身もコンビニで働く自分が好きだったのだ。
空は目の前の救世を見つめる。
戦うなと救世は言う。
好きという感情が分からないまでも、救世への気持ちを空は自覚している。
戦うことは空そのものだ。
好きな人に自分の全てを否定されるのはあまりに辛すぎた。
空は救世を突き飛ばす。
「空？」
救世は急いで足にエネルギーを注いで駐車場着陸の衝撃に耐える。
双子のコンビニスーツのもう一つの機能、姉が残してくれたエネルギーを消耗しきる。

これでもう救世は高く飛ぶことはできない。

空は再び浮力を取り戻していた。

「あ」

救世は息を呑んだ。空が泣いていたからだ。

喜びと怒りに続いて新しく芽生えた、哀しみの感情が空の中で堰を切って溢れ出す。

空の頬を伝う涙はあまりにも綺麗で儚く見えた。

「私は戦う。今もこれから先もずっと変わらずに」

最後に救世を一目見てから、空は泣きながら宙へと飛んでいく。

空の体が赤い光に包まれていく。

ベルセルクモード発動の瞬間だった。

大気が震える。

風が哭く。

森がざわめく。

空の雄叫びが山に木霊する。

幾千万の星が空を見ていた。赤い獣の眼は山を捉える。

空のツインテールは、女の子の幸せな未来だけでなく、生命までをもエネルギーとして吸い上げていく。

舞い上がったツインテールは、宙を埋め尽くすほどの赤いエネルギーをチャージしていた。

「空っ！」

救世は必死に空を呼ぶ。空のエネルギーで発生した重力波で、とても近づくことができない。空の周りに発生したエネルギー磁場は、辺り一帯に旋風を巻き起こした。

「救世、あかんて！」

走が駐車場に吹き飛ばされた救世に駆け寄る。

度偉は同じように倒れている伊奈の元に駆け寄った。

「腕を貸せ」

「あら？　見知った顔がありますわね」

伊奈は駆け寄ってきた度偉に苦笑いを浮かべる。

「まだ諦めていなかったのですね。あなたの野心が強すぎるからあの人はあなたについていけなかったのよ」

「今はそんなことを言っている場合ではあるまい」

度偉は強引に伊奈を担ぎ上げると、救世に肩を貸した走と一緒にその場から離れていく。

「空が泣いている」

救世は振り返ってそう言った。

はるか上空で空は泣き叫んでいた。

理解してもらえない、受け入れてもらえない、そして救世との別れを決意した悲しみは無限に広がっていく。

空は近くに見える星光湖の方を見た。

ツインテールにため込まれた膨大なエネルギーが一点に収束していく。

星光湖は透明な面で星の光を吸収し、乱反射して輝いていた。


――美しいっていうんだよ。


救世の言葉とともに空の中で感動が思い出される。

しかし、それはコンビニスタッフには必要のないものだ。

「さよなら」

空は幸せな女の子の未来に別れの言葉を告げた。

ツインテールは垂直に巨大なレーザービームを射出する。

放出されたレーザービームは山の頂上から星光湖、そしてレガシー久遠山前店にかけて垂直に切り裂いていく。

まばゆい赤い閃光に包まれた中で、音が消えてなくなった。

空は白い世界の中で、泣く救世の顔を見た気がした。

17

戦いたくないなんて言うのは卑怯者の常套句なのか？

戦わなくても分かり合えると言うのは偽善者の戯れ言なのか？

最後まで戦うことを選ばなかった救世は、結局何一つ守ることも、大事なものを手に入れることもできなかった。

戦わないのは生きていないのと同じだ。

戦いの果てに自分一人しか残らなくても、最後まで戦うのが人生だ。

それでも救世はその戦う思考の全てを否定する。

戦わなくても勝利できる道を模索する。

どう考えても成り立たない方程式を救世は追い求める。

夜が明けた。

沈んだ太陽が空に昇り、新しい始まりの朝を告げる。

山は消えることのない爪痕を残された。

山が崩れ、切り裂かれた星光湖は水が流失した。

レガシー久遠山前店は真っ二つに切り裂かれ、店舗を失った店はコンビニバトルオリンピック参加の資格がもうない。

切り裂かれた山と木は時をかけて回復することがあっても、二度と戻らないものを幾つも失った。

救世はレガシー久遠山前店の残骸が残る駐車場にいた。

崩れ落ちたレガシー久遠山前店を見て、感慨にふけっているわけではなかった。

救世は背中にリュックを背負っている。

旅立ちの朝だった。

「救世」

呼ばれて振り返ると、お婆婆と度偉がそこにいた。

「準備はできたかい?」

救世はゆっくりと頷いた。

もうここに空はいない。

ヘヴンは空がレガシー久遠山前店を粉砕したのを確認して撤退した。

さすがにあれだけ大規模の破壊をしたら事前の根回しだけでは足りないので、ヘヴンは救世を追撃する余裕がなかった。

店だけでなく観光の目玉の星光湖まで破壊された救世達にも、追いかける気力はもう残っていなかった。

お婆婆は救世の手を握った。

「しっかりおやりよ？」

　お婆婆の手は震えている。

「お前がこれから送られる高知県の越知町には、平家の末裔が住んでいる。血縁があるとはいっても大昔の話じゃ。いきなり店にやってきてバトルオリンピック出場資格を勝ち取るのは難しいじゃろう。残り三週間もない。それでもやるのじゃ。そうでなければあまりにも……あぁっ！」

　泣き出したお婆婆の背中を救世は優しく擦る。

　救世に一族の期待を背負うのに躊躇いはない。

「では行くか。時間はほとんどないのに歩きで向かうのだ。ここから徒歩で十三時間ほどといっても、のんびりしているわけにはいくまい」

　度偉が一歩踏み出した。

「ええ。お婆婆様、それじゃ行きます。姉さんをよろしくお願いします」

「救世！　くれぐれも頼んだぞ！」

　救世は力強く頷いてお婆婆の手をそっと離した。

　度偉の後を追いかける。駐車場を出た道路ではバイクに乗った走の姿があった。

「走さん！」

　救世は度偉を追い越して走に駆け寄る。

「なんや、しょぼくれとるのかと思ったら立ち直り早いなぁ」

「僕にはしょぼくれてる資格はないです」

救世は何もかもが中途半端で甘すぎた。だから一族も空も取り返しがつかない傷を負った。

それを自覚している救世は泣くことだけはしまいと心に決めていた。

走は「せやな」と頷く。

「だから取り戻しに行くんやろ？　今度は戦って」

救世は口をすぼめるだけでそれには答えられなかった。

「分からないです。僕はまだ奪い取るために戦うことに納得できない。それでももう一度空に会いたい。それには戦い続けるしかないのを理解しています。だから、戦いの果てに戦わない道を見つけられたらなって思ってます。矛盾してますけど」

「ええんちゃう？　人生は合理的じゃないんやし」

走は答えに満足したように頷き、近づいてくる度偉をチラッと見てから救世を呼んだ。

「救世、ちょっとちょっと」

走に手招きされて救世は顔を近づける。すると、走の唇が頬に触れた。

前触れもなくキスされて救世は固まってしまう。走の唇が触れた所が熱い。

「激励のキスや。何があっても女の子なんやから負けたらあかんで？」

走の言葉に救世は、最後まで自分は男だと言い出せないで終わることに気づく。

「次に会う時はライバル同士やな」

走は笑って救世に手を差し出す。救世ははにかみながら走の手を握り返した。

「ほな、さいなら～」

バイクのエンジンを噴かしてあっという間に遠ざかっていく走に、救世はひたすら手を振った。道を間違えないか不安だったが、迎えがすぐそこまで来ているらしい。そこに行くまでに迷ったなら自分に電話をかけてくれるだろう。

背後に度偉が来たのを感じ取ると、救世は振り返った。

「度偉さん、これからよろしくお願いします」

度偉は自分の鼻を擦って笑った。

「お前がワシのパートナーとして生き残れるかまだ分からんじゃろ」

「絶対に残って見せます」

もう一度空に会いたい。空は救世を待っている。その思いが救世を戦いに赴かせる。

「あの娘はお前と決別したのと違うのか？」

度偉は山の方に顎をやる。

救世は黙って首を横に振った。

空が星光湖まで破壊したからこそ、空はまだ救世を待っていると確信できた。

空は今度こそ救世が自分と戦いに来るのを待っている。

「一族のためにも空のためにも戦うことから逃げません。それでも戦わない道を必ず見つけ出します。空に会った時に聞きたい。多くの人が泣き、空自身も泣いているのに、まだ戦うしか選択肢がないのかを」

度偉は大きく息を吸って吐き出した。

自分より一回り近く年下の小僧にしては、上出来な回答だと思った。

戦う理由は人それぞれだ。我が強ければ貫けるし、そうでなければ消えるだけだ。

「ならばとっとと走るぞ！」

「はい！」

青い空、照らす太陽の温かい光。

何もかも失った二人は、失ったものを取り戻すために走る。

救世は決めていた。

今度の道は周りの人に守ってもらうのではなく、自分で切り開く。

救世、16歳の春だった。

「待ってろ！　空！」

18

空は飛行艇の店舗の奥で一人で事務所のイスに座っていた。

事務所は電気をつけていない。
空は座ったまま暗闇を見つめている。
暗闇の中に幻影があった。
瞬きすればすぐに消えるだろう幻影に心を向ける。
空は救世の手を握っていた。
二人は一緒に走っている。
どこに走っているのか、まだ目的地が見えない。
それでも空にはどこに行くのか分かっていた。
だから嬉しくて空は笑う。
救世も空を見て笑う。
遙か道の彼方で星光湖の光が二人を祝福するかのように輝いていた。
「ありがとう。救世」
空の頬を一滴の涙が伝って落ちた。
幻影は涙で霧散する。
決して戻らぬ日を少女は一時だけ恋い焦がれた。
少女はゆっくりと目を閉じる。
二度と見ないと心に決めた。

胸の奥のどこかで痛みが走ったが、少女はもう自覚しなかった。
修羅にならないといけない。
少女の生きる場所は、昔も今もコンビニにしかなかったのだから。

鶴ヶ島

コンビニ戦記

戦士達のプロローグ

三

龍が棲む鶴ヶ島と二人の新人

三

空は雲に覆(おお)われていた。

空からは音一つ聞こえてこない。

嵐が来る前の静けさだった。

地に立つ二人の少女が空を見上げていた。長髪と短髪の少女は全身を武装している。

これから戦いが始まるのだ。

今日元気(きょうげんき)と明(あか)るい。

二人はコンビニエンスストア・フレンズ鶴ヶ島駅前店の代表だ。

元気とるいは空を見上げるのをやめて、お互い顔を見合わせた。

元気はるいの表情から緊張しているのをすぐに見抜いた。

アガリ症のるいは、空手の大会でも仕事でも緊張して本来の力が出せないところがあった。

るいは自分を見る元気の表情がいつもより硬いのに気づいた。いつもポーカーフェイスで何を考えているか読めない元気だが、一緒にいる時間が増えて些細(ささい)な表情の変化を見抜けるようになった。

元気は周りの期待に応えようと、いつも自分を押し殺して無理をしていた。

二人は同時に相手のことを心配する。

「あ」

「え」

元気とるいはすぐにお互いの思っていることを感じ取った。

元気は唇をすぼめてそっぽを向く。

「人の心配してる場合？」

優しい言葉ではなかったが、それが元気の精一杯の気遣いだとるいは知っていた。

るいの口元が緩む。

「元気こそ、ボクがいることを忘れないでね」

試合が始まれば元気は先陣を切って相手に飛びかかる。

それはパートナーに一呼吸置かせようとする元気の配慮で、るいはおかげですぐに置いていかれないようにと冷静さを取り戻すことができた。

「だったら、いつも通りの力を出すといいわ」

元気はそう言って背中の翼を広げた。装備された飛行ユニットのエンジンを点火させ、飛び上がった元気は翼を羽ばたかせて勢い良く雲の中を突き抜けていく。

「あ、エレベーターありますよ」

二人から距離を取っていた審判の少女が取り残されて寂しそうに呟いた。

中央と四方の柱に支えられた闘技場は空の上にあり、エレベーターが柱ごとに取り付けられている。エレベーターを利用することなく元気は上に行った。

「しょうがないな。ボクってそんなに心配させてる？」

るいも背中に取り付けた飛行ユニットのブースターを稼動させる。翼のある元気ほど小回りは利かないが、単純なスピードでは上回ることができる。

るいは地を飛んだ。

「あ、るいさん⁉」

風が切り裂かれる。るいの全身を打ちつける空気の弾けるような感触。

雲はまるでのれんのように軽くすり抜けられると思っていたのに、正面から吹き抜けて来る嵐のような存在感だった。

雲を抜けた先に元気の背中を発見した。

天空闘技場。

用意されたステージは地上から3000メートルも離れた空に浮かぶ小島だった。

東京ドームと同じくらいの大きさがある円盤の小島は、古代ローマのコロッセオを真似た闘技場になっている。5万人は収容できる観客席は見渡す限り人で埋めつくされていた。元気とるいの姿を見て大きな歓声が上がる。

るいは顔を伏せながら中央の舞台に降りた。

「遅いわよ」

腕を組んで背中を向けていた元気が拗(す)ねたように身をくねらせる。

「相手はまだ来ていないみたいね」

元気は真正面にある入場ゲートを睨(にら)んだ。

入場ゲートは四柱の数だけあるが、対戦相手は元気達の真向かいのゲートから出てくるはずだ。

るいはごくりと唾を呑み込んだ。

今日戦う相手はこれまでの相手の比じゃない。

「緊張してもいいのよ？　全国大会まで勝ち抜いて来た相手なのだから」

また元気に気遣われたとるいは自分を恥じた。

「大丈夫だよ。戦う覚悟はできてる」

全国6万店以上の中からこの全国大会まで勝ち抜いてきたのはわずか8店。

勝ち抜いてきたのはどれも一騎当千の戦士達だ。

「私達もその8組の一人なんだから自信を持つといいわ」

「うん」

るいの緊張はほどけないが、ガチガチで動けないという質のものではなかった。

おかげでいい感じで高揚している。

るいは深呼吸する。

闘技場の観客席の中央にある大きなモニターには、観客達の顔が大きく映し出されている。

店長や鶴ヶ島の町の皆はどこだか探そうすると、

「元気、るいガンバレよー！」

聞き慣れた声がして元気とるいは振り返る。すぐ背後の観客席の最前列に店長とスタッフ、地元鶴ヶ島の応援団が座っていた。

元気は一瞥すると、頬を赤らめて前を向き直った。照れているのだ。

るいは緊張を忘れて大胆にも皆に向かって手を振る。

店長や仲間達、町の皆が応援してくれている。絶対に負けるわけにはいかない。

「来たわよ」

元気の呼びかけにるいは正面を向いた。

正面のゲートがゆっくりと開いていく。

今日の相手はヘヴンの代表者だ。コンビニ業界１位であるヘヴン。その国内２００００店の頂点に立つエースが二人の前に立ちふさがる。しかし、自分達もフレンズ国内１万３０００店の代表者なのだという気概から二人は怯まない。

ここはコンビニバトルオリンピック本選の地。

５年に一度の祭典。

全コンビニチェーンの頂点を決めるための戦い。文字通りの武力と武力のぶつかり合い。

正面ゲートから人が出て来る。

元気とるいはいつでも臨戦態勢に入れるように身構えた。

「え？」

「あれ？」

ゲートから出てきたのはさっきの審判の少女だった。対戦相手の姿はない。

審判の少女は笑顔で中央まで歩いて来る。

「不戦勝？」

元気の声は訝しんでいた。全国大会レベルで不戦勝はありえない。相手に何かトラブルがあったのだろうかと思考を巡らせる。

すると、審判がマイクを手に取った。

「お待たせしました！　コンビニバトルオリンピック全国大会一回戦をこれから開戦します！」

観客達の歓声が上がった。待ち望んだ開幕戦に、張り裂けんばかりに声は大きい。

「ちょっと待ちなさい。戦う相手はどこにいるというの？」

審判の少女は元気を向いて、「もう来てますよ」とあっさり答えた。

「それではただ今より対戦者の紹介をさせて頂きます！　まずはフレンズ代表の超新星！　今日元気と明るいのお二人！　弱小店でありながらも地元の利を活かした快進撃でこの全国大会まで勝ち上がってきました！」

鶴ヶ島の皆の歓声が一際大きく聞こえた。

「向かいましては、４大会連続優勝を誇る全国一のコンビニチェーン・ヘヴンを代表する絶対的エースその名も最強(さいきょう)と無敵(むてき)！」

歓声が地鳴りのように轟いた。その凄まじい声量に、相手が大会優勝の本命なのだと元気とるいは改めて知る。地元の利は全国大会クラスではほとんど意味をなさないようだ。

最強と無敵。

だが当人の姿は未だ見られない。

「どこにいるのさ？」

るいが審判の少女にもう一度尋ねた。

審判の少女はゆっくりと指を空に向ける。

「上ですよ」

元気とるいは空を見上げた。

スタジアムの上に広がる空は雲に覆われている。

雲が突然大きく切り裂かれた。

ごおおおおおおおん
耳が痛くなるほどのエンジン音が間近から聞こえて来る。

暗い雲の中から明かりを灯した巨大な何かがゆっくりと現れる。

それはまるで大きな怪物だった。

敵を駆逐（くちく）するためだけに生み出された巨大兵器。

雲を切り裂きながらその全長をゆっくりと見せるそれに、元気とるいは我が目を疑った。

全長３００ヤードもの大きさを持つ戦艦が二人の前に出現する。

戦艦はゆっくりと旋回して、コロッセオを真正面に捉える。

それから大砲の照準全てを元気とるいに合わせた。

「ちょ、ちょっと待ちなさいよ」

元気の声が上擦っていた。

「あ、あれって何なの？」

るいが悲鳴のような声を上げる。

「あなた方の対戦相手ですよ。さあ、それではただ今より試合を開始します！　第一回戦ヘヴンV
Sフレンズ、スタート！」

バトルが始まる。

「元気！　るい！　大丈夫だ！　お前達なら勝てる！」

店長が力強くガッツポーズをしている。

「元気ー！　るいー！　信じてるからな！」

仲間のスタッフ達が信頼の眼差しを二人に向けている。

「町のために頑張ってくれ！」

鶴ヶ島の皆が二人に期待している。

誰もが二人が敗北するとは微塵も思っていない。

誰もが二人を心配していない。

二人の勝利をまるで当然のように信じきっている。
戦艦に搭載された無数の砲台は殲滅の音を響かせる。
粉砕の弾丸はコロッセオごと元気とるいを葬り去るつもりだ。
二人に逃げ場はない。
無責任な声援を背に、元気とるいはお互いの顔を見合わせた。
口元が緩む。
元気は小さく笑った。
るいもつられて軽く笑う。
「あんなのに勝てるわけないじゃんっ！」

目が覚めると、見慣れた部屋の風景に、自分が悪夢を見たのだと元気は気づいた。
目が覚めると、布団から転がり出ていることに気がつき、るいは自分がさっきまで寝ていたと分かった。

同時刻、違う場所で二人は体を起こした。
見た夢が何だったのか思い出せないままに二人は同じ感想を抱く。
最悪な朝だと二人は思った。

コンビニ。
そこは日本で最も激しい戦場。
戦略も戦術も技術も日進月歩で進化し続け、明日生き残れる保証はどこにもない。
資本主義の行き着く先は一人勝ちだ。
勝った者は勝ち続けなければならない。
敗者達は牙を剝き続け、我こそがと1位の首を噛みちぎる隙を狙っている。
そんな戦場で実際に戦う者は、老若男女問わず実に千差万別。動機も十人十色。
ただし彼らの結末は概ね三つしかない。
体を壊すか、心を潰すか、逃げ出すか。
事前に戦場を脱出できた者は幸運だ。それはほんの一握り。
ならば戦士達は消耗されるだけなのか？
真の英雄は現れないのか？

そもそも戦士はコンビニに全てを捧げているのか？

否。

戦士が戦うのは己のためだ。

夢でも金でも誰かのためでもなく、全ては我のために。

皮肉なことに、戦場では組織に忠誠を尽くすよりも己の我を貫く者が戦果を挙げていく。

そしてとうとう、彼らの戦いの舞台は店舗やエリアを超え、闘技場にまで及ぶようになった。

人はそこをコンビニバトルオリンピックと呼ぶ。

第5回コンビニバトルオリンピックは、埼玉県の鶴ヶ島が本選開催地だ。


鶴ヶ島。

人口約7万人が住む市である。

市内には四つの駅があり、その内の一つ鶴ヶ島駅は鶴ヶ島市と川越市の境目の位置だ。市役所は市中にあるので逆に隣の若葉駅などからの方が近かったりする。

線路の上を跨いでいるこの橋上駅は構内がせまく、出口が東と西で分かれている。東側には鶴ヶ島駅周辺の子供が通う小・中学校に東亜（とうあ）大学があり、西側と踏切挟んで繋がっている商店街通りを進めば、国道に出る。商店街と学校以外は住宅が密集している。

西口側には大きなロータリーがあって娯楽施設も多い。まっすぐ進んで関越自動車道を越えれば鶴ヶ島雷電高校が、左奥に行けば、近年開発されたニュータウンのエリアがある。典型的なベッドタウンで、住民の大部分が電車で都心まで出て後は帰って寝るだけの町だ。

大自然や豊富な歴史建築物があるわけではなく、目玉となるような産業もない。盛大にまちおこしをしているような町と比べれば、住民も町への愛着がさほど感じられない寂しさがあるが、この町は日だまりの中にずっといるような温かさと心地良さがある。

そしてもう一つ、鶴ヶ島には龍が棲むと言われる。

雷電池の龍の伝説は今も語り継がれ、4年に一度の雨乞いの祭りが行われている。

奇しくもコンビニバトルオリンピックと同じ4年に一度の周期ではあるが、雨乞いの祭りはオリンピックと同じ年に開催されるので次は2年後だ。

第5回コンビニバトルオリンピック本選が開催されるこの地には、現在26店のコンビニがある。その一つであるフレンズ鶴ヶ島駅前店は、鶴ヶ島駅東口にある。

お店の大きさをハコの大きさと言い表すが、フレンズ鶴ヶ島駅前店のハコの大きさは中ぐらいだ。店に入れば、コピー機、ＡＴＭ、続いてレジカウンターがあり2台のレジを揃えている。中央にはゴンドラと呼ばれる商品陳列棚が通路を挟んで置かれている。

入り口側の窓際には雑誌があり、レジカウンターの真向かいの壁にはチルド弁当や飲料、左手の壁側にはアイスや冷凍食品、お茶やジュース、コーヒー、酒が並べられたウォークイン冷蔵庫がある。バックヤードと事務所はその裏側にあった。駐車場スペースがない一般的な店舗だ。

お店の入り口には、「求む！　コンビニの戦士達」のタイトルと武装した女の子の写真を載せた求人広告が貼られている。

フレンズ鶴ヶ島駅前店は新年度を迎えてスタッフの募集が急務だった。

若き店長である26歳の努は、３月の労働時間がすでに四百時間を超えていた。

マネージャーが朝早く店に出てくれるので、午後一時から出勤するのだが帰るのは日が回った朝五時くらいになる。仕事が終わらないからだ。当然、休日などない。


事務所の中にいた努は目を覚ますと、発注していたはずがいつの間にか寝ていたことに気がついた。時計を見ると五分も経過していた。すぐに店内カメラの映像が映ったモニターに目をやれば、お客が列を作ってレジに並んでいる。レジにはスタッフは誰も居ない。夕勤スタッフはどこに行ったのか？　と思いつつ、慌てて立ち上がろうとして努は膝をデスクにぶつけてしまう。

「痛っ！」

事務所のドアはレジに直結しているので、痛みを我慢しながらデスクの横のドアからレジカウンター内に出た途端、足を引っかけて転んで今度は頭を打った。何に引っかかった？　と思って振り返ると、ドアの前に缶コーヒーとペットボトルが入った買い物カゴがあった。レジカウンターの端にある保温ショーケースに補充しようとして、そのまま放置したのだと気づいて舌打ちしながら立ち上がると首がかくんとして、さっきまで発注機を首からぶら下げていたことを思い出す。

「やべっ！」

案の定、発注機の液晶画面が割れていた。店に基本1台しかない発注機は大変高価な代物だ。二重の意味でも困る。おまけに努は雇われ店長でオーナーは別にいる。始末書ものの大失態だ。努の血の気がサーッと引いていく。

「おいっ早くしろよ！」

そこに我慢の限界を迎えた客達が攻撃的な目を向けてきた。

「あ、はい！　ただ今！」

何があってもお客を優先しないといけない。打ちつけた膝も頭も、そして心さえも痛かったが努はすぐにレジに向かった。

鶴ヶ島駅のすぐ目の前にあるフレンズ鶴ヶ島駅前店は、電車が止まる度にお客が立ち寄る立地条件に恵まれた店だ。都内ほどでないがお客の数は多い。一人では捌（さば）ききれない。努はレジ会計をしながらレジカウンターの下にあるブザーボタンを押した。店内のどこにいても聞こえるブザーは、スタッフにレジへ来てくれという合図だった。ブザーは鳴ったが応援は来ない。

なんでだ？　と思いながらも努はレジを離れて捜しに行くわけにはいかない。されどお客からの、他のスタッフも呼べよという強烈な睨みを受けてこのままでは居られない。

「レジお願いします！」

努は声を張り上げた。お客にも自分が他のスタッフを呼んでいるというアピールになる。しかし、スタッフは来なかった。

バカな！

努の中で焦りが募っていく。

夕勤スタッフはさっきまで居たはずだ。店内の売り場に居ないならバックヤードかウォークイン冷蔵庫に居るのかどっちかだ。どこに居てもブザー音は確実に聞こえているはずだった。

「レジお願いします！」

努が再び呼んでもスタッフは来る気配を見せなかった。

結局、努はお客に睨まれて文句を言われながらレジ会計を一人でやり終える。

お客が一旦はけたところで、努はすぐに事務所からバックヤードに行き、ウォークイン冷蔵庫のドアも開けた。

スタッフの姿はない。

「なんでだよ！」

努はもう一度売り場に引き返す。しかし、やはり店内にもスタッフの姿はない。

バックレ？

努が不吉な考えを巡らせたその時、入り口ドアが開いて夕勤スタッフの少年が店に入ってきた。

「鶴ヶ(つるが)君(くん)！　どこ行ってたんだ⁉」

やつれた細身の少年は顔色が悪く、店に入ってきて早々に咳き込んだ。

「大変だったんだぞ！　外で何やってたんだ？」

努が詰め寄ると、鶴ヶ君はギロリと努を睨んだ。その目は非難の色を浮かべている。

「店内と外ゴミをまとめて、裏のゴミ箱に捨てに行ったんですけど！」

「そ、そうか。でも一言声かけてくれないと……」

「あ？」

鶴ヶ君が眉間に皺を寄せた。それで自分が寝ていたことを思い出した努は、罪悪感から黙り込んでしまう。

しばしの沈黙。向かい合う二人。先に場を離れたのは鶴ヶ君だった。

「そろそろレジ点検します。僕はこのまま夜勤までなんで！　ケホッケホッ」

本来、夜勤スタッフの鶴ヶ君は今日は夕勤と準夜勤も引き受けてくれていた。

「あ、そうか。お願いします」

努は小声で言って逃げるようにして事務所に戻った。

この日の夕勤のシフトは、努と鶴ヶ君の二人だ。本来なら夕勤スタッフは二人体制で、店長の努がシフトに入るなんてことはない。しかし、年度の替わり目でスタッフが大幅に抜けたために、足りないスタッフの穴は固定給の努が埋めている。努が固定給なので逆に人件費が浮いてオーナーは喜んでいるが、店長業務以外にシフト勤務も負担している努は精神的にも肉体的にもしんどかった。マネージャーは最近鬱気味で、定時前に帰ったり遅刻に無断欠勤ばかりなのも努の負担を増していた。

　コンビニの仕事はハードだ。

　都心ではない鶴ヶ島にあっても精神と肉体を削り続けるのは変わらない。

　事務所に引きこもると努は壊れた発注機を見て頭を抱えた。

「どうしよう……給料から引かれるのかな？」

　発注自体はデスクの上のパソコンでもできるのだが、在庫の数はレジの打ち漏れなどでズレることもあるため、店内の棚を見て回って確認しながらでないと正確にできない。在庫を抱えて売れなければ店のマイナスだ。オーナーにもどやされてしまう。

　努が言い訳を考えていると店の電話が鳴った。

「はい。フレンズ鶴ヶ島駅前店店長の努がお受けいたします」

「店長！　私です」

　電話はマネージャーだった。努よりも年上の35歳の男性だ。

「あ、お疲れ様です。どうしました？」

「ちょっと申し訳ないんですが明日から休ませて下さい」

　努は首を傾げた。相手は何を言っているんだろうか？

「病院に行ったら、医者がしばらく安静にしてなきゃダメだと言うんで休ませて下さい。それじゃ」

「ちょ、ちょっと待って下さい！　ど、どういうことですか？」

「だから絶対安静なの！」

マネージャーは電話口で怒鳴った。

「落ち着いて下さい。オーナーには言ってあるんですか？」

「あんたの口から言ってくれよ。それじゃ」

「だから待って——」

電話の向こうで女性の声がかすかに聞こえた。

え？

努が耳をすますと、

「ダーリン休み取れた？」

「ああ、取れたよ。せっかくハワイ旅行が当たったんだから行かなきゃ損だよな」

「さすがダーリン！」

耳を疑うようなやり取りが聞こえた。

「というわけで、よろしく。また働きたくなったら連絡しますんで」

電話は無情にも切られた。

努はしばらく立ち尽くしたまま電話を見つめる。

それから大きく深呼吸する。

こんな理不尽ぐらいで心が折れたらやっていけない。

ここは戦場なのだ。

「店長！」

事務所のドアが勢い良く開け放たれた。鶴ヶ君が不機嫌な顔つきでこちらを見ている。

「店内でお客さんが殴り合いのケンカ始めました。なんとかして下さい」

できたら鶴ヶ君がなんとかしてくれ。

努は頭を抱え込む。

「分かった。今行くよ」

それでも行かないわけにはいかないのでレジカウンターへ向かう。事務所のドアをくぐる途中、壁に貼られた鏡に映る自分の顔を見た。

鶴ヶ君よりもずっと顔色の悪い、ゾンビみたいな顔が映っている。

とりあえず誰でもいいからスタッフの応募来てくれ！　と努は心から願った。


幸か不幸か、そのすぐ後に店にアルバイト応募の電話が立て続けにかかってきた。

二人とも春から高校生になる女の子だ。

アルバイトの応募があったのは幸運。

よりにもよってその二人が応募してきたのは不運。

店長の努は電話があった時点でほぼ採用を決めていた。

明日からマネージャーの分も出勤するので一日一時間も寝られなくなる。

追い込まれた努は、誰でもいいからシフトに入って自分を休ませてくれ！　しか頭になかった。

三

鶴ヶ島公女・今日元気

学校の廊下を少女が歩いていた。

腰まである艶めかしい長髪に、トレードマークの黒リボンのカチューシャをつけた少女は、どこか眠そうに見える。目は半開きで視線は俯（うつむ）きがち、唇は拗ねたようにすぼめている。彼女が人に一番よく見せる表情だった。そのふてくされているような少女の後を六人の少年達がついていく。

彼女の取り巻きである彼らは、自分達が美しいと心から思う少女の機嫌を損ねないよう、求められるまで声をかけない。それでも全員が彼女に視線を留めていた。いつ自分が必要とされてもいいように気を張っている。

少年達を引き連れて歩く少女を、廊下にいた生徒達はチラチラと見てしまう。少女が美しいからだけではない。この学校のほとんどの生徒が少女を知っていたからだ。

彼女の名前は今日元気。

高校一年生ながら鶴ヶ島公女として学校の有名人だ。

彼女の父は鶴ヶ島に広い土地を持つ地主で売れっ子のミステリー作家だ。

合気道家の祖父を持つ母は柔道軽量級の金メダリストであり、陸上の１００メートル競走の日本記録保持者。引退した今はグラフィックデザイナーをやっている。両親ともに鶴ヶ島出身で鶴ヶ島在住だ。鶴ヶ島の誇りと言っていい。

一人娘の元気は、ストイックに才能一つに人生を注ぐ父親と、高い総合能力を活かして何事も器用にこなす母親の能力を受け継いでいた。

中学で全国模試1位の頭脳に加え、読書感想文で総理大臣賞も受賞し、走り高跳びと3000メートル競走の中学陸上記録保持の運動神経を持つ彼女は、両親の輝きに押しつぶされなかったことで両親以上に周りの注目を浴びていた。

ただし、彼女は性格に難がある。

元気は自分の前に立ち塞がる人物が道を空けないので立ち止まった。

立ち止まった元気を見て、取り巻きの少年達は元気の前に立つ人物を見た。

その人物はこの公立鶴ヶ島雷電高校三年生で現生徒会長の少女だった。昨年のミス鶴ヶ島雷電高校に選ばれたポニーテールの似合う彼女は、元気がこの春に入学して来るまで学校のアイドルだった。

長身のミス鶴ヶ島は元気を見下ろしている。

「あんた入学早々、大事なことを忘れていない?」

この日は入学式だった。元気は眠たそうな顔のまま、ミス鶴ヶ島を見上げた。

「先輩への挨拶を忘れるなんてとんでもない一年生ね」

鶴ヶ島雷電高校では、入学した一年生は三年のクラスを回って挨拶する行事がある。そのためにこの日は三年生も通学してくる。だがそれは学校側が決めたことではなく、生徒達の間で受け継がれている伝統だった。元気はそんなものに参加する気がなかったので、HR終了早々に教室を出て学校探索をしていた。

「三年の階で、他の一年生達が挨拶している間を堂々と通り過ぎていくなんて相当なタマじゃない。さすが有名人は態度もデカい」

元気はミス鶴ヶ島を見上げたままずっと眠たそうにしている。

気がつけば、元気達の周りを三年生が取り囲んでいた。どれも強面の体格のいい少年達だった。

元気の取り巻き達の間に緊張が走る。元気はチラッと周りを見るが表情は変わらない。

「おまけにさっそく男達を引き連れて歩くなんてどんだけ男好きなんだよ！」

ミス鶴ヶ島は威嚇するように元気に詰め寄った。

元気の取り巻きの一人が前に出ようとして、周りを囲んでいた三年生に腕を掴まれる。

「あーあーナイト気取り？　モテるんだね有名人は」

「あなた友達いないの？」

元気の不意をついた発言にミス鶴ヶ島と周りの三年生は固まった。

元気は眠たい表情のままミス鶴ヶ島を見上げている。

「手間暇かかる女の友達より男の友達の方が楽じゃない？　友達がいないからそんなことも分からないの？」

元気の発言に取り巻きの少年達はクスクスと声を立てて笑う。

「あんたみたいな男好きの考えを押しつけんな！」

ミス鶴ヶ島はカッとなって声を荒げる。

「あなたって体でしか男を繫ぎ止める手段がないと考えてるのね」

元気の同情する口ぶりに、ミス鶴ヶ島は素早く手を元気の襟元に伸ばした。

「それが目上に聞く口⁉」

だがミス鶴ヶ島はすぐに苦悶の表情を浮かべる。伸ばした手を元気に摑まれて指を捻られていた。

「は、放して！」

元気は母親から合気道の技も受け継いでいる。

痛みに身をよじるミス鶴ヶ島を元気は眠たそうな顔でじっと見つめる。

「おいっ！」

さすがに目の前でミス鶴ヶ島がやられたのを見て、取り囲んでいた三年生が動き出した。

「でも先輩達みたいに、陰からじゃなくて真正面から来てくれるのは好感持てるわ」

元気の言葉にまた三年生達が立ち止まる。

一触即発の雰囲気は変わらないが、スタートの合図だと思ったら、まだだったのか？　と三年生達は眉を顰める。

元気は捻っていた指を放した。ミス鶴ヶ島は手を引き戻して元気を睨みつける。

元気は周りを取り囲んだ三年生達をゆっくりと見回した。

「挨拶しろって言うけど、ほとんどがスルーしても何とも思っていない人達ばかりでしょ？　今ここに来てる八人だけが挨拶しないことに怒ってる。私は必要としていない人達には何もしたくないの。だから先輩達には挨拶してもいいわ」

元気はそう言って髪の毛を搔き上げる。

「初めまして。今日元気よ。私に用があったら今みたいに直接会いに来てくれると嬉しいわ」

目を大きく見開いて口元を緩めた元気の表情は、先ほどまでの眠たそうな顔がさなぎだとしたら、羽化した蝶のような華やかさがあった。あまりに突然の笑顔に三年生達は見惚れてしまう。元気は振り返ってミス鶴ヶ島を向くと、その肩に手を置いて素通りしていく。

「生徒会長のお務めご苦労様。今度お昼でも一緒に食べましょ」

急な歩み寄りの態度は低姿勢とはほど遠いはずなのに、それでも元気が退いたと相手に思わせるのには十分で、ミス鶴ヶ島も取り囲んでいた三年生達も後を追いかけようとはしない。

それどころか頭の中で次はいつ元気を誘おうかとすら考える始末だった。

「元気っ」

ミス鶴ヶ島は女性だったから、完全にたらし込まれることなく元気を呼んだ。

「あなたはどうしてこの学校に来たの？　あなたならもっと進学校や陸上の強い学校に行けたはずじゃない？」

ミス鶴ヶ島は会ったら聞こうと思っていたことをやっと聞けた。

元気の成績や実績なら名門や強豪私立にだって入れる。公立がいいと言うなら、電車で十分の川越にだって、この付近で有名な高校がいくつもあるのだ。

足を止めて振り返った元気はまた眠たそうな顔に戻っている。

「だって電車通学なんてめんどくさいじゃない」

それだけ言い残して元気は踵を返した。

返す言葉がないとはこのことだった。

ちなみに元気は高校で陸上を続ける気もない。髪の毛を切ればもっとタイムが上がると、中学で散々言われてうんざりしているからだ。

「髪の毛を切るくらいなら走るのやめるわ」

それが元気の結論だ。

だがそんな元気なのに人望は厚く、取り巻きの少年達は元気の後を追いかけて来た。

文字通り、中学からだ。

彼らは元気と同じ中学の出身や陸上の大会で元気に出会った者達だった。

それぞれ進学率の良い高校や陸上の強豪校の誘いを蹴って、鶴ヶ島雷電高校を選んだ。

人生は一度きりだ。一度きりなら青春を取る。それが彼らの強い決心だった。

「元気、この後カラオケでも行かかね？」

取り巻きの一人が元気を誘った。

「悪いけどパスだわ。用事があるのよ」

「え？　何の用事？」

聞かれて元気はあからさまに肩を落とした。

気が進まないのが見て取れるぐらいに大きなため息を吐く。

「アルバイトの面接なの。親が高校入って部活やらないならバイトしろって言うのよ」

元気の将来を心配した両親の社会勉強をさせようという配慮だったが、当の本人は納得いかない。

「そんな社会勉強よりも門限延ばしてくれた方が、よっぽど有意義な社会勉強ができると思わない？」

下心があるので元気の両親の批判はできない取り巻きの少年達は、愛想笑いを浮かべるだけだ。

それを見て元気はますます気が滅入った。

「あ、てことはこれから自転車通学するのか？　アルバイトがあるもんな」

元気は幼稚園の頃からずっと車での送り迎えだった。これから自転車通学するなら一緒に帰れると皆は期待する。

「どうして？」

元気は意外そうに首を傾げた。

「だって、学校から家に帰って、家からバイト先に向かって、また夜迎えにきて貰うのか？　朝も入れたら一日4回も送迎して貰うんじゃ両親も大変じゃない？」

「それは分かってるわ」

元気は少しムッとした。さすがに自分だってそこまで両親に負担をかける気はない。

「だからアルバイト帰りはタクシーを使おうと思ってるの」

その言葉を聞いた瞬間、取り巻きの少年達は、元気にアルバイトさせたがる両親の気持ちがよく分かった。

今日元気。

鶴ヶ島公女と呼ばれる彼女は、何があっても揺れない。


面接の約束は夕方五時だったが、元気は午前十一時過ぎにフレンズ鶴ヶ島駅前店に着いた。

マネージャーが長期休暇に出かけたために朝から出勤していた努は、パートリーダーに声をかけられて事務所から慌てて出て来る。

見ればレジ前に腕を組んで自分を眠たそうな顔で見ている少女がいた。

思いの外可愛かったので、努は寝不足で不機嫌ながらも柔らかい口調で話しかけることにした。

「あれ？　アルバイト志望の子？　夕方五時の約束じゃなかったかな？」

それに対して元気は、決まりきったことを伝えるような落ち着いた口調で答える。

「早く来てあげたのよ」

「あ……ああ、そうでしたか。でも今ちょっとタイミングが悪いんです。できたら後で……」

現在のフレンズ鶴ヶ島駅前店の総スタッフ数は七人。6時から9時までの朝勤二人、9時から13時までと、13時から17時までの昼勤が三人、夕勤が一人、夜勤が一人という体制だ。フレンズ鶴ヶ島駅前店のシフト分けであるならば、通常は十五人以上はいておかしくないことを考えると、人が足りない分を店長がどれだけ負担しているのかが見て取れる人数である。

「俺シフト入ってるから今は面接する時間がなくて……」

元気は眉を顰める。

「人を呼びつけといて、待たせるわけ？」

寝不足で機嫌がすこぶる悪い努の表情から笑顔が消えた。

何だと？

「ちょっと店長」

拗ねたように唇をすぼめる元気を見て、パートリーダーが努を肘でこづいた。

「こんな可愛い子チャンスなんだから逃しちゃダメよ！」

耳元で囁いているつもりだろうが、元気本人に聞こえている声量だった。

「採用しなかったら承知しないからね！」

主婦でもあるパートリーダーに凄まれて、努は店内の客数を窺って意を決める。

速攻で採用すればいいか。どーせ人がいないんだし。むかつくけど。

努はそう考えて、元気に声をかけた。

「そ、それじゃ、あちらの壁側のドアから入ってきて下さい」

レジ内とは別の、正規ルートである店内売り場からの入室を勧められて、元気はそちらへ向かう。

「あ」

元気の声に事務所に戻ろうとした努は振り返った。

元気は自分のお腹を押さえている。

「私昼ご飯まだだったわ」

努は苦笑いを浮かべる。

舐めくさってんな、このガキはと思った。

「廃棄で良かったらありますよ」

「廃棄？」

業界用語に首を傾げる元気に、努は今度は満面の笑みを浮かべる。

「私達プロのスタッフがいつも食べているまかないですよ」

廃棄。つまり賞味期限切れの商品のことだ。

本当に腐る前よりも賞味期限を早めに設定しているので、食べても基本は問題がない。

あくまで自己責任の範囲ではあるが。

元気は「そう」と頷いて胸を張った。

「私なら大丈夫だと思うわ。これからこの店で働くことになるんだし」

努は内心ほくそ笑む。元気には賞味期限切れ二日後のうどんを出すつもりでいた。

これでちっとは痛い目見やがれ。最近は大人をなめた子が多すぎるんだよ。

自分の企みが成功するのがイメージできて努はほくそ笑む。

「それじゃ今ウォークイン冷蔵庫から持って来るんで、事務所に入って待ってて下さい」

努は事務所に戻るとすぐに連結しているバックヤードを通って、ウォークイン冷蔵庫に向かう。

店側のドアから入ってきた元気がウォークイン冷蔵庫の前で立っていたので、「あちらが事務所です」と誘導して自分はウォークイン冷蔵庫に入った。

最初が肝心だ。一度痛い目見せてやる。

店長として衛生面に責任を持たないといけない冷静な判断力を失っている努は、意地の悪い笑みを浮かべて賞味期限が切れて二日後の冷やしうどんを持って事務所に戻る。

しかし、この冷やしうどんも実は努が食べようとしていたものだ。

努は長いコンビニ勤務で、賞味期限を過ぎても一週間までなら問題なく消化できる肉体になっている。

人としてはまずいが、コンビニで働く者としてが必要なことだ。とくに店長であるし、賞味期限切れ間近の食品は自腹で購入して食べるのは仕事の一つだ。なので努はいつもまとめ買いしている。

努が事務所に戻ると、元気は無遠慮に努のデスクのイスに腰を下ろしていた。仕方がないので努はスタッフ用の休憩テーブルにつく。

「これを食べて下さい」

ドシロウトが！　と思いながら努は元気に冷やしうどんを手渡す。元気は礼も言わずに冷やしうどんを受け取ると、じーっと見つめる。

「どうぞ遠慮なく食べて下さい」

「ねえこれどうやって食べたらいいの？」

元気は今までコンビニ弁当やファストフードを食べたことが一切ない。

元気の母親が食べさせなかったからだ。

努は唖然として固まってしまう。

「ひょっとしてコンビニの食品を食べたことがない？　育ちがいいんですかね？」

「私のパパは地主よ」

努の背筋に冷たい汗が流れた。

「え？」

元気は少しバツが悪そうだった。

「パパは過保護だけど、ママも地域の農家や余所の漁師から直接仕入れた素材を使った料理しか私に食べさせないの。でも私はすごくコンビニの弁当やファストフードを食べたいわ」

元気が話し終える前に、努は賞味期限が切れて二日経った冷やしうどんを取り上げていた。

「ちょっと」

「やっぱりなしで！」

努はギリギリで自分の首が繋がったことを悟る。訴えられたら勝てる気がしなかった。第一弁護士を雇う金なんかとてもない。

寝不足で色々思考が回っていなかったと自覚して大きく深呼吸し、冷やしうどんのパッケージを開けて割り箸を使って勢い良くすすり上げていく。

元気が見ている前で一分足らずで食べ終え、努はふうと一息ついた。

それから気を取り直して元気を見る。

「俺は努。ここの雇われ店長だ。もう一度確認するけど、君の名前は？」

「私は今日元気よ。この店でアルバイトしてあげても構わないわ」

どえらい奴が来たもんだなと努は内心で思った。

しかし、元気のあまりに堂々とした態度は憎らしくあっても、頼もしさを感じさせる。

コンビニ業務はタフでなければ務まらないからだ。

それに何より可愛いのがいい。客寄せパンダとしての役目を期待するなら、仕事は二の次でいい。

「それじゃあ、今から面接始めましょうか。履歴書を見せてくれますか？」

「そんなもの書いてないわ」

努は前に進む度に転んでいる気がした。

「あなたの目で見て判断しなさい。というか採用以外の選択肢があるとは思わないんだけど」

「は、ははは」

店長の努もとんでもないが、アルバイトの面接にきた元気もとんでもない。

こうして4月の最初の週に今日元気の採用が決まった。

こんなせまい場所で私が働くことになるわけ？
え？
ま　コンビニは立地条件に左右されていますからね。
全面改修してさらにはビルにするべきだわ
9F 休けいスペース
8F 本とか
5F お洋服
4F おもちゃ・ゲーム
そ、そうですね…
それではさっそく、うちで働こうと思った理由を聞かせて下さい
テコン♪
「親が社会勉強しろって言うのよ。この私がアルバイトだなんて最悪だわ。そう思うでしょ？
今時の子って敬語は使えないよな
ていうか志望動機で愚痴!?

三

今時の貧乏空手少女・明るい

三

明るいは三人兄弟の末っ子で唯一の女の子だ。

一番上の兄は関西の国立大学に進んで、この春にそのまま関西の企業に就職を決めた。

二番目の兄は高校三年生で、家計を少しでも楽にしようと毎日アルバイトをしている。

母親は父親と結婚しても仕事を辞めずに地元の銀行で働いている。

父親は空手道場の師範。門下生はこの20年間身内の他には一人もいない。

母親がまな板の上でトントンと包丁で切る音で、明るいはいつも目が覚める。

八畳の狭い間取りの一階の半分を、るいと二番目の兄の部屋にあてがわれ、残り半分が両親の部屋とリビングルームも兼ねている。

るいが時計を見ると、朝の六時前だった。

るいは朝稽古の時間なので起きないといけない。隣では二番目の兄がまだ寝ていた。

るいは起こさないようにゆっくり立ち上がる。

部屋を仕切るカーテンを横に引くと、台所で朝食を作る母親の姿が見えた。

「お母さんおはよう！」

るいは返事を待たずにそのまま洗面所に駆けこむ。

顔を洗って鏡を見ると、寝癖がすごかった。ショートカットだからといって寝癖がなくなるわけじゃないなと、るいは見る度に落胆する。それでもケアは長髪よりもずっと楽だ。

「るい、お父さんはもう道場に居るわよ」

「はぁ〜い」と返事してるいはプレハブハウスの外に出る。

それから家のすぐ隣の道場に向かった。

敷地の端にあるプレハブハウスの10倍道場は大きかった。

道場は潰れた工場の倉庫の二階を改装したもので、一階は使わなくなってホコリが蔓延し錆び付いた車の部品だらけのままだ。るいは二階への階段を駆け上がると、勢い良くドアを開けた。

「お父さんおはよう！」

るいの元気な挨拶に、サンドバッグを打ち込んでいた父親が気がついた。

「おおっ！　るい、来たか！」

「来たぜ！」

朝からハイテンションの父と娘。

るいは空手をずっとやってきた。父親が自分の子供達にやらせたのがきっかけではあるが、るいは空手が大好きだった。だから練習も毎日欠かしたことがない。

るいは道着に着替えると父親の元へ行き一礼する。

「お父さんよろしくお願いします」

「違う！　道場では親父と呼べって言ってるだろ！」

「オヤジー！」

大きな声で叫ぶるいに満足そうに頷き、父は娘と一緒に型稽古を始めた。

るいの父親は若い時は国際空手の大会でも優勝するほどの腕前で、母親との結婚を機に独立して道場を開いた。しかし、るいの父親はスパルタ過ぎて門下生は誰もついていけず、そのうち悪い噂ばかりが一人歩きするようになって、誰も道場に近づかなくなった。結局残ったのは道場建設と土地を購入した時の40年ローンの借金だけだが、父親はまだ門下生を諦めていない。しかし、最近では駅前にできたスポーツジムにある空手道場が人気で、とても挽回できそうにないのが現状だった。

るいの二番目の兄も、家計を助けるためにバイトするからという理由で稽古をやめた。本当は可愛い彼女と一緒に遊びにいく金が欲しいからだが、るいはさすがにそれを父親に言えない。るい自身も友達と遊ぶお小遣いが欲しくて、これからアルバイトを始めるからだ。いわば同罪である。空手は大好きだけど、友達と渋谷や原宿に行きたい。月々のお小遣いが500円では片道の電車代にすら届かないのだ。

高校に入って、オシャレをして、友達とたくさん遊んで、素敵な彼氏を作って、高校生活をとにかく謳歌(おうか)する。るいは空手も青春もどっちも大切な今時の女の子だった。

「おい、るい。明日がバイトの面接なんだってな」

組み手稽古の後、疲れ果てて道場で仰向けに倒れていたるいに父親が声をかけた。

「う、うん。明日の夕方面接があるんだ」

「それでお前、何時に行くつもりなんだ?」

るいは父親の質問に上体を起こす。

「学校終わって家に帰ってきてから向かうよ。五時前には」

「バカもん！　そんなことで合格できると思ってるのか⁉」

父親の怒声が飛んだ。

「いいか、るい。俺の若い頃は、内弟子希望の者は、道場に何度も通って掃除や洗濯をやらせてくれと頼んで何週間も経ってから、やっと稽古の見学をさせてもらえたんだ。その気概がなくてアルバイトに採用されると思っているのか？」

るいはハッとした。

「それじゃボクは応募する前からお店に行かなくちゃいけなかったんだ⁉」

しかし、今さら気づいても遅い。面接はもう明日なのだ。

「先方は夕方五時に来いと言ったんだな？　お前はもうすでに試されてるぞ」

るいは口元を固く結んだ。

「夕方五時に来いと言っておいて、何時に来るかでお前のやる気を測るつもりだ。るい、覚悟はできているな！」

「押忍！」

るいは勢い良く立ち上がる。

「日付が変わる前にはお店に着いて、日付が変わると同時に店に入るよ！」

「良し！　それでいい！　お前のやる気をぶつけてこい！」

道場のドアが思いっきり音をたてて開け放たれる。

「るい！　何やってるの！　もう遅刻するわよ？」

るいは慌てて道場の壁時計を見る。

「やばっ！」

るいが通う高校は地元鶴ヶ島にある鶴ヶ島雷電高校だ。

しかし、るいの家は鶴ヶ島駅の東口側のずっと奥にある。ここからだと反対側の西口のずっと奥にある鶴ヶ島雷電高校まで、自転車でも四十分以上かかってしまう。

「ああ！　お風呂入らなきゃ！　朝ご飯食べたい！」

「そんな時間ないでしょ！　急ぎなさい。これお弁当」

母親はおにぎりを一個るいに放り投げる。借金苦のるいの家は生活がギリギリだ。るいが地元鶴ヶ島雷電高校に通うのも、私立は論外で、公立や県立であっても定期代を出す余裕がないからだ。最初は片道一時間以上かかっても鍛錬を兼ねて走っていけという話だった。しかし、一番上の兄がそれはかわいそうだとるいに中古の自転車を買ってくれた。一番上の兄は妹思いで、るいに入学祝いに携帯電話も買ってくれて月々支払っている。

「入学早々、遅刻だなんてかっこ悪いわよ！」

母親に煽られて、るいは自転車に跨がる。

「そ、それじゃ行ってきます！」

るいの慌ただしい朝だった。

そしてその夜、二十四時になる直前にるいはフレンズ鶴ヶ島駅前店に着いた。

店の外から中を覗くと、スタッフだと思われる男性が一人と小柄な美しい女性が一人いた。るいは緊張していた。空手の大会でも本番に弱いタイプだ。しかも今日は人生初めてのアルバイトの面接だ。緊張しないわけがなかった。

平日なので終電がなくなるまでは、駅から出て来るお客の波がお店に押し寄せて来る。お店の正面に立っていたるいは波に押されるようにして店に入った。

「いらっしゃいませ……ん？」

男性スタッフの鶴ヶ君は、高校の制服を着たるいが入って来たことに驚いた。予備校帰りなどで22時半までなら店にやって来る高校生はいるが、休みでもないのにこの時間に店に来る高校生はめずらしい。

しかもオドオドしながらこちらを見ている。

鶴ヶ君はお客の視線を感じても、気を利かして自分から用件を尋ねるタイプではない。夜勤の仕事はタイムアタックに似ている。できるだけ無駄な動きを避けないと仕事は到底終わらない。用があるなら自分で話しかけて来いという姿勢だ。だからるいは放っておかれた。放っておかれたるいは、店の入り口の近くで立ち尽くしたまま、チラチラと鶴ヶ君ともう一人の女性スタッフに視線を送ることしかできなかった。

そのうちお客が一旦はけて、女性スタッフの二代目男喰(にだいめおとこぐい)がるいの元へやってきた。

長いサラサラの髪の毛に穏やかで品の良さそうな顔立ちの女性に、るいの緊張が和らいだ。

二代目男喰は夕勤スタッフだ。22時から翌1時までの準夜勤もたまにやってくれる、鶴ヶ君と同じ年齢で専門学校に通う学生だ。

「こんな遅い時間にどうしたの？　家出かな？　さすがに店の中じゃ男は捕まえられないわよ？」

「え？　え？」

二代目男喰の異次元の声かけを、るいは理解できずにテンパってしまう。

「ぼ、ボクは、あ、あの！　め、面接に来たんです！」

それでも精一杯の勇気を振り絞って用件を伝えることに成功する。

二代目男喰は困ったように目をパチパチさせた。

「あらあら、ここはそういう店じゃないのに。そもそもあなた18歳じゃないでしょ？　正規のルートでは難しいんじゃない？」

るいよりもわずかに背が低い彼女は、るいと並ぶと年上に見えないのに言っていることは遥か先を行っている。

「え？　お、お店の求人ポスターには高校生以上ってあったよ⁉」

二代目男喰は顎に手を当てて考え込む。

「大胆なお店もあったものね。女子高生カフェとかかしら？　鶴ヶ島にあったかな？」

「さっきから言ってる意味が全然分からないよ！」

二人の様子を遠くから見ていた鶴ヶ君が、しぶしぶやってきてるいに声をかける。

「おい、君。こんな時間に何の用か知らないけど、困ってるなら警察呼ぼうか？」

「ボクは面接に来たんだ。店長呼んで下さい！」

鶴ヶ君は最初、るいが言っていることを理解できなかった。当たり前だ。夜中の○時過ぎにアルバイトの面接に来る女子高生など聞いたことがないし、面接をするコンビニも知らない。

「店長は今日は俺が夕勤から出て明日の午後1時まで働くから、めずらしく早めに帰ったけど？」

さらりと十九時間労働を口にする鶴ヶ君。それがどれほどのことかまだ理解できないるいは、自分の名前と面接の約束をもう一度伝えた。

「は？　今何時だよ！」

やっと状況を呑み込んだ鶴ヶ君の第一声はしごくまともだった。

「今すぐ帰れ！　ふざけてんじゃないぞ！」

鶴ヶ君は短気なので一度怒ると容赦がない。しかし、るいはめげなかった。むしろ火が点いた。自分が試されているのだと思った。父親は何度も追い返されたけど、粘り続けたから内弟子になれたと言っていた。これも一つの試験なのだとるいは判断する。

「ぼ、ボクは面接してもらえるまで絶対に帰らない！」

「だから店長いないんだよ！　マジで出直して来いって！」

「嫌だ！」

鶴ヶ君は怒りのあまり顔の血管が浮き上がった。目の前の小娘は何を言っているのか。新手の嫌がらせなのか。深夜は変なお客さんが多い。この女子高生はラリっているのか。鶴ヶ君は大きく息を吸い込む。もっと大きな声で罵倒するつもりで口を開く、が、「ゴホッゴホ」とむせ返ってしまう。体が弱いので怒ることはとにかく体調を悪化させてしまうのだ。

「大丈夫？」

二代目男喰が鶴ヶ君の背中を擦る。

「仕事の邪魔になるだけだし、店長呼ぶよ？」

二代目男喰がそう言うと、鶴ヶ君は意外なほどあっさり同意する。

「じゃあ、あなた事務所に入って待っててていいから。店長の家近いしすぐ来るでしょ」

「は、はい！」

るいは顔を輝かせる。第一関門突破だと思った。

事務所に通されると、買い物カゴに入ったパンやおにぎり、お弁当の山があった。

二代目男喰は、食い物から視線を離さないるいに気がつく。

「ああ、それ捨てるやつだから好きなの食べてていいよ」

「え？　ほ、本当⁉」

再確認の返事を待つことなく、るいはすでに手を伸ばしていた。

「あ、ぎゅ、牛乳まであるの⁉」

廃棄の山の中に牛乳を見つけたるいは感激のあまり泣きそうだった。高くて家ではめったに買うことがない牛乳。学校でしか飲めないるいの大好物だった。

「あ、店長。ちょっと今、面接に来た子が居るんですけど」

二代目男喰の電話のやり取りなど耳に入らず、るいは宝の山を漁り続けるのだった。


マジでふざけんじゃねえぞ。

何時だと思ってんだよ！

やっと帰れたと思ったら一時間も寝れずに店に呼び出しかよ。

店に戻った時、店長の努は怒りが頂点に達していた。

こんな時間に面接にやってくるなんて悪い冗談でしかなかった。

最近の高校生はふざけすぎてる。初めから冷やかしのアルバイト応募だったのかと思うと、一発ぶん殴ってやらないと気が済まなかった。

店のドアをくぐると、レジに立つ二代目男喰が親指で事務所を示した。

努は駆け足で店内販売エリアにあるドアから、バックヤードを通って事務所に入る。

「え？」

さっそく怒鳴ってやろうとした努は、言葉を呑み込んだ。

なぜなら目の前の少女は泣いていたからだ。

それもパンやおにぎりを食べながら大泣きしている。

「ううう、こんなにお腹いっぱい食べたのっていつ以来なんだろう……う、ううう」

泣きながら手と口を休めずに頬張り続ける少女の姿があまりに切実で、努は怒りを忘れてしまう。

るいはお腹が膨れるまで食べて、やっと努の存在に気がついた。

「あ、あの、君がアルバイト面接に来た子なんですよね？」

るいはハッとして涙を拭った。

「う、うん！　明るい。それがボクの名前だよ！」

そして勢い良く立ち上がると目の前で両腕を交差させて振り払う。

「押忍！　今日から働く準備はできてる！」

お前にできててもこっちにはできてねえんだよ、と努は思った。しかし、るいにあまりに必死な眼を向けられて否定的な言葉を口にできない。

「と、とりあえず面接しましょうか」

「うん！」

お腹いっぱい食べられる。

それはオシャレすることや彼氏を作ることよりもずっと大事なことだった。

下手すれば空手よりもだ。

るいは天職を見つけたような気分だった。

店長の努は結局、捨て犬のような目で自分を見る少女を断れずに採用してしまう。

こうして、4月が始まって一週間足らずで、二人の新人がフレンズ鶴ヶ島駅前店にやってくることになった。

この店で働こうと思った理由はなんですか？
ボクの家って貧乏だから、アルバイトしないとって思ったんだ
この子も敬語使えないよなぁ…
そうですか。とても偉いですね
でもどうしてこのコンビニを選んだのですか？
家から近かったし、友達が働くならコンビニがいいって言うから
へ〜、理由は聞きました？
適当にやってれば大丈夫なんだって
この子は採用されに来てるんだよな？

三

今日元気の仕事ぶり

「お店に来た時は、俺やスタッフへの挨拶をするように。おはようございます、という風にお願いします。シフトを上がる時はお疲れ様を言いましょうね」

研修初日、無言で努の背後に立っていた元気に驚いて言うと、元気は目をパチパチさせた。

「もう夕方じゃない？　何でおはようございますなわけ？」

相変わらず敬語を使えない彼女だが、努は段階を重ねて教育しようと考えていたので、この場はスルーしてまずは挨拶を説明することにした。

「コンビニは24時間営業だから、シフトに入る時はおはようございます。上がる時はお疲れ様ですが定番なんですよ」

「ふうん」

いまいち納得していない様子の元気だったが、努はそれよりもまず彼女に言いたいことがあった。

「ところで着替えは持ってきていますか？」

努がそう聞いたのは、彼女が着て来た服がフリルのついたピンクのワンピースだったからだ。せめて黒系のスラックスをはいてもらわないと、このまま接客させるわけにはいかなかった。

元気はまた目をパチパチさせる。

「ジャージでも持ってこなきゃいけなかったの？」

「いや、そうじゃなくて。その格好で仕事されると困ります。なるべく地味な格好でと言ったはずですよ？」

「どうして？　道理が通らないわ」

「お客さんからクレームがきますね。分かって下さい」

元気は眉を顰めた。視線を店長から逸らして宙に泳がせる。

「あ」

それから思い出したように口を開いた。

「イベントの時は仮装するんでしょう？　その時だけクレームとやらはこないわけ？」

痛い所をついてくるなと努は思った。しかし、イベント中は仮装だとお客さんも分かってくれた上でするので問題はない。

「その時はお客さんもイベントだと分かってくれています。あんまり派手な格好をすると、お客さんも仕事しに来ているのか？　という気になってしまうんです」

「失礼ね。仕事しに来てるじゃない」

元気はボソッと言った。

「そうですけど。お客さんの印象が悪くなったら、一生懸命働いてくれる元気ちゃんも困りますよね？　仕事する時は地味な格好がお約束なので」

努がそこまで言っても元気はやはり引き下がってくれなかった。

「私は困らないし、納得できないわ。派手な服装で仕事している場所はいくらでもあるじゃない」

この年代の女の子は髪型やファッションを変えさせようとすると強い抵抗を示す。努もそれは十分に分かっているので、新人はいつも最初の説得に労力が必要だった。

努は毎度のことながら、呆れて大きなため息を吐く。

「ねえ店長」

元気は不意に努を呼んだ。

「なんでしょう？」

「よく考えてみて。あなたはどちらが好きなの？　私のワンピース姿が見たいの？　それともジャージみたいな姿が見たいの？」

元気は腕を組んで努を見上げる。

「わ、私ですか？」

「そうよ。イベントで活躍して欲しいって言ったわよね？　ズボンなんか穿いたら私の持ち味が出ないいんじゃないかしら？」

店長はハッとした。

元気の言っていることは一理ある。

「いや、でも……」

「ここはあなたのお店でしょ？　それに私のジャージ姿の方がお客さんからクレームが出ると思うの。多くの人は優雅な私を見たいと思うはずよ」

「え？」

努はどうしてそんなことになるのか分からなかったが、元気が言うとなんだかそんな気がしてきた。努も男だ。自分が客ならワンピースが見たいに決まっている。地味なスラックスなんて穿いていたら気持ちが萎える。

「いや、だけど規則だから」

「目を瞑ってよ。世の中規則ばかりじゃ息苦しいでしょ?」

元気は薄笑いを浮かべた。感情のこもらない表情で遠くを見つめている。努には彼女がなんだか達観しているように見えた。

元気は店長に視線を合わせる。

「学校の制服一つとっても、女の子がスカートを穿くって決めたのは国でしょ? それをバイトだからってねじ曲げるのってまるで反逆罪じゃない? 店長は反逆罪を犯そうとしてるのよ? 私は心配してあげているんだから」

「は、反逆罪?」

学校の制服は当然として、会社のスーツなどでも女性はスカートが多い。仕事中はパンツだと決めたのはあくまで一企業であるコンビニの独断に過ぎない。国と一企業、どちらを優先するか考えるなら答えは一つだった。努は意を決する。

「元気ちゃん」

「ええ」

「あの〜じゃあせめて次回から、もうちょっとだけ色が派手じゃないスカートをお願いできますか？」

努は自分の決断に迷いはなかった。まるで憲法を遵守しているような正当性を感じていた。

元気は小さく頷く。

「考慮するわ」


「じゃあ、これでレジ操作は一通り教えたから後は実践してみましょうか」

昨今のレジ操作は複雑化の一途を辿っている。支払い方法が、電子マネー、クレジットカード、ポイントカード払いとバリエーションが増えているからだ。さらには代行収納やチケット代、宅配などあらゆる支払いにコンビニは対応しているものだから、その全てを覚えてそつなくこなすまでに新人は最低でも1ヶ月はかかる。

説明している間も返事することなく横でボーッと立っていた元気に、努は不安があったが何はともあれやらせてみないと覚えない。店長として隣で見守ることにした。

「分かったわ」

説明を聞き飽きていた元気は解放されてやっと返事をすると、事務所にまっすぐ向かった。

「あれ？」

どうして今から事務所に向かうのか分からずに努は困惑する。

レジで待っていると、文庫本とパイプイスを手に持って元気は戻ってきた。

何も言わずにレジの前にパイプイスを置いて腰を下ろす。そして文庫本を開いて読み始めた。

努は目の前の光景を理解できなかった。これは一体どういうことなのかと首を傾げる。

自分がコンビニで働き始めた初日は、勤務中ずっと緊張のあまり背筋を伸ばし続けたせいで痛めたくらいだ。それに比べて目の前の少女は何をしているのか？

お客がレジにやって来てレジカウンターの上に買い物カゴを置いた。

元気は本に没頭していて気づいていなかった。お客が不安そうに努の顔を覗き込んでくる。努は思わず小声で元気を呼んだ。

「元気ちゃん、お客様が来てます」

何度目かの呼びかけで元気は気づいて顔を上げた。お客を見て、けれど焦る素振りを見せないで彼女はゆっくりと立ち上がった。

買い物カゴの中身を確認してから、

「いくらなのこれ？」とお客に聞く。

元気は努の説明を何も聞いていなかった。というか料金は自己申告するものだと思っていた。

「いや、だから」

努は先が思いやられると内心でため息を吐くのだった。

研修は本来、レギュラースタッフ二名に店を任せて店長が新人にするものだが、現在この店では夕勤スタッフの数が足りず、この日も努がシフトに出るしかなかった。なので努と元気の二人体制で、業務と研修を同時進行した。

初日はレジだけに慣れてもらえればいいと考えた努は、元気がどうにかレジをこなしてくれるようになったのを確認して自分はフライドフードを揚げたり、品出しや清掃といった夕勤の仕事をやり、レジが混んできたら駆けつけることにした。

駅前と言っても、都内とは違って電車の本数も三分の一で、二十二時くらいにならないとラッシュが始まることはない。努は店内で品出しをやりながら、元気の様子を見る。

元気はレジの前でイスに座って相変わらず文庫本を読んでいる。

お客がレジに来る度に最初は立ち上がっていたが、すぐに座ったまま接客するコツを見いだした。

すると次はお会計の度に、お客のポイントカードの後出しや渡さなかったレシートを要求されることが目立った。

基本は最初にお客にポイントカードの有無を確認するし、レシートはお釣り銭と一緒に渡すことになっている。

努はまだ初日なので本人が気づくまで大目に見ていたが、元気は何度目かのお客とのやり取りの後、レジカウンター前に取り付けられたレシート捨て箱からお客が捨てたレシートを一枚とってボールペンで何やら書き始めた。

元気は一人で書いた内容に頷くと、レシートをお金を置くトレイの上に貼り付ける。

そこには「ポイントカードとレシートの自己申告願います」と達筆で書かれていた。

努は経験から確認せずとも元気の書いた内容を予想できたので、我慢できずにレジへ向かおうとしたが、ちょうど男性客がレジにやってきてしまう。

元気はいらっしゃいませも言わずに座ったまま、お客の会計を済ませる。

しかし会計が終わってもお客は立ち去らず、慌てて財布からポイントカードを取り出した。ポイントカードの出し忘れは日常茶飯事だ。事前に聞かないスタッフが悪い。

元気は眼を細めてお客が出したポイントカードを見るが、それ以上の反応を示さない。

不安に思ったお客が、カードをどうにかして元気に渡そうとすると、元気はトレイをコンコンと人差し指で叩いた。

お客の視線がトレイに落ちる。しかし、それがお客を怒らせた。

努はいい教訓だと見て見ぬ振りを決め込む。

声を荒らげるお客に元気は全く動じるそぶりを見せない。

文庫本を手に持ってイスに座ったまま立ち上がる気配すらない。

まさに動かざること山の如し。泰然自若。

お客はひとしきり怒鳴り散らしても目の前の元気が無反応なので、たまらず一息ついた。

「世の中は厳しいわ。自分の権利を主張するチャンスを逃すのは本人が悪いと思うの」

元気の一言がお客の怒りに油を注ぐと思われた、その次の瞬間、

「そんな厳しい世の中で戦う大人だから私は好きなのよ」

元気は表情を和らげてお客を見上げる。

可愛い女の子に見つめられてお客は怒るタイミングを逃す。

「またいらっしゃい。今度はちゃんと忘れずにね」

開いた口が塞がらないとはこのことだ。

しかし、お客は納得したのかポイントカードをサイフにしまう。あまつさえ、去り際に元気に手を振る始末だった。

これが揺れない女、元気の真骨頂だ。

それで、どうして このお店にしたんですか？
楽らしいからコンビニなら どこでもいいんだけど 普段こちら側に来ないからだわ
見聞を広めるってやつですか。確かに駅前でも反対側だと電車で降りてもなかなか来ませんよね
いいえ。私はいつも車で送り迎えだから
そ、そうでしたか。
ここで働くことになったら 学校帰りになりますよね？ 自転車で通いますか？
それはないわね。でもさすがに何度も 送り迎えさせるのは悪いから タクシーにしようかと思ってるの
自転車 もってない
アルバイトの行きと帰りに タクシーですか？
ええ。さすがにそこまで 家に甘えられないもの
アルバイトで稼いだお金は どうするんですか？
口座に入ったままだと思うの。 お小遣いには困っていないから
なるほど。うちは正直、 あなたに入ってもらうとしたら イベント時に活躍して もらいたいんですよね。
イベント？ コスプレとか？ ならちょっと興味あるけど
その日は休まないで もらえますか？
私は休みたい時に休むわ。 あらかじめ教えてもらえれば 考慮はするけど
細かいことは かわいければ いいでしょう
分かりました。 採用です
OK
失礼な話だわ
え？
この私を相手に 採用以外の選択肢が あるわけないでしょうに
そ…そうですね…
……可愛ければよし！

三

明るいの仕事ぶり

三

研修初日、夕勤開始の三十分前にるいは来た。

努は事務所のモニターに映ったるいの姿を見つけると感心した。

制服姿のるいは見た目から学校帰りだと見て取れた。

敬語は使えないがこういう所はやはり空手をやっているからだな。

努がそう思った時に、信じられない光景が映る。

るいはレジカウンター前を歩いてそのまま事務所に来ると思ったが、途中で店の中央に列を作って並べられたゴンドラに視線をやると立ち止まってしまう。そして勢い良くカップラーメンの棚の前に行く。そこには買い物カゴに入ったいくつものカップ麺があった。パートのおばさん達がレジを優先したため補充途中の状態だ。るいは買い物カゴの中に入った、カップ麺を物色している。

「ん？　どういうこと？」

努が思ったまさかはその通りになった。るいはカップ麺の塩味を一つ選び鞄にしまうと、ついでにチルドドリンクのコーナーで牛乳を手に取ってレジへ向かう。

レジのパートリーダーは、るいとはまだ顔合わせをしていないので普通に接客をしていた。

るいは牛乳の会計だけ済ませてフォークを要求して、レジカウンター端にあるポットの所まで行くとカップ麺を取り出してお湯を注ぎ始めた。

さすがにパートリーダー達も目を見張るが、接客で離れられない。

「あいつやっぱり！」

面接の日、買い物カゴに入った廃棄をるいは食べた。るいの中では買い物カゴに入って放置されている食品は全て廃棄になっていた。努は泣いて廃棄を食べていたるいを思い浮かべて、事態を呑み込む。

るいはお湯を注いで三分待ってから、牛乳のフタを開けてカップラーメンに少し入れる。一昔前に流行った塩ミルク味を再現しているようだ。

「お、なかなか通じゃないか」

努が少し感心していると、るいはカップラーメンと牛乳を手に持って店から出て行った。

「おい、ちょっと待てって！」

代金払わずに店を出たら最早万引きではないか。

店長は勢い良く事務所を駆け出した。

入り口のドアをくぐって外に出ると、店の敷地でカップラーメンを啜っている彼女を見つけた。

「ちょっと何をやっているんですか？」

「あ、店長。見て見て。昨日おこづかい日だったから、奮発して牛乳買ったんだ」

るいは悪びれることなく、カップ麺をフォークに絡めて嬉しそうに口に運んだ。

努はガックリと肩を落とす。

「るいちゃんカップ麺の代金払ってないでしょ？　それは廃棄じゃないんだ！」

るいは無表情で店長を見つめながらカップ麺を啜り続ける。

「こらっ！」

「だ、だって買い物カゴに入って床に置かれてたよ⁉」

るいは身を縮こませ、カップ麺を守るようにして抱きかかえた。

奪われまいと必死だ。

努はその姿を見て何も言えなくなった。

「ああ、もう！　分かりました。それは俺が代金払うから！　もういいから事務所に来なさい。食べ終わったらさっそく研修を始めますから」

これが男の高校生ならすぐにクビにしているが、今この店にはスタッフが足りないのと貴重な女子高生なので失うわけにはいかなかった。お客さんのお店への印象を上げるためにも若い女の子は必要不可欠だ。

「店長」

るいは努に牛乳を差し出した。一瞬くれるのかと思ったが、

「これ温めていい？」

全然そんなことはなかった。

「無理無理。電子レンジしかないんです！」

自分が初日に入った時は、緊張のあまり飲み物も喉を通らなかったことを思い出し、月日の経過と若者の変化を感じ取るのだった。

「それではまずは発声練習から始めましょう」

るいが食事を終えたところで、さっそく研修が始まった。

パートリーダーにお願いして少し残ってもらえたので、パートリーダーに店内を任せて、努は事務所でるいに挨拶を教える。

「両手を前に置いて、お客様と目を合わせて、45度の位置まで頭を下げる。いいですか？」

「ボクはそんな挨拶を知らない！」

るいが激高する。るいは両手を目の前で交差させて力強く腕を腰まで引いた。

「押忍！」

「空手でやって下さい！　そういうのは！」

るいはそれでもごねようとしたが、店長が「もう廃棄あげませんよ⁉」と機先を制すと、ハッとして嫌そうな顔をしながらも黙り込んだ。

「それでは私の後に従って、挨拶して下さいね。まずは入店の挨拶から──」

「ねね、店長って格闘技好きだったりする？」

不意打ちだった。店長はどうして今その話題を差し込んでくるのか理解できないまでも、若者を理解しようと必死に思考を巡らせた。

「色んな格闘技あるけど、空手が一番だと思うんだ！　ボクは！」

ダメだ理解できない。

努は彼女の発言を聞かなかったことにして挨拶を始める。

「いらっしゃいませ、こんばんは」

るいは続かなかった。彼女の中では、店長に投げかけた質問の所で止まっているのだ。

そこからは根比べだった。

店長はひたすら「いらっしゃいませ、こんばんは」を繰り返して、るいに続くように促す。

るいはそんな努を無表情で見つめるだけで反応しない。

努は三十回目のリピート後に、

「私も空手が一番だと思いますから続けてもらえませんか？」

降参した。


挨拶の練習が一通り終わったところで、次はレジ操作を教えるために努はるいを連れて事務所側からレジカウンター内に出た。もう4月だがレジの前には、温かい飲料を保温したショーケース、中華まんを蒸して保温してくれるスチーマー、フライドフードの入った保温ショーケース、そしておでんが置かれている。フライドフードはともかく、冬場に置くはずの商品ですら1年のほとんど売り続けるのだから一種の狂気である。

「うちの店はレジが2台ありますから、片方のレジを使ってトレーニングしましょう」

店長が振り返ると、すぐ後ろにるいの姿がなかった。視線を辿っていくと、るいはホットドリンクが入った保温ショーケースの前で固まっている。驚きと喜びの入り交じった顔のるいはすぐに事務所に戻った。それから牛乳を持ってきて、保温ショーケースの後ろ側から中に入れ、嬉々として努を見た。

「大発見じゃない⁉」

最近の女子高生は本当に理解に苦しむと努は思った。

「分かりましたから！　レジ教えるんで早く来て下さい！」

努の声はもう悲鳴に近い。

「いいですか？　レジは唯一ゆっくりやっていい作業です。夕勤の時間帯でしたら、朝みたいに通勤や通学で急ぐお客さんはめったにいませんので、落ち着いて丁寧にやって下さい。間違えるのが一番お店が困りますから」

「そういうもんなんだ。了解」

るいは軽く頷く。それでもリアクションがあるだけいいと思えた。

「いいですか？　うちはポイントカードがあるので、お客さんが来たらまずポイントカードお持ちですか？　と聞いて下さい。それから温かいもの冷たいものが混在してたら袋分けますか？　と聞いて下さい。そしてお弁当やチルドドリンクがあったら箸などをつけますか？　と聞いて下さい。お弁当は温めますか？　を忘れないように。最後にお支払い方法は？　と聞く。いいですね？」

るいは眉を顰める。

「何回質問するわけ？　くどいんだけど」

努は天井を見上げて大きく深呼吸した。忍耐して教えることが大事だと自分に言い聞かせる。

「そんなに質問されたらお客さんは嫌な気分になるじゃん。欲しかったらお客さんが言うから聞かなくて良くない？」

それが言わないんだよと努は言いかけて呑み込んだ。

「はいはい。次いきますよ」

努は基本操作を三十分かけて教えると、さっそく実戦をやらせることにする。

「では今度来るお客様からレジ会計をやってみましょう」

「押忍」

「押忍じゃないでしょ」

買い物カゴを持った女性客がレジにやって来る。意外と物覚えが良いみたいで、るいは言われた通り、「いらっしゃいませ。カード持ってる？」とため口ではあるが手順はしっかり守っていた。

お客が戸惑いながらもカードを差し出すと、

「袋入れる？　箸とストローはいる？　このサラダ温める？　で、支払いはどうするの？」

矢継ぎ早に質問を浴びせられてお客は答えられない。るいは返事がないのを要らないと解釈して、袋に商品の向きを気にせずしっちゃかめっちゃかに詰め込んでいく。サラダがひっくり返っていたり、チルドドリンクが逆さまになっている状況だ。

「えーと１７３５円ね。２０００円お預かりっと。はい。２６５円のお返しだよ。レシートもね」

お客は恐る恐るお釣りとレシートを受け取ると、金額を確認する。

「すみません、１００円足りないんですが」

るいが驚いた顔をする。

「マジ⁉」

マジだよ！

努は内心で叫び出した。

お客が逃げるようにしてレジを離れると、るいはレジカウンターの上に片手をつきながらその背中を見送る。当然、「ありがとうございました」はない。その横顔はまるで勝ったと言わんばかりのドヤ顔だった。

るいは努を向くと、「どんなもんだい」と言ってふてぶてしい顔をした。

「そうですね。まずは事務所で挨拶の練習からやり直しましょうか。一時間くらい。今すぐ！」

この子もどえらい奴だと努は痛感する。


この日は近場のフレンズ店の店長が集まる店長会議があったので、夜七時には努は店を出なければいけなかった。なので夜勤の鶴ヶ君に早く店に来てもらって、るいの研修を任せた。

鶴ヶ君は現在九人いる（新人の元気とるいを加えて）店のスタッフで唯一の夜勤スタッフだ。鶴ヶ島にある工学系の東亜大学に通う鶴ヶ君は今年二年生になった。新潟出身で一年の秋からフレンズ鶴ヶ島駅前店で働いており、今いる若いスタッフでは一番の古株だ。若いスタッフと言っても、他には二代目男喰、元気、るいだけだが。

フレンズ鶴ヶ島駅前店は新年度の入れ替わりもあって、半数以上のスタッフが急に辞めてしまったのだ。その多くは若い人達なので、夕方から翌朝にかけて慢性的な人員不足に陥った。ここ1ヶ月、その皺（しわ）寄せは店長の努と責任感の強い鶴ヶ君に来ている。

鶴ヶ君は生まれつき体が弱い。

これまでの学校の体育の授業はほとんど見学だったし、運動部にも当然入れなかった。

彼の一人暮らしも両親の反対があったが、鶴ヶ君は反対を押し切って一人暮らしを始めただけでなく、肉体的にも精神的にもキツいコンビニ夜勤のバイトを始めた。

これまで長く医者の治療を受けてきても改善の見込みがない虚弱体質は、医学的、科学的、合理的なやり方では無理なんじゃないかと彼は思ったのだ。

それは疲れるから走らないではなく、走り続けて疲れなくなるという、ある意味当たり前の発想だ。よって鶴ヶ君にとっての荒療治がコンビニ夜勤だ。

体作りのための夜勤を始めてもうすぐ半年が経つ。

当初は週二回ほどの勤務のはずが、人が足りなくなって気がつけば週五回になり、ここ1ヶ月は夕勤や朝勤、昼勤の時間まで加わるようになった。

虚弱体質に加え、短気な鶴ヶ君は勤務中でも度々怒っているので勤務時間の増加でさらにストレスが加算され、そこに問題児達の新人教育まで任されて、急激に体調が悪化していた。

体作りどころか体を壊しにバイトに来ていることを、本人は自覚しているのだろうか？


この日も鶴ヶ君は怒りを覚える事態になっていた。

鶴ヶ君はもう何度もレジカウンター内で隣を見ていた。

何度見ても状況がよく理解できないのだ。

隣のレジには、新人のるいがいる。

るいの研修を引き継いだ鶴ヶ君は、努に言われた通りレジ接客がなんとか様になるようにと、レジ会計だけをるいにさせている。

るいはレジカウンター内で立ったまま、お店に入ってきたお客への挨拶と、レジにやってきたお客の会計に専念してくれればいい。

初日なのでそれ以外の全ての仕事は鶴ヶ君が負担する。

それで構わないのだが。

鶴ヶ君はもう一度横を向いた。

るいはレジカウンターに身を乗り出して寄りかかっている。

「背筋伸ばして立ってろ」と言う暇はなかった。

それを言おうとしたら、るいは携帯電話を取り出して弄り始めていた。

「携帯しまえ！」と言おうとしたら、お客に目当ての商品がないと言われたので中断する。

「それは当店では取り扱っていません」と答えてもう一度横を向いたら、るいはノートを取り出して何やら書き始めている。

「は？」

鶴ヶ君は怒るより先に、時間帯ごとの引き継ぎノートに書いているのかと思って首を伸ばす。

数学の問題集だった。

発覚のタイミングで、またさっきのお客さんに商品の事を聞かれた。

「どうしても欲しいんですけど、本当にないんですか？」

お客の熱意に、鶴ヶ君は仕方がなく一緒に店内にある商品棚を回って、ないことを再度伝えてからレジに戻ってくる。

「なんで？」

鶴ヶ君は身震いした。

るいは飲みかけの牛乳をレジカウンターの上に置いていた。

目を離す度に、レジカウンターの上に物が増えていく。

それもレジ会計に持ち込んではいけないものばかりだ。

鶴ヶ君はカッとなるが、自分は年上であり先輩なんだと抑え込んで、近づいて彼女が何をやっているのかをもう一度観察する。

るいはまだ慣れないゆえのたどたどしい手つきで友達とメールのやり取りをしながら、牛乳を飲んで数学の宿題をやっている。

「いらっしゃいませ～」

確かに、お客の来店の度にるいは挨拶をしていた。

「あ、どうぞ」

お客がレジにくれば接客もやる。

つまり、待機時間を自由に使っているというわけか。

鶴ヶ君はこんなふざけた勤務態度を許せない。許していいわけがない。

るいの背後に立った鶴ヶ君は大きく息を吸い込んだ。

「お前いい加減に……あ、はい！」

また同じお客に捕まった。

「どうしても欲しいんで、在庫を見て頂けないでしょうか？」

鶴ヶ君は眉を顰めた。あからさまに嫌そうな顔だ。

「ですから、お客様が求める商品が当店にあるわけがないんですよ！」

自然と声も荒くなる。それでもお客が引き下がらないので、鶴ヶ君は商品を探すふりでバックヤードに入り、時間を潰してから出てくる。

「やっぱりありませんね」

その旨をお客に伝えてレジに駆け足で戻る。

鶴ヶ君は愕然とした。

るいはプリンを食べていた。

当然と言わんばかりに。

それは今朝の廃棄の残りだ。

「バ、バカな！」

鶴ヶ君の一言にるいが振り向く。

「あ、お客来てるよ」

るいは鶴ヶ君の後ろを指差す。

また同じお客だ。決して諦めない不屈の闘志を見せている。

「あの、やっぱりナイネンアイドルの金乃愛のグッズはないんですかね？」

「だからコンビニ違いだよ！」

振り向き様に鶴ヶ君は怒鳴った。

短気なのが鶴ヶ君の欠点である。

るいは満足そうにプリンを平らげる。

「お前もいい加減にしろーっ！　しかも宿題の答えが全然合ってない！」

怒鳴った後で鶴ヶ君は胸を押さえて咳き込んだ。

胃がキリキリと痛む。

本当にこんな新人でこれから大丈夫なのか？　と不安で仕方がない。

るいは面接で合格した時の初心はもう忘れている。友達にコンビニのバイトが決まったと報告すると、「ものすごく楽していいんだよ」と吹き込まれてしまった。父親にしろ友人にしろ、何でもすぐ鵜呑みにしてしまうのがるいだ。

るいの研修初日は、鶴ヶ君に前途多難を大いに感じさせるものだった。

おまけにその日の内に、ナイネンアイドルの金乃愛のグッズを求めたお客さんから、鶴ヶ君を名指しでクレームが入った。

コンビニ業界は理不尽である。

ボクの誕生日は休んでいい？
お店で祝うので来て下さい
うーん
それならいっかぁ。じゃあ、大丈夫！
それでは採用決定で。いっぱい働いて、家計を楽にしてあげて下さいね
え？給料出たらお小遣いにするんだけど
春モノ買わなきゃだしー くつも欲しいしー
カラオケ行くしー あと新しい空手衣もー
……可愛ければいいか
でも仕事は思ったよりも大変かもしれませんよ？やれる自信はありますか？
重いもの はこんだり
たちっぱなし だったり
うん。ボク、ずっと空手やって来たから
やっぱり空手ってものすごく高いレベルが要求されるからさ！体だけじゃなくて心構えとか！
敬語だってそうだよ。ちゃんとしないとすごく怒られるんだから
へ 敬語にもうるさいんですね。なら、君はどうして今敬語を使わないんですか？
一人称もまさかのボクだし
え？今、空手じゃないじゃん
悪気はないんだよな？
何か？ヘンなこと言った…？
家のためにお金を稼ごうっていい子なんだよね？

三 フレンズ鶴ヶ島駅前店の代表二名を決める

努は自宅から鶴ヶ島駅に向かって歩きながら、ここは静かな町だと改めて思った。

コンビニバトルオリンピック開催まで残り一週間ちょっとだというのに、町は盛り上がる気配を見せない。日本人の国民性が外国人と比べて控えめなのもあるだろうが、地元にサッカーチームのある町などは例外的に町全体が熱を帯びることを考えれば、鶴ヶ島は典型的なベッドタウンであり、核となる産業も全国区で有名な観光地もない町に対して住民の地元意識は低いのかもしれない。すぐ近くにある蔵造りの町と呼ばれる川越と比べると明らかに違うだろう。

それでも努はここまで住人が町に関心がないのに驚いてしまう。

なんといっても本選の開催地だ。経済効果も見込めるというのに、運営委員会が鶴ヶ島にやってきて広告や会場設営など忙しく動き回り、町はポスターや街宣車などコンビニバトルオリンピック一色に染められつつある。それなのに盛り上がっているのは、参加する各コンビニチェーンだけだ。コンビニバトルオリンピックの知名度を一旦置いておいても、かつて鶴ヶ島出身のオリンピック代表が出た際も町は後援会を作るどころか、応援のポスターすらほとんど貼らず、住民の多くが「そんな人いたの?」という程度の関心だったと聞く。

この町はまるで眠っている。

人が自分以外に関心を持たない町は珍しくないが、鶴ヶ島は実はとても温かい。その温かさは目に見えるものではないが、人も空気もまるで太陽の温もりを溜め込んでいるような厚みがある。

努は町が眠っているのだと強く思う。

意図しているのか、そういう仕組みなのか、鶴ヶ島は本来の熱を封じ込めている。

今回、この地がコンビニバトルオリンピックの本選開催地に選ばれた理由には、町に封じ込められた温かさが大きく関わっている気がした。

努は約束の時間五分前に鶴ヶ島駅前にあるラーメン店に着いた。

日が沈んで二十時になるこの時間帯、地元の大学生達が列を作っている「魔人ラーメン」の店内を覗くと、10人が座れるカウンター席の奥で待ち人はもう座っていた。

努は先頭に並んでいる学生に頭を下げてから引き戸を開けて店内に入る。

「いらっしゃいませ。あ、お待ちのお客様はもう来ていますよ」

厨房の店員が努に声をかける。

努は会釈をしてから奥にある一番端の席に向かった。

白髪の中年男性が座っていた。

努は空けられているすぐ隣の席に腰を下ろす。

「オーナーお待たせしました」

フレンズ鶴ヶ島駅前店のオーナーである白髪の男性は、努にニッコリ微笑んだ。

「いえいえ、私も今来たばかりですよ」

努が席に座ったことを確認して店員がオーダーを確認しに来る。

この店のラーメンは豚骨ベースで太麺の野菜大盛りが定番だ。

「野菜マシマシで」

努とオーナーは麺大盛りに加え、無料トッピングで野菜大盛りを頼んだ。

間もなく野菜が山盛りになったラーメンが二人の元へと運ばれてくると、努とオーナーは水も飲まずに箸を手に取った。

食事を楽しむという感覚はない。ここには戦いに来た。ベストコンディションと意識の高さがなければとても完食などできない量だった。

それからの十分間、努とオーナーは目を血走らせて野菜とラーメンを口に運び続ける。お腹が膨れてしまうので水はできるだけ飲まない。最後には油まみれのスープも飲み干した。

「はぁ～」

パンパンになったお腹を擦りながら、完食した達成感に二人は酔いしれる。

「努君」

オーナーは一枚の封筒を努の前に差し出した。

努は封筒に視線を落とすと、それを黙って受け取る。

「先日送られてきました。コンビニバトルオリンピックに出場する代表者の登録用紙です」

コンビニバトルオリンピックは今から16年前に第1回が開催され、今年で5回目になる。

日本でコンビニが初めて誕生したのが今から40年近く前だ。コンビニは瞬く間に日本中に広がり、誰もが当たり前に利用するようになり、それぞれの町の色に染まり、時代の動きを反映する場所になった。コンビニは流行の最先端を行き、時代を作り続けている。

そのコンビニがバトルオリンピックを始めたのは、イメージアップのためだと言われている。コンビニほど競争が激しく、働くのがしんどい場所はない。消費税や最低時給の上昇だけでも生き死にに関わってくるほどの価格競争、各チェーンが互いに牽制し合い、出し抜いたり真似したりするクオリティの高い商品競争、最高の環境を提供するための設備投資、それらを優先するため人件費が削られていく。人件費は削られても、各コンビニチェーンのオペレーションマニュアルは年々複雑化の一途を辿っている。コンビニ戦争と言われるほどコンビニが同じエリアに幾つもひしめくので、各店舗の売り上げは全く保証されていない。そこに加盟店であるゆえのロイヤリティの支払いで、半分近くの売り上げが持って行かれる。店長はもちろん、労働に見合うだけの時給はアルバイトに到底払えない。

コンビニが普及するのに反比例して、コンビニ勤務のイメージはどんどん下がっていった。

このままではコンビニで働く人がいなくなるだけでなく、お客さんも悪いイメージを抱いてしまう。それを避けるためにコンビニは、世界トップレベルのイメージ戦略で生き残ってきたが、安定した労働力と客を確保するために、秘策としてコンビニバトルオリンピックを始めたのだ。

第1回大会は実際のオリンピックと同じようにスポーツで競い合うもので、第2回大会から格闘技も取り入れるようになり、第3回大会から格闘技だけに厳選し、第4回大会から現在の形である武装した状態での二対二のバトルになった。その後、各チェーンそれぞれが支給されたコンビニスーツを研究し、肉体に損傷を与えずコンビニスーツしか破壊しない武器と、それを防ぐ防具の開発にいそしむようになった。しかし、その「破壊しない」という定義すらも最近では曖昧になっている。今のところ死者や重傷者が出ていないことが、運営委員会が強気に出られる理由だ。過激になっていくのはスポーツや格闘技もそうだから仕方がないし、今ではコンビニバトルオリンピック出場者はヒーローモデルの一つにまでなった。段階を踏むということは、受け入れる側の壁をなくしていく常套手段だ。恐らく初めから現在の形を計画していた。お得意のマスコミ操作、広告展開で瞬く間に、コンビニバトルオリンピックを日本中に浸透させ、今では実際のオリンピックやサッカーワールドカップほどの盛り上がりを見せている。コンビニバトルオリンピックに出たくてコンビニでバイトをする者も後を絶たず、労働力の確保だけでなくコンビニ全体のイメージもアップした。

鶴ヶ島のようにスタッフが集まらない所も変わらずあるけどな、と努は自嘲した。

「うちの代表者はもう決めていますか？」

オーナーに聞かれて努は頷く。

「パートの方々は当然初めから除外していました。スタッフが大幅に抜けてしまいましたが、去年の内から出場者は決めていて、そのスタッフは今も残ってくれています」

「それでは？」

努は本当はスタッフをこの大会に出場させるのに気が進まなかった。

しかし、加盟店は契約時にコンビニバトルが契約に含まれているし、好成績を残した店舗は月々に払うロイヤリティの減額といった恩恵を受けられる。

現在、ほとんどの加盟店が売り上げの半分近くをロイヤリティで取られているので、もしも優勝でもしてロイヤリティが全額免除されるとしたら単純に月の儲けが倍になる。それは本当にすごいことで、どの店舗も目の色を変えてくる。

努も4年前に鶴ヶ島に流れ着いてオーナーに拾われ、高齢のためにオーナーが第一線を退いてからは店を任せてもらってる恩を忘れてはいない。

「うちの店からは鶴ヶ君と二代目男喰を推薦します。本人達も内々ですが了承しております」

コンビニスーツが、店舗レベルやスタッフの勤務実績と能力を数値化する仕組みであるなら、選ぶスタッフは自ずと限られてくる。

鶴ヶ君は体が弱いが持ち前のガッツと、仕事の流れを把握する目を持つ優秀なスタッフだ。短気なのが欠点ではあるが、この大会を通して成長してくれると期待している。

二代目男喰はまだ底が見えないところがあるが、万能型でこれまで大きなミスもなく仕事をやってくれている。鶴ヶ君と組ませるなら男性客のファンも多く、接客に定評がある彼女しかいないと思っていた。

「分かりました。あなたがそう言うのなら間違いないのでしょう。代表者の登録は予選開始日である5月1日ですが、その決定でいきましょう」

オーナーは目を細めて努の肩に手を置いた。

「良い結果を出せるのを期待しています。あなたの経験を彼らに伝えてあげて下さい」

努は苦笑いを浮かべる。

「もちろん、フレンズ本部が満足するだけの良い成績を残すよう努力はします。イメージアップによる集客効果などは、ある程度まで勝ち上がるだけで十分だからです。なので優勝だけは諦めて下さい」

それは二人の実力が足りないこともあったが、ある種の必然だった。

「やはり今回もそうなのですか？」

オーナーはおしぼりで顔を拭く。

努はグラスの水を手に持って口に運ぶ。

「ええ。今回も優勝はヘヴンです。第1回大会から今日までずっとヘヴンだけが優勝しています」

これは決定事項と言って良かった。

コンビニ業界不動のナンバーワン。

コンビニを生み出した始まりであり絶対王者である。


緊急事態というのは突然起こるから予想がつかないのだ。

オーナーと会った二日後、朝早くに鶴ヶ君が入院したと電話を受けた努は病院に向かった。

そこにはベッドで横になって酸素マスクをつけた鶴ヶ君の姿と、彼の友人だと名乗る女性の姿があった。

「あ、あの、朝までは元気だったんですが、急に倒れちゃったッス」

金髪の少女は前髪で片目が覆われてマスクで顔まで隠れていたが、今にも泣きそうに瞳を潤ませている。

どうして朝までずっと一緒だったのか聞くだけ野暮だ。努は鶴ヶ君が倒れたことに卑猥な想像がちらっと頭に浮かんだが、それどころではなかったので頭で振り払う。

「君が通報してくれたんだね？　ありがとう。医者はなんて？」

「3ヶ月の絶対安静だって言ってたッス」

努は目の前が暗くなった。

3ヶ月の絶対安静？

それでは到底、大会に間に合わない。

開催まで一週間を切っているというのに鶴ヶ君が倒れてしまった。

その場にへたり込んだ努に少女が駆け寄る。

「大丈夫ッスか？」

少女を見ると目だけは化粧している。化粧がめんどくさい最近の女性によくあるパターンだ。しかし、少女の目は澄んでいた。

努は気を取り直して立ち上がる。

「大丈夫だ。今は鶴ヶ君が大事に至らなかったことを安心しないとな。すまない。俺は鶴ヶ君の親御さんに連絡したり、オーナーに報告しないといけないから一旦抜ける。また後で来るけど、君はいつまで?」

「私も仕事があるけど昼は抜け出すし、終わったらすぐに戻って朝までずっと付いているッス」

少女の返事は力強かった。

まさか鶴ヶ君にこんなに献身的な彼女がいたなんてと感動しながら努は病室を後にした。

今日は夕方から新人二人を組ませるシフトになっているので、それまでには自分が戻らないといけなかったが、緊急事態でそうも言っていられなくなった。大会までに鶴ヶ君の代わりを探さないといけないからだ。

二代目男喰に連絡して夕方勤務に出てもらおう。

努はそう思って電話をかける。

しかし、

「現在この電話番号は使われておりません」

悪寒が努の背中を走った。

「マジかよ!」

落ち着いてもう一度かけ直す。

しかし、結果は同じでこの電話番号は使われていないと流れた。

努は今度はメールをする。すると、エラーメールが返ってくる。

バックレなのか?

今までの経験から努はそう確信する。

まずい。非常にまずい。大会参加資格の規定は、勤務歴3週間以上のスタッフとある。今からじゃ新しいスタッフを雇っても間に合わない。次に頭に浮かんだのは、スタッフを派遣してくれる派遣会社の存在だった。しかし、べらぼうにお金がかかるのと、それをオーナーが了承するとは思えなかった。オーナーの「任せています」の言葉が努の肩に重くのしかかる。

「これって、オーナーにこのまま報告していいのか?」

オーナーはサラリーマン時代は、鬼部長と言われたやり手の営業マンだった。歳を重ねてマイルドになったとは言え、怒った時はまさに鬼の形相になる。努はとてもこのまま報告する気になれなかった。

消去法だ。

努の頭に二人の新人の顔が浮かぶ。

元気とるい。

入ったばかりの問題児二人。

今日も人がいないから仕方がなく初めて組ませる二人。

あの二人しかいないのでは?

努は意を決して行き先をオーナーの家からフレンズ鶴ヶ島駅前店に変更する。

誰だって最初は問題児だ。そこからゆっくりでも確実に成長していく。

あの二人だって悪い奴らじゃない。

期待して良いはずだ。

店に着くまでの間、自転車を漕ぎながら努はひたすら自分に言い聞かせるのだった。


「な、なんでボクばっかに押しつけるのさ！」

るいは抱えていたフライドフードが入った箱を放り投げた。今日一日、我慢の限界だった。

レジカウンター内でイスに座って読書していた元気は、ゆっくりと顔を上げる。

眉間に皺を寄せる元気に、るいは内心後悔したが怖じけずに詰め寄る。

「ず、ずっとレジに座ってるだけじゃん……ずるいよ」

「あなたレジ間違えるでしょ？　だから私がやってあげてるのにその言いぐさは何？」

るいは入って三週間も経つのに未だにレジ会計が心もとなかった。

次のシフトへの引き継ぎ時までに毎回マイナスを出してしまう。

「ボクだってやればできるよ！」

るいは痛い所を指摘されたが食い下がる。ここで退いたら今後もずっとこのままな気がした。

元気は読みかけの文庫本を音を立てて閉じて、るいに眠たそうな顔を向けた。その大きい音にる

フレンズ
ブレンド
232円
250円
ポイントカード
すぐ発行
Friends card
入会金無料!
Friends
Friends
プレミアムポテト・コロッケ

いは肩をビクッと震わせる。

「だからあなたにふさわしい仕事を任せてるわ。あなた体力だけはあるからできると信頼してるのよ？」

「ボクだって休みたいの！　もっと楽したいんだ！　温めてる牛乳を飲む暇もないいんだよ？」

るいは拗ねた子供みたいに飛び跳ねて地団駄を踏む。

元気はレジカウンター端のホット飲料の保温ショーケースを見た。

「いいわ。来なさい」

元気は重い腰を上げて保温ショーケースまで歩き、るいが温めていた紙パックの牛乳を取り出す。

「やった！」

自分の意見が通ったことに満足したるいは、軽い足取りで近づく。

「確かにあなたにも休息は必要ね」

元気は牛乳パックの出先を開いてあげる。

「うん！」

「るい、ちょっとしゃがみなさい」

牛乳パックに手を伸ばするいを制して、元気はるいに目の前でしゃがむように要求した。

「え？　う、うん」

るいは自分の要求が通ったので満足して、相手の機嫌を損ねまいとする気持ちから素直にしゃがみこむ。

すぐさま元気の手が伸びて、るいの顎を押さえた。るいが反応するより早く元気はその顔を天井に向かせて、牛乳を鼻から一気に流し込む。

「え？　え？　うえっ⁉　ちょ、うあっ⁉　や、やめ、うぷっ！」

るいは逃げ出そうとジタバタするが、元気の足がその肩を踏みつけて逃がさない。

「うえ！　うああっ！　うぷっ！　げほっ！」

鼻から流し込まれた牛乳はるいの気管で詰まり、口から吐き出される。

涙を両頬に溜めて苦しむるいに、元気は本を読んでいるような静かな表情で、ひたすら牛乳を流し込んでいく。

「私思うの」

るいに聞いている余裕などなかったが、元気は構わず淡々と続けた。

「働かない貧乏人なんて将来絶望的だわ。生まれた時の環境の差は本人の努力で変えていくんだから。ねえ、聞いてる？」

るいに聞けるわけがない。るいはむせ返り、牛乳を吐き出して制服や床を汚し続けた。

「お客さんは優雅にたたずむ私を見に来てるわけだから、私にせかせか動き回れって言うのは違うと思うし、第一あなたの私への口答えはよろしくないわ」

本当に何でもないことのように振る舞う元気を、レジ前で列を作って並ぶお客達は恐る恐る見ていた。

るいが放り投げたフライドフードが入った段ボールは、床に倒れてひしゃげている。

事務所のモニターで二人の様子を見ていた努は、手に持っていたコンビニバトルオリンピック開催案内をそっと机の引き出しの奥にしまい込んだ。

「今回は辞退しよう」

努は自分に言い聞かせるようにそっと呟いた。たとえ消去法でも、あの二人にだけは任せられないと強く思った。

三

流されやすい広島子の場合

広島子が朝目を覚ますと、ベッドには知らない男が居た。

いや、正確には見覚えがあることにはあるのだが、いささか面識が浅い。

それもそのはずで、昨夜の合コンで知り合った男だからだ。

目が覚めた島子は、いつもに増して大きな後悔を抱きながら携帯電話で時刻を確認した。朝五時半。島子の顔から血の気が失せた。島子はすぐにベッドから起き上がると、隣でいびきをたてて寝ている男を放っておいてすぐにシャワールームへ向かった。ここはラブホテルで、島子の出勤先のコンビニに行くには電車で一駅越さないといけない。

島子は五分でシャワーを浴びると、昨夜ホテルで買った新品の下着を穿いて、脱ぎ散らかされた自分の服を拾い集めて着替えた。それからバッグをもって急いで部屋を出る。男に挨拶する気はなかったし、男も島子とは一晩だけの関係のつもりだろう。

島子は友達に合コンの代打を頼まれて引き受けたことを心底後悔した。島子は頼まれたら断れないタイプで、とくに男性の押しに弱い。今まで何度痛い目に遭ったことか。だから昨夜も気が進まなかった。案の定、断り切れず簡単にお持ち帰りされてしまったわけだ。

ホテルを出ると、島子は思い出してバッグからマスクを取り出してつけた。島子の必需品だ。すっぴんを隠せるので、朝が弱い島子は毎回つけている。

駅の中にあるお店に到着したのは六時ギリギリだった。

「おはようございます」

島子よりも先に到着していた朝勤務の女の子達に無表情で出迎えられて、島子は駆け足で事務所に入る。事務所にはもう店長がいた。今日は月曜日なのに島子が手ぶらなので店長は怒鳴った。

「島子さんまた忘れたんですか⁉」

「あ⁉」

店長は大きなため息を吐いた。

「何度目ですか⁉　いつもいつも」

「ごめんなさいッス」

島子は深く頭を下げた。

駅ナカコンビニは間もなく出勤ラッシュを迎える時間になるが、今はまだ通学するわずかなお客しか来ない。島子は制服に着替えて外に出ると、スタッフに改めて挨拶をする。

「おはようッス」

朝が弱い島子は毎回ギリギリの出勤なので、他のスタッフはもう慣れていた。

島子はレジカウンターの前に積まれた今日発売の漫画雑誌をチラリと見る。島子が忘れたのはこれだった。新刊が発売する日は、スタッフは出勤前に駅構内や電車のラックの上を探して新発売の漫画雑誌を拾って来るのがノルマだ。それを店で新品と一緒に並べて売る。そうすれば上がり100パーセントの商品というわけで、棚卸しの時に少しは足しになる。もちろんやっちゃいけないことだが、雑誌なんて読んだら捨てるんだからというのが店長のいい分だ。朝が弱い島子はいつもは電車の中では寝てしまうし、ゴミ箱を漁る時間もない。

「島子、そういえば聞いた？」

いきなり話を振られるが何のことか分からないので、島子は首を横に振った。

「今回のコンビニバトルオリンピックの代表だった東子、参加を辞退したらしいよ」

島子は目をパチクリさせた。東子は島子と同じここユートピアのコンビニ店員で、島子の先輩にあたる。今回の大会の選手としてもう一人とともに登録されていた。

「なんでッスか？」

島子は方言が思わず出ることがないように、いつも語尾にスをつけて抑えていた。

「寿退社だって」

島子は再び目をパチクリさせた。

「先日、付き合っていた彼氏にプロポーズされたから、コンビニバトルオリンピックなんかに出場してる場合じゃないって店長に言ったみたい」

島子の頭の中で点と点が繋がった。昨夜の合コンをドタキャンしたのは実はこの東子で、東子から電話がかかってきて島子が行く羽目になったのだ。なかなか彼氏がしっかりしてくれないと、彼氏の目を盗んで男遊びをしていた東子がとうとう年貢の納め時らしい。

島子はなんだかおめでたい気持ちになった。

「そこで、代わりの代表者なんだけど、島子らしいよ」

島子は三度、目をパチクリさせた。

ゆっくりと首を回して朝勤スタッフの少女を見る。

「東子の推薦があったんだって」

寝耳に水とはこのことだった。島子は怯えながら首を横に振るが、事務所から出てきた店長が島子の肩を叩いて、「やってくれますよね？　東子も島子さんならできるって太鼓判押していました」とにじり寄られると、口ごもってうな垂れてしまう。

島子はあんなにも出場に意欲的だった東子の心変わりを恨んだ。

ここユートピアは駅ナカコンビニではあるが、通常の鉄道会社が運営するコンビニチェーンではなく、鉄道会社と提携しているコンビニチェーンだ。4年前ほど前に日本の寂れたスーパーや商店街がファンドを作って立ち上げたマネジメント会社が、鉄道会社の運営していた駅ナカコンビニを譲り受けたことが誕生のきっかけで、アメリカの大きな製薬会社のバックアップを受けたことで急成長した。

当初、地元と密着した商店街やスーパーの流通路を使った商品の仕入れは、利益よりも広告塔の役目が重視されていたが、アメリカの製薬会社と組んでドラッグを販売するスタイルになったことが飛躍の要因だ。このユートピアには鉄道会社の社員ではなく、スーパーや商店街から来たスタッフが多く、コンビニチェーンを恨む者が多い。東子もスーパーの店長だった父親が、近くにコンビニができたことでお客を取られて店が潰れて自殺した過去を持っていた。

「私は絶対にコンビニを許さない！　私の人生はコンビニへの復讐のためにあるの！」

それが常日頃の東子の口癖だったのだが、結婚という幸せは東子の憎しみを洗い流して余りあるわけだ。島子は大きくため息をついた。

島子には特にコンビニチェーンに恨みを抱く過去があるわけではないが、コンビニに数奇な運命を感じている。今年20歳になったばかりの島子は広島の出身だ。父親はコンビニの店長をやっていて、複数店経営をするぐらいに経営は順調だった。しかし、父親が自店のスタッフと不倫をしたことがきっかけで両親は離婚し、島子は母親に引き取られて家を出た。母親は間もなくコンビニチェーンのSVと再婚した。しかし、この男がDV野郎で、母と島子は散々殴られた。それでも男から離れられない母親に見切りをつけた島子は、高校卒業と同時に広島を出て上京した。高校時代にアルバイトしていたコンビニで出会った、同年代のバンドマンになるのが夢だという少年に付いていった形だ。しかし、東京で同棲を始めた二人の生活は長く続かなかった。作曲も練習もしない彼氏でも、島子はコンビニで働いて必死に養ったが、とうとう浮気をされた。泣いて怒る島子に男は「お前が出て行け」とほとんど裸一貫で追い出した。行く当てのない島子は、働いていたコンビニの店長に助けを求めた。店長は快く島子に部屋を借りてくれ、情にほだされた島子はやがて店長と男女の関係になってしまう。店長は既婚者だったため、不倫関係が妻にばれて島子は多額の賠償金を請求されて東京から出て行くことを命じられた。本当に行く場所がなくなってしまった島子は、お腹を空かしながら国道を歩いて埼玉県の端っこまでたどり着き、そこで路上に落ちていた新聞に挟まれたユートピア新装開店のチラシにあった、寮ありのスタッフ募集の項目を見てダメもとで申し込み今に至る。まさに生まれた時からコンビニによって人生を翻弄された少女だ。

「島子さん」店長に呼ばれて島子は振り向いた。

「あなたも先月やっと登録販売者の資格を取ったんです。うちのスタッフとして一人前だといっていいでしょう」

外国の製薬会社が多額の出資をしているユートピアはそこの薬を扱うため、スタッフのほとんどが薬剤師や登録販売者である。島子もクビになりたくなくて必死に勉強して、資格を取った。

「大会開催まであと半年ほどです。これからは仕事以外の時間は、ユートピアの研究施設に通って特訓をしてもらうことになりますので準備をしておくように」

ユートピアは他のコンビニのように加盟店ごとに独立しているのではなく、本部が全てを統括している言わば、全てが直営店スタイルだ。スタッフは店ごとに所属というよりも、本部に所属している群体だ。スタッフは店舗には縛られない。

島子は今にも泣きそうな顔で首を横に振るが、マスクで隠れているので店長は気づいてくれない。

「それとうちの店だけでなく各地のユートピアの推薦者も本部に集まるので、うちの店代表としてくれぐれも恥ずかしくないように。いいですね？」

「嫌ッス」

島子は勇気を出してか細い声を発した。

「仕事なんだから仕方がないでしょう！」

店長に凄まれて島子はまた黙り込んだ。

はぁ、仕方がない。精一杯やれば結果が悪くても怒られないだろう。

島子はまたいつものように事なかれ主義を決め込んだ。

そして、後日また大きく後悔するのだ。

これが地獄の半年を過ごして鶴ヶ島に派遣されることになる前の、まだ店のお荷物スタッフでいられた頃の島子だった。

三

その一途さは依存と紙一重な舞

生徒会長。

剣道部主将。

風紀委員長。

負気流の跡取り。

名門女子校の代表者。

アトモスの看板娘。

最初に彼女を知る者はその肩書きから覚える。けれど、１ヶ月も経たないうちに彼らは肩書きで彼女を認識しなくなる。

幾つも肩書きはあれど、肩書き以上に彼女の残した実績は多く、肩書きはやがて消え失せて通り名だけが残った。それは彼女への称賛の言葉である反面、彼女への皮肉でもあった。

人は彼女を「お嫁さん」と呼んだ。

彼女の名前は負気舞。無限の可能性を秘めた青春を謳歌する女子高生である。

春に高校三年生になった彼女は、まだ誰とも付き合ったことがない。

「舞先輩って、まだ彼氏いないの？」

朝の登校の時間、校門までの上り坂を歩く直美は、舞の名誉を守るためには友人の質問に即答するべきか迷ったが、やはり真実を伝えるべきだと決意した。

「うん。でもいきなりなんでそんなこと聞くのさ？」

竹刀片手に早足で坂を登る直美を友人は追いかけた。

「うちのクラスのある男子が舞先輩が好きみたいなの。それで舞先輩と同じ部活の直美に聞いてって頼まれたんだけど」

「ヘタレの奴でしょ？　あいつ絶対無理だって。ううん、誰であっても無理だと思うよ。舞ちゃんは」

舞と個人的にも仲が良い直美は、サバサバした性格のために物事をはっきり言う。

「舞先輩は色々忙しすぎるもんね」

「そうじゃなくて」

直美は立ち止まって振り返りながら答える。

「舞ちゃんはアトモス一筋だもん」

直美は今度は苦虫を噛み潰したような顔をする。

「放っておけないんだよね。なんでかしんないけど！」

直美は頼まれたら断れない舞の性格に呆れていた。

舞の行動を起こす時の動機を振り返って見よう。

誰もやりたがらず機能不全に陥っていた生徒会。万年一回戦負けの廃部寸前の剣道部。素行不良で教師も見て見ぬふりをする学校。父親も跡を継がなかった門下生０人の古武術道場、教師の淫行で信頼失墜した女子校、新規オープンしたのはいいがスタッフが集まらなかったアトモス。舞はその窮地に面して、懇願されて引き受けてきた。そして一旦引き受けた舞は完璧にやり遂げるだけの能力を持っていたし、責任感が強かったので全力を尽くした。そして見事に立て直して状況を好転させて来たのだ。

「義を重んじるって、戦国大名の上杉謙信じゃあるまいし！」

直美は声を立てて笑った。

「直美？　朝からご機嫌みたいだけど？」

直美は聞き覚えのある声にギクッとして振り返る。すぐ真後ろにはいつの間にか舞がいた。さっきまで話していた友人は舞のずっと後ろで、すまなそうに直美に両手を合わせた。

「ま、舞ちゃん？　き、今日は遅いね。もうとっくに道場に着いてると思ったよ」

ぎこちない愛想笑いを浮かべる直美に舞はため息を吐いた。

「お店に寄ってたから。ほら今日って棚替えする話だったじゃない？　でも店長がギックリ腰で倒れて夜勤一人じゃ終わらないだろうから」

舞は朝四時には起きてタダ働きをしてきたのだ。

「またそーいうの……」

言いかけた直美は途中で止める。言ったって舞が変えるつもりがないのは、もうすっかり分かっていた。それが性格によるのかポリシーなのか知らないが、舞はこういう子なのだ。

例えば、街に住んでいるので自転車か徒歩で通うにもかかわらず、朝練があるのに舞はジャージではなく制服をわざわざ着て登校する。理由を聞けば、「学校にしてもアトモスにしても、そこに所属している私の姿や行動が見られた時に悪いイメージ持たれたくないじゃない？」と言う。人のためなら自分の苦労や面倒が増えても構わないのだ。けれど多くの人は、舞に感謝するのを忘れて当たり前に思ってしまっている。そのことが直美は気に食わない。

直美は苦笑しながら舞の隣に並んで歩く。

「もーちょっと肩の力を抜いたら？　せっかくの女子高生なんだし、今を楽しもうよ！」

周りが舞に頼りすぎていて、舞には自由が少ない。舞自身もこの2年間、誰かと遊びに行くことがほとんどない。舞自身が頼られること、尽くすことに喜びを感じているので、周りの誘いを断るのに抵抗がない。

「私がやらないわけにはいかないよ」

「強迫観念でもあるの？　誰も怒らないよ？」

直美が唇を尖らせると、舞は手を伸ばして直美のくせっ毛を優しく撫でた。

それから眩しい笑みを浮かべて早足で直美を置いていく。直美はもったいないなと思った。

サラサラの美しい髪、すらりとした長身、凛とした佇まい、自分にないものを全部持っている彼女は彼氏の一人も作らず、女の子が一番眩しくいられる時間を無駄に消耗している。

「でもそこが好きなんだけど」

直美はニカッと笑った。直美は舞に惚れている。女子校ならではの、素敵な先輩へのほのかな憧れが気の迷いで恋に転じたパターンだ。直美はドライだ。この気持ちが束の間だと知っているし、男友達とも良く遊ぶ。だけど直美の交友関係全部をひっくるめて舞が一番好きなのだ。だから舞と一緒にいようとする。

「舞ちゃん待ってよ！」

直美は姿勢良く前を歩いている舞を追いかけた。

舞が困っている人や頼ってくる人を放って置けなくなったのは、従兄弟のお兄ちゃんに原因がある。舞と8歳も離れたお兄ちゃんは、小さい頃から舞のことを可愛がってくれた。お兄ちゃん自身もすごく努力家で、親戚からも将来を期待される人だった。それが、大学卒業間近で挫折してしまい、就職もせずにプータローになってしまった。期待の分だけ親戚からのバッシングは大きく、舞の両親もお兄ちゃんの悪口を言い、舞にも距離を置くように言った。舞は人間の冷たさをその時に知った。落ち目の人を周りは敬遠するのだ。舞の中で理想の男性像だったお兄ちゃんの転落は、舞のその後の人間形成に大きな影響を与えた。舞は自分がお兄ちゃんの助けになれなかったこと、親の言うとおりに距離を置かざるを得なかったことを後悔し、以来、困っている人にお兄ちゃんの姿を重ねてしまい、今度は力になろうと奮迅するようになった。

もちろん舞にだって見る目はあるので人は選ぶが、一度行動したらば加減することを知らない性格のためにやり過ぎてしまう。舞にとってまさに無償の愛だ。

そんな舞にとって一番特別で尽くしているのが、コンビニチェーンのアトモスだ。

業界5位のアトモスはすぐ上の4位が８０００店もあるのに対し、３０００店の店舗しかない。

しかし、店舗数が少ないからこそ、個数が少ない限定商品を取り揃えたり、新企画を素早く全店に展開できたりと、他との差別化に秀でる強みがある。何よりアトモスは通常のコンビニの商品とサービスだけでなく、バーガーやソフトクリームなどオリジナルのファストフードを提供する。ファストフードとコンビニを合体させたスタイルは業界唯一であり、全店にイートインを完備していた。

季節によってメニューは限定されるが、１００種類以上のファストフードを調理するスキルが必須なこと、それでいて通常のコンビニ業務は当然やらなければならない。つまり、スタッフ一人一人への負担は大きく、オペレーションマニュアルは業界で一番複雑だった。

人材育成に時間がかかり、育つ前に辞められるのでいつも人材難だ。

しかし、そんな厳しい環境なのにお店の雰囲気はすごく良かった。

「おはようございます」

部活帰りに直美と一緒にバイトで店に来ると、腰を痛めたはずの店長が店に居た。

「店長大丈夫なんですか？」

舞は40代後半の店長に駆け寄る。

「ああ、舞ちゃん。聞いたよ。棚替え手伝ってくれたんだって？　ありがとうね」

笑顔で出迎える店長の後ろの事務所からＳＶが出てくる。

「おはようございます。来てらしたんですか？」

店長よりも一回り若いＳＶはアトモスの制服を着ていた。

「おはよう舞ちゃん、直美ちゃん。店長が腰を痛めたって聞いたから手伝いに来たんだけど、店長が休んでくれないんだよ」

「いやいや、今は大変な時期なのに店長が休むわけにはいかないでしょ！」

店長はムキになって強がって見せたが、すぐに顔を歪めて腰を押さえる。ＳＶと舞は目を合わせて吹き出した。

「大変な時期だからこそ、店長に休んで頂いて万全な状態に治して欲しいです」

「舞ちゃんの言う通りです。私も来ましたし、スタッフの気持ちを汲んで下さい」

普通は店長が腰を痛めたくらいで、ＳＶが手伝いに来たりしない。加盟店の店長達を威圧してこき使おうとする勘違いのＳＶの方が多いくらいだ。しかし、ここアトモスでは本部社員と店長の間に隔たりはなく、同じ方向を目指すチームとして団結し助け合う。日頃の要求も厳しいが、それは高いレベルをお互いが目指しているからだ。だから、ピンチの時はＳＶを派遣してくれるのは本部にしたら当たり前だった。

「あれ？　店長！　本当に来てたの？」

店のドアが開いてパートのおばちゃんが入ってきた。手にはパンパンに膨らんだ袋を持っている。

「もう！　早く帰って休んで下さいよ！　お見舞いしがいがないじゃない！」

おばさんも店長を心配してやってきたのだ。

アトモスは本当に雰囲気が良い。舞が初めてこのお店に入った時から、苦しくてもお互いを思いやり、助け合う、皆がお互いを大事にする温かい職場だった。

言葉は悪いが舞に頼りっぱなしの他の場所と比べて、舞を労って一番大事にしてくれる場所がアトモスだった。

「舞ちゃんと直美ちゃん、ちょっと着替えたら厨房に来てほしいんだけど」

SVは店長とおばちゃんのやり取りを素通りして、舞の元へとやってきた。その顔色が浮かないのを見てとって、舞は頷いてすぐに事務所へ向かった。

アトモスはこの10ヶ月連続で業績が落ち込んでいた。

舞の居る店の売り上げは落ちていないが、チェーン全体ではどうしても傾いてしまっている。舞と直美がレジカウンター内にある厨房にやって来ると、SVは手に紙束を持っていた。そしてそれを二人に見せながら衝撃的なことを口にする。

「オリンポスとの正式合併の日取りが決まったんだ」

舞は息を呑んだ。

コンビニ業界は結びつきが強い。アトモスの親会社は食品スーパーの大手グループだが、その親会社はアトモスの売り上げが落ち込んでいることに頭を悩ませていた。グループの中でコンビニは優先順位が後回しなのが現状だ。不景気と競合店のせいでスーパー自体の売り上げも落ちているのにそれどころではない。そこに、アトモスのファストフードに注目したオリンポスが提携の話を持ちかけたのが今から８ヶ月前。それからとうとう合併が決まってしまった。実際、合併は決定事項みたいな提携だった。アトモスの優秀なスタッフがオリンポスに引き抜かれたり、オリンポスのスタッフが派遣されたりと、アトモスはこの８ヶ月間混乱状態にあった。

「どうしようも……ないんですか？」

舞はなんとか声を絞り出す。後ろから直美が舞の背中に手を置いた。

「うん。こればっかりはね……そしてこれ以上の業績不振を打破する一環として、アトモスは従来のファストフードメニューの大幅削減を決定した。二人にも削減するメニューを把握しておいてほしい」

「え？」

またまた衝撃的な報告だった。

「削減って……」

舞はそれ以上言えなかった。売れ筋だけを残してそれ以外をカットするのは当然だが、アトモスは30年以上もやってきた中で今の１００種類ほどに絞っているのだ。それを削減するのは、取り返しのつかない一歩の気がしてならなかった。

「アトモスがもしもオリンポスに吸収されたら、ＳＶや店長、スタッフはどうなりますか？」

舞は頭を高速回転させて、メニュー削減がオリンポスの提案だと見抜いた。ＳＶは質問に答えず目を閉じた。今居る店のスタッフや本部社員はクビになる者や異動させられる者が出るだろうし、店長は新しい契約を結ばされて今までの積み重ねをリセットさせられる。

ロイヤリティ一つ取っても長く続ければ支払額が減っていくのに、それがリセットなんかになったらどれだけ酷か考えただけで恐ろしい。

間違いなく、舞が大事に思っているアトモスの世界が壊れるのだ。

何一つ欠けたって成立しない。

舞は記憶を遡った。

高校一年生の学校帰りにアトモスに寄った時に、過労で倒れた店長がそれでも立ち上がって仕事に没頭していた姿。自分がやると言い出した時は泣きながらお礼を言ってくれたこと。まだ何一つ仕事ができなくて失敗ばっかりしていた自分なのに、店長やスタッフの先輩達は「居てくれるだけでありがたい」と本当に大事にしてくれたこと。

人は与えるだけの愛に徹することは当然できる。見返りを諦める愛はある。しかし、愛されることはとても温かいのだ。舞はずっと与えてばかりだった。頼られはしても、それは実は押しつけられているのと同じ状況だった。そんな舞に初めて与えてくれたのが、このアトモスだ。舞にとってはアトモスが一番自分を必要としてくれ、一番大事にしてくれるかけがえのない場所なのだ。

「私はここを失いたくないよ」

バイト上がり、店の駐車場で舞は初めて弱音を吐露した。後ろにいた直美は俯く舞を黙って見ている。

「アトモスの業績が下がった直接の原因は、挽き立てコーヒー戦争で負けたことがきっかけだと思う。あそこからイメージ戦略で遅れに遅れて、あっという間に他のチェーンと差がついちゃった」

挽き立てコーヒーを最初にやったのは実はアトモスだった。しかし、アトモスの店舗数は大手コンビニチェーンの六分の一だ。他のチェーンがコーヒーを展開した場合、その認知度では大きく後れを取るし、ヘヴンなどはお抱えの出版社に自社のコーヒーの特集を雑誌で組ませてイメージ戦略を邁進した。アトモスのコーヒーなどすぐに忘れ去られた。そして生き馬の目を抜くこの業界では、一回の出遅れが致命傷になってしまう。

人間には同じ店で買う習性があるので、店舗数が多い方が利用機会が増えてチャンスなのは間違いない。

小規模のアトモスのようなコンビニチェーンは、他のコンビニみたいに一カ所に囲い込み戦略を展開できないので、都心でもめったに見かけない。なので「あのチェーンはたいしたことない」とイメージを持たれたら客は平気で通り過ぎる。実情を確かめもしない。仮に入っても、先入観で商品が悪く見えてしまう。実際はそんなことはなくてもだ。

「舞ちゃん、仕方がないと思うよ」

別にアトモスがなくなってもと直美は思う。舞ならどこのコンビニでもやっていける。実際、オリンポスの引き抜きは最初に舞に声がかけられた。舞を引き抜くためにオリンポスは一アルバイトに提示するとは思えないほどの好条件を用意した。それもコンビニバトルオリンピックが近いからだった。

舞は顔を上げて直美を振り返る。

「ああ、それならイメージを変えればいいんだ？」

舞の瞳は強い決意を宿していた。それを見て取った直美はゴクンっと唾を飲み込む。

「私が守りたいのは、私が大事にする世界だから。私はコンビニバトルオリンピックで必ず優勝してみせる。何があっても、誰にも、負けない！」

コンビニバトルオリンピックで優勝する以上のイメージアップはないし、スポンサーが一気に増えるチャンスだ。もしかすればオリンポスとの吸収合併も撤回できるかもしれない。

強風が舞と直美を吹き抜けていく。見上げれば今夜は満月だった。

春の風は、コンビニバトルオリンピックが開催間近なのを知らせてくれる。

直美は舞に惚れている。初めから舞の力になるつもりだった。

「分かってるよ。私達が優勝する！　私じゃ走（そう）ちゃんの代わりになれないかもしれないけど……」

「大丈夫。直美は居てくれるだけで嬉しいよ」

舞はまるで直美の口を塞ぐようにその手を取った。

「一緒に戦おうね」

「うん！」

舞はそう言いながら、直美は頷きながら、たった一人で戦う姿を思い浮かべた。

舞なら一人でも勝ち抜けるのかもしれない。

舞は負けたことはこれまで一度もない。

直美は舞が負けることは想像できない。

舞は天才とか、怪物とか、そういった類いの表現を超えている気がした。

直美は適切な表現に思い至って口にする。

「無双だ」

舞は直美の言葉にハッとして、頬を緩めた。

満月に照らされた舞の笑顔は、ひたすら眩しくて清いのに、直美にはすごく情欲を抱かせた。舞は一人で頷く。

「うん、私は負けない。アトモスは私が守らなきゃ……」

失いたくない思いほど強烈な我欲もない。

舞の内側を炎が燃え焦がしていた。

狂おしいほどに愛おしい。失う恐怖に駆られた時こそ燃える。

アトモス最後の砦が動き出す。

抑えきれない向上心が蝕む走

春を迎えて桜が舞い散る晴れの日に、オリンポスは関西の本拠地に次世代型コンビニをオープンさせた。電気使用量の大幅削減、デジタルサイネージの導入、お客がリラックスしてくつろげる休憩コーナーの完備、お客一人一人の健康と美容に合わせて店内の食品から選んでメニューを作るロボット、ビッグデータと呼ばれる客の買い物データをポイントカードによる集計だけに頼らずにより正確に収集できる解析カメラの設置と、量産型を可能にした最新技術を惜しみなくつぎ込んだオリンポス一号店に、高校生で唯一スタッフに選ばれた独走(どくそう)がいた。

この日のために日本中の店舗から選抜されたスタッフは、誰もが一騎当千の実力を備えたプロフェッショナルであり、彼らはオリンポス本部と契約を結んだ店舗専任の社員になった。そんな連中をアルバイトの身分でありながら、副リーダーとしてまとめることを任されたのが走という少女だ。

「リーダーは旦那なんやもんなー」

朝一のセレモニー、マスコミ各社の取材、本部のお偉いさん方の視察、そしてオープニング初日の大混雑をひとまず消化した時には夜十時になっていた。朝六時から勤務していた走は自分の肩を叩きながら、事務所の机で作業中のイケメンマネージャーの旦那にふくれっ面を見せた。こちらも大学卒業したばかりの22歳でマネージャーに抜擢された、オリンポス始まって以来の出世頭だ。走より早い時間から店で働いているが、まだまだ仕事が残っているので帰れない。

「走がマネージャーやりたかったのか？　どう考えたって無理なのは分かってるくせに、本当に貪欲だよな」

走はわざとらしく自分の肩をポンポンと叩く。それに気がついた旦那は、ため息交じりに立ち上がって走の傍に来て両肩を揉み始めた。

事務所には二人しかいない。走は両肩を揉まれて気持ち良さそうに目を閉じた。

「上を目指さんかったら、オリンポスに来とらんよ」

走も旦那も、生まれは関西の人間ではない。

オリンポスは業界2位でありながら、近年めざましい成長を遂げており、特に店舗作りと人材獲得に力を注いでいた。各メーカーの工場に独自のラインを持っているために全国どこにでも展開できる商品力と物流システムがヘヴンの強みだとしたら、オリンポスはコンビニ業界一の差別化戦略が強みだ。１００円ショップ型、生鮮スーパー型、カフェ型、コンビニ業界の常識を覆した多様化は、今まで学生や男性サラリーマンばかりだったコンビニの客層に、若い女性や主婦、年配者を多く呼び込むきっかけになった。

1位であるがゆえのネームバリューと、どこでも同じ商品が求められるために完成しているヘヴンと違って、2位だからこそ挑戦者らしく失敗を恐れずに型破りなことができるオリンポスは、まさに名前の由来通り高い山に登りたい登山家の精神を持っている。

本部社員の役員には若い者も多く、女性だって大役を任せられる。日本だけでなく外国人も採用することで枠にとらわれない組織を作っているのだ。その人材へのこだわりが、多様化した店舗を成功に導く原動力になったのは間違いない。

多様化する店舗には多様な人材が必要だと思い切ったオリンポスは、１００円ショップやスーパー、カフェなどモデルとした店から人材を全国を回って引き抜いた。その延長で商品開発には専門家が必要だと、専門店と提携するだけでなく職人も全国から雇い入れた。

関西に本社があっても関西人だけで固めない競争力が、オリンポスの器のでかさと言える。

だからこそ外様という言葉はここオリンポスにはなく、実力主義が掲げられていた。

「俺は元々、関西の国立大に通ってたから長かったけど、走はまだ半年ぐらいだったか？」

「今日で８ヶ月やで！　記念日忘れんといてや！」

イントネーションと言葉遣いが間違った関西弁を話す走も、元は千葉に住んでいた。

「ごめんごめん。大事な記念だったな。ってお前だけのだろうが！」

未だに関西のノリツッコミになれないまじめが取り柄の旦那は、自分で言った後にすぐ恥ずかしくなって赤面する。走はケラケラと笑い出した。

旦那は走のか細い背中を見ながら、この線の細い少女が家族も友達も捨てて単身で関西にやってきたことを振り返った。けれど初めて会った時から走に悲愴感はなく、飄々と振る舞った少女はあっという間にオリンポスのトップまで駆け上がってきた。

しかし、それも当然かと旦那は思った。

走は千葉に居た頃は違うコンビニチェーンに在籍していた。

アトモス。

業界5位で店舗数もオリンポスの五分の一程度でありながら、小規模を活かした限定食品と、全店に厨房とイートイン完備のファストフードスタイルで揺るがぬ地位を築いてきた。

特にアトモスが生み出したアイスやデザートは、コンビニに止まらず、専門店にも衝撃を与えたクオリティを誇っている。

しかし、そのアトモスも近年は業績が下がってしまい、オリンポスに狙われて合併間近だった。アトモスとの提携が決まった今から8ヶ月前、オリンポスがどうしても欲しかった人材がアトモスには二人居た。オリンポスだけではない。理想のコンビニスタッフとして全国で有名だった少女二人は、どこのコンビニチェーンも欲しがっていただろう。

アトモスの竜虎と呼ばれた二人の内、オリンポスは虎を手に入れたのだ。

「あれ？　走はまだ居たのか？　未成年なんだからもう帰りなさい。あ〜旦那に捕まってたのか」

事務所のドアを開けて入ってきた店長とSVに、走は旦那の手に自分の手を重ねて照れくさそうに笑った。

「そうなんよ。旦那がどうしてもうちと離れたくないねんて」

「んなわけあるかっ！」

旦那はすぐに離れようとするが走は手を掴んで離さなかった。

店長はため息を吐いて肩を竦める。

「せめて走が卒業するまで待てないのかね？」

「店長までっ！」

真顔の店長に旦那が焦りながらツッコんだのに、爆笑して走は立ち上がった。

「ほな、帰りますわ。明日も早いですし」

走はまだ春休みが終わるまで幾日かあるので、それまでは朝六時からバイトだった。

「走、頼りにしてるぞ」

事務所を出る走の肩に店長は手を置く。

「まかしといてや！」

走は快活に返事すると走り出した。

走は自分が関西に来て本当に良かったと感じていた。

ここで一番自分らしく居られる。ただ上だけを見上げていればいいのだ。

それはずっと女の子らしく一歩退いていなさいと、我慢を強いられてきた走にとって、何物にも代えがたい向上心だった。

走の母親は典型的な箱入り娘だった。物心つく前から許嫁を決められ、良妻賢母になるための習い事の日々に疑問を持つこともなく、両親にも夫にも従順な女性だった。

そんな母親だったから、生まれた走に対しても疑問を抱くことなく、自分と同じ花嫁修業と称した教育を施した。ヴァイオリン、ピアノ、バレエ、茶道、生け花と、全ては走が女性らしく育つためだ。母親は常に「女性は男性の後ろに下がっているもので大人しくして、はしたなくも自分の意見を口にしてはならない」と旧態依然な考えを押しつけた。走も中学生に上がるまでは、そのことに何一つ疑問も反感も抱くことなく日々を過ごしていた。

走が一人の少女と出会ったのは、そんな時だった。

少女は走の目の前で、走の将来の許嫁を完膚なきまでに竹刀で叩きのめした。

走の許嫁は親の権力を笠に着た性格の悪い奴で、顔も頭も運動神経も良い剣道部のエースだった。許嫁の走は立場上は大事にしなくてはいけないため、言い寄ってくる女や、可愛いと思った女に手を出していた。その時も、彼は負気舞の後輩の直美を誘拐同様に連れ去った。同じ剣道部員達に武道館前を見張らせて、泣きじゃくる直美にひどいことをしようとした。その日、走は教育の名目でその場所に呼び出されたが、「助けて」と叫ぶ直美に手を差し伸べることをしなかった。「男に従いなさい」「大人しくしていなさい」「自分の意見を口にしてはいけない」と言われて育ったからだ。

しかし、走の心はあまりにも痛くて苦しかった。どうしようもないこの状況を誰かに助けて欲しかった。

だから武道館に現れた怒髪天をついて舞が、許嫁を含めたその場に居た男子10人を叩きのめしたのを見た時に、走は自分がそれまで目指していた女性像がガラガラと崩れていく音を聞いた気がした。見て分かるほど美しい少女が、屈強な男達に物怖じせずに立ち向かい、勝利して自分の大切な友人を守り抜いた。それを目の当たりにしたからこそ、走は自分を心配して手を差し伸べる少女に尋ねた。

「女の子なのにどうして？」

舞は走の質問にキョトンとした顔を見せるも、胸元で泣きじゃくる直美の頭を撫でながら迷わずに答えた。

「私がそうしたかったから」

その一言が引き金になって走は泣いた。

ずっと抑えつけていた本当の気持ちを知って、自分らしく生きていいのだと分かって、涙が止めどなく溢れてきた。親に逆らったことがなかったから、それまで泣いたことがなかった走は初めて涙し、込み上げてくる熱さが心地良くて、自分がもう二度と今までの自分に戻れないことを知った。

「私も……あなたみたいに、強く、なりたいです！」

涙と鼻水でくしゃくしゃの顔で舞の手を摑んだ。

生まれて初めての自己主張だった。

その翌日から、母親の決めた習い事全てを止めて舞の道場に通うようになった。

舞と同じ高校に通った。同じ部活に入った。舞がコンビニでバイトを始めたと聞けば、すぐ後を追いかけた。舞は走の憧れだった、そしてそれは走だけではない。

「なんだ直美も来たの？　これから面接なんでしょ？」

店内に入ってきた直美は仏頂面を走に見せる。

「走ちゃんも人のこと言えないじゃん」

厨房にいた舞が嬉しそうに駆け足でレジまで出て来た。

「直美、店長居るからあそこの事務所から入ってね」

「うん」

直美は走には見せない媚びた笑みで頷く。直美の後ろ姿を見守る舞に、走は思い出して尋ねた。

「あの子、この間の男友達も誘った遊園地に舞も連れてったの？」

舞は思い出して仕事では見せない困った顔をした。

「うん。男子八人も居て、女子は私と直美だけだったんだ。男子に囲まれてマジで困った」

そんな困った舞を見たかったんだろうと、走は気づいていたからクスクス笑う。

「直美も歪んだ愛だよね〜」

「走が来てくれたら良かったんだよ」

拗ねたようにこちらを見る舞に、だって直美が怒るからとは言えない走だった。

直美がまっすぐな気持ちで舞を愛していないように、走も舞と親友になっても満足していなかった。走は舞によって解き放たれたのだ。

歩き出したら、走り出したら、もう二度と足を止められない。

走は舞と肩を並べるのではなく追い抜きたかった。

新しく自分の理想となった少女は、理想のまま遠い存在にしていたくなかった。

自分を救ってくれた舞をいつまでも理想にしていたら、あの頃と変わらない。

母親も自分も狭い世界に閉じ籠もっていた。舞に出会って世界が広がった。だからもっと広い世界を求めている。いつも先を歩く舞と切磋琢磨して、お互いどんどん世界を広げていきたい。それが走の願いだった。

しかし、走と舞の道は分かれてしまう。

「いらっしゃいませ、こんばんは！」

店内に入ってきたスーツの男性は一目で他の客とは違うと分かった。

男性はまっすぐレジにやってくると、名刺を取り出して見せた。

オリンポスからの使者だった。

満月がくっきりと見えた。

バイクにまたがった走は夜道を走る。

走の乗るＫＡＴＡＮＡ４００はオリンポスとの契約金だ。

走は今でもはっきりと自分がオリンポスに行くと決めた日を思い出せる。

真っ先に涙を堪える舞の顔が浮かぶ。

舞は誰にも弱いところを見せない。そんな舞だから、泣くまいと必死に堪えている表情はあまりにも痛々しかった。

それでも走は立ち止まらずに舞に別れを告げたのだ。

「なんで？」

舞は震える声で一言だけ発した。

「あの時の自分と同じやから」

決別の関西弁だった。


舞は自分の置かれた世界を守るためにアトモスに残った。

新しい世界を目の当たりにしても古い世界に囚われたままだ。

それはかつての走をダブらせる。

どんなに間違っていると思っても、その世界しか知らないから黙っていた走と同じなのだ。

走は舞に勝ちたいから、一緒に抜いたり抜かれたりの関係になりたいから、より高みを目指す。

走はちらっと満月を見上げた。

バトルオリンピックでは、舞は命がけで勝ち上がってくるだろう。

あの時の走は舞によって解き放たれた。

だから今度は自分が舞を解き放ってみせる。

「進み続けるから生きてるっていうんや！　舞！」

満月に向かって走は吠えた。

三

復讐するコンビニアイドルの愛

三

「時給５０００円で働いてみませんか？」

ティッシュ配りから受け取ったティッシュには、コンビニスタッフ募集の広告が挟んであった。

「コンビニのバイトで時給５０００円？　いかがわしいこととかするの？」

それが金乃愛（かねのあい）の素直な感想だった。

しかし、募集しているコンビニチェーンがコンビニ業界4位のナイネンであるのを見て考えを改める。あのナイネンが新しいプロジェクトを立ち上げると書いてある。

愛の目は一つの単語に釘付けになった。

「コンビニ……アイドル？」

高校一年の夏、失意の底にあった愛は福岡の街頭で立ち止まって、食い入るようにその広告を見つめた。

暗いトンネルの向こうに一筋の光が見えた気がした。

彼女を突き動かすのはたった一つの思いだった。

こんな自分でもアイドルになれるのだろうか？　という不安でもなく、年頃の女の子が一度は持つアイドルへの憧れでもなく、見返してやりたいという一心。

愛はティッシュを握りしめて、すぐに募集しているナイネン九州支社へと駆けだした。

居ても立ってもいられなかった。

絶対に変わってみせる。そのチャンスを逃がしたくない。

それから4年後、愛はオタク街と呼ばれる北天神にそびえ立つ五階建てのコンビニアイドル劇場ナイネンで、不動のセンターを務めていた。

「愛！　愛！　愛！」

最上階の収容人数250人の劇場フロアは、愛達コンビニアイドルの歌とダンスに合わせてペンライトを振って口上を述べるファンで満員だった。

「暗黒時代に天より遣わされー！　迷い傷つく魂を救済するー！　世紀末超天使ー！　眩き光で世界を照らせ！　スーパーミラクルキューーティー愛！」

250人が口を揃える口上に応えて、愛はステージの上でウインクしながら片手を突き上げた。

「うおおおおおおっ！　愛ーっ！　コンビニアイドルーッ！」

一際歓声が盛り上がり、愛達は歓声に負けまいと声を張り上げた。

この日も劇場は満席だった。

最早、満席じゃない日はないと言っていい。公演もこの4年で1500回を超えた。最初はガラガラだった公演も、今では抽選で当たらなければ見られないほどの盛況さだ。このような劇場型コンビニが全国に複数店舗ある。

「会いに行けるアイドル」が今のアイドル戦国時代のトレンドである中で、最終到達地点がコンビニアイドルだった。

学校や会社の行きと帰りに、昼休みに、休日や祝日に、そこに行けば可愛いあの子が居る！

毎日だって会える。

話すこともできる。

そんなコンビニアイドルの登場によって、アイドル戦国時代は終わりを迎える段階に移行した。

ナイネンによるアイドル業界の統一。4年前に新しく就任したナイネンの女社長・織田信子(おだのぶこ)は天下布武を掲げて、3兆円とも言われるオタク市場だけをターゲットにしたコンビニチェーンにナイネンを様変わりさせた。

ナイネンは長らく業績が下り坂にあり、コンセプトもイメージ戦略も迷走を続けていた。店舗数では3位のフレンズとも大きな開きがあるだけでなく、フレンズの親会社がナイネンの筆頭株主であることから吸収合併も囁かれていた。実際はフレンズの親会社のコンビニ経営も赤字を出さなければいいスタンスであり、ナイネンを吸収するデメリットの方が大きいと判断して見送られたが、ナイネン本部はこれを聞いて悔しくて奮起した。

ナイネンは女性が働きやすい職場を提供し、女性をメインターゲットにしたコンビニ経営をやってきた。しかし、以前は社長も幹部のほとんどが男性であったし、現場のスタッフも男女の数は半々で中途半端感は否めなかった。

生き残りをかけたナイネンは原点回帰を目指し、テレビ局の敏腕プロデューサー織田信子を招聘(しょうへい)

した。織田信子はまず夜勤帯以外の全てのアルバイト・パートスタッフを女性にするという強引な手段に打って出た。やがては夜勤ですら女性スタッフにやらせるようになり、「可愛い女の子が24時間居るお店」というイメージ戦略を徹底し、土台が固まった所で切り札となるコンビニアイドルプロジェクトを立ち上げたのだ。

時給500円でコンビニバイトを募集している。しかも女の子限定で！　あえて広告を街頭でのティッシュ配りだけに限定することで人々の好奇心を刺激し、口コミが爆発的に広まり、第一期メンバーには福岡市在住の女の子3000人が応募した。

福岡市のオタク街に建てるメイン店舗は、広告塔の役割も兼ねて五階建てのビルにした。

そして各階ごとに品揃えを変えて、各階に置くアイドルは選抜メンバーのランキング順にした。ナイネンは福岡から全国へアイドルコンビニ劇場を展開し、在籍アイドルを選抜と研修メンバーに分けて、アイドルコンビニ劇場で勤務できるメンバーとその他の研修店で勤務するメンバーに振り分けた。もちろんコンビニアイドルプロジェクト店は、全て直営にすることで本部が利益を独占した。加盟店は従来通り、女性スタッフばかりの働きやすい職場の延長に留めている。

世間の好奇の目と失笑に晒されたコンビニアイドルは、4年でアイドル業界の頂点に立ち、コンビニ経営の売り上げも右肩上がりを続けてフレンズに迫るまでになった。

劇場からデビューし、テレビにも進出し、コンビニアイドルは飛躍し続け、10作連続のミリオンヒット、グループの冠番組がそれぞれ高視聴率を叩き出し、コンビニにも置いてあるグッズは爆発的に売れて、舞いこんだ金と照らされたスポットライトの明かりにつられて人材や仕事は絶えない。コンビニはヘヴンに対抗してどこも差別化戦略を打ち立てているが、短期間での一番の変革と成功はナイネンだろう。

劇場の一番後方で、ナイネン社長の織田信子はステージ上の愛を見ていた。

愛を知らない者でも一目で釘付けにされてしまうオーラが彼女にはある。

他の売れっ子と呼べるメンバーと比べてもその差は歴然だった。

長く芸能界に居て色んなアイドルを見てきた織田信子だが、愛ほど男の心を理解し、男の求めるものを満たさずに与える力のあるアイドルを見たことがない。それでいて愛自身は男に全く心を開いていないのだ。信子の頭の中に「傾国」の文字が浮かぶ。男に支配されずに男をコントロールする力を持った女性。それこそが織田信子の求めるアイドル像だった。

ステージ上の愛は自分を見る男達の顔を観察していた。

彼ら一人一人への集中を切らすことなく求められるアイドル像を演じ続ける。

愛に高揚感はない。頭の中はいつだって冷めている。

愛はファンの自分に夢中な顔を見る度にいつも思い出すのだ。

かつて自分を地味でつまらないと言って捨てた男の顔を。

男が求めるのは自分の理想像の女だ。女のように惚れたら生涯尽くすのではなく、多くは飽きるまでのカウントダウンが始まる。だから愛は絶対に男の願望を満たさない。一生、自分を見させる。

全ては搾取し続けるために。それが愛の過去への復讐だった。

まじめだけが取り柄で、恋愛を尊いものと信じて疑わなかった、愚かな自分への。


劇場公演が終わっても愛はステージに残った。

ステージの袖で壁に寄りかかりながら、反対に立つ一人の少女を見つめていた。

残ったのは愛だけではなく、さっきまで一緒に公演をしていたアイドルもだった。

光野虜(ひかりのとりこ)。

愛よりも背の高いボーイッシュな少女は、不安を隠さず顔に出していた。

彼女は愛より二歳年上だが、コンビニアイドルとしては愛の後輩に当たる。愛に次ぐ人気のコンビニアイドルだった。

愛は人気がなくなるまで彼女に声をかけなかった。嫉妬が渦めく女性グループ内でも愛の求心力は高く、呼びつけられた虜は愛が一言も口を開かないのを見て、公演で自分のミスがあったのかと振り返った。

「あなた男と週末に会うの？」

だが、愛の口から出たのは予想外の言葉だった。愛達は福岡でも標準語でしゃべっている。東京での仕事も多い彼女達は、意識して標準語に徹していた。

「え？　どうして？」

虜は愛がそれを知っていることよりも、誤解があったことに反応した。

愛達コンビニアイドルグループは当然ながら、恋愛禁止である。恋愛がバレれば即刻クビが言い渡される。

「違うよ。幼なじみなんだ。恋愛じゃない」

それは事実だった。虜は家族ぐるみの付き合いで、幼い時から一緒に遊んでいる幼なじみとボウリングに行くだけの予定だった。いつも応援してくれる相手を兄弟のように思っていても、恋愛感情は持っていない。しかし、とても大事な存在なのは間違いない。

「世間はそう見ないでしょ？　今が大事な時期なのは知ってるはずだよね？　どういう神経してるのかしら？」

愛からすれば、パパラッチに狙われてしまうことの方が問題だった。

「だから！」

「選びなさい。幼なじみと遊ぶのを断るか、研修生からやり直すか」

愛の言葉に虜は口をつぐんで見る見る顔を赤くした。

「アイドルだからってさ、それぐらいの自由はあってもいいでしょ！」

愛はあまりにレベルの低い返答に頭を抱える。そして、キッと睨み付けた。

「私達はファンの期待に応え、夢を見せ続けることでアイドルをやっているんじゃないの？　ファンの夢を壊す危険を冒すことはプロとして失格。その自覚もなしにアイドルやってたわけ？　あな

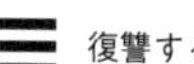

たの下にどれくらいの研修生がいるか分かってるでしょ？　彼女達は虎視眈々とあなたの席を狙ってるのよ？　この世界でスポットライトを浴びれる席は限られている。アイドルとして振る舞えないなら席を空けなさい！」

愛も声を荒らげていた。グループは大きすぎる。目の前の彼女のように、男にちやほやされるのが楽しいだけの者も少なくない。この世界の甘い汁だけを吸いたい彼女達は、アイドルにしか自分の活路を見出せない愛からしたら苛立ちの原因でしかない。普段は黙認するが、グループに迷惑がかかるなら看過しない。

「あなたのことを告げ口したのもグループ内の人よ。この意味が分かってる？」

「最低！」

グループ内の嫉妬に虜は怒りを露にする。しかし、それは愛の伝えたかった真意ではない。

「もういい。あなたは明日から研修生ね。社長には私が言っておくから荷物をまとめて辞令を待ちなさい」

愛はそう言って虜に背を向けた。

「ちょっと待ってよ！　勘弁して！」

グループのトップの愛には、人事権に口を出す資格があった。愛が決めたのなら社長もその通りにする。虜は危機感から愛に駆け寄ってその腕を掴んだ。愛は立ち止まって少女を振り返る。

「私達は皆の夢を食べて大きくなっている。私達の浴びるスポットライトの明かりは、照らされない多くの人達の土台の上に成り立っている。私もあなたも周りの夢を食べて膨らんだ。そして周りはいつでも私達の夢を食べて、自分たちが大きくなろうとしている。席を奪おうと機を窺っている。理解できないならあなたはその程度なのよ。食べられちゃいなさい」

「待ってよ！　分かったから！　遊びに行かないから！」

虜は懇願するような目で愛を見た。そこには怒りはもうなく、自分の席を失う恐怖で青ざめている。一度でも眩いスポットライトを浴びれば止められなくなる。彼女もすっかり中毒なのだ。恋人も友達も捨てられるほどにアイドルでいたい。そういう行き過ぎた者でなければ、そもそもアイドルになれない。

愛は頷き、少女の手を振り払ってその場を立ち去った。

愛はアイドルとしてしか生きられない。それは男への、自分への復讐だけが今の愛を支えているからだ。

エレベーターまで行くと社長が立っていた。

「ご苦労様」

一部始終を聞いていた社長は、ねぎらいの言葉を愛にかける。

「マネージャーによる監視とパパラッチへの対策をお願いします」

愛は社長に頭を下げてエレベーターのボタンを押す。

「愛。あなたのパートナーを決めたわよ」

愛はゆっくりと社長を見た。

「まさか？」

「察しの通りよ。虜で行くわ。事実上のナンバー2なんだし妥当よ。それに幼なじみとも距離を置かせられるでしょ？」

愛はすぐに顔から感情を隠した。

「社長が決めたことでしたら私は従います」

愛は虜の実力は認めている。勝つために組むなら彼女しか居ないと思っている。

何としてもコンビニバトルオリンピックで優勝したい。

コンビニバトルオリンピックに出なくても、コンビニアイドルとして築いたイメージ戦略は盤石なのかもしれない。スポンサーだって途切れないだろう。

しかし、アイドルとしての欲には際限がない。

愛はもっとアイドルとして輝きたいのだ。歴史に残る傾国の美女達のように、自分の名前を刻みつけたい。そのためにはもっと多くのスポットライトを浴びる必要がある。

誰も彼も私に釘付けにしてみせる。

愛の中身は高一の頃の傷ついて泣いている少女のままだ。傷は癒えることなく化膿してしまった。

愛自身もまた決して満たされないのだ。だから誰よりもアイドルにしがみつく。

アイドルで居る時だけ痛みがわずかに和らぐから。

「あなたの接客は日本一よ。だから期待してるわ」

社長は経営者でありながら、愛の勝利を信じて疑わなかった。何故なら数値で見ても、歴然とした実績があるからだ。

愛は今の日本においてコンビニの象徴だ。彼女の歌も番組も映画もドラマも、コンビニを舞台にしている。世間では彼女イコールコンビニが定着しているのだ。

そして、ファンは愛の接客に涙し、癒やされる。お客に喜びを与え、生きる力を与えるコンビニスタッフとして、愛の右に出る者など決して居ない。だからこそファンは愛を支える。何があっても、どこに居ても、愛の元へやってくる。

お客あってのコンビニだから、愛の絶対優位は揺るがない。

エレベーターのドアが開いて、愛は社長に背を向けた。

「私はコンビニアイドルとして期待を裏切ったことが一度もありませんから」

愛のコンビニアイドルとしての自負。

愛はいつも通りのアイドルの顔で微笑む。

「アイドルだから私は生きられる」

愛はコンビニアイドルとしてどこまでも女王であり、同時に捕囚（ほしゅう）だった。

大帝に見初められし戦乙女の空

コンビニエンスストアが誕生したのは、今から40年近く前の１９７０年代後半だ。

日本の銀座に開かれたヘヴン一号店から長い年月が経ち、今では年商20兆円も売り上げを叩き出し、世界一の店舗数を展開するようになった。

ヘヴン設立当時はスーパーマーケット全盛期で、現ヘヴングループＣＥＯの創始は、まだスーパーマーケットを運営する会社の一社員に過ぎなかった。創始は従来の小売店の形ではライバル会社と差をつけられないと考え、今までにないもっと便利な形態を追い求めた。その頃のスーパーは朝は十時に開いて夜八時には閉店していた。独り身のサラリーマンの創始は遅い仕事帰りに店が開いていればと何時も思っていたし、大きくなくていいから家の隣にすぐ買い物に行けるスーパーがあればと夢想していた。

食品や飲料、アイスだけでなく、文房具や生活雑貨などもあったらいい。自分の欲しい物が全て置いてあって、お弁当もあれば、朝から晩まで利用できる。

自身の夢想を企画書にまとめて上司に提出した所、却下されたが創始は諦めなかった。

自分の会社が無理ならばと、スポンサーになってくれる他業種の会社を説得に回った。

そうして子会社として独立してこぎつけた開店だが、新事業部には創始の他に五人ほどの社員しか居なかった。

創始は開店に漕ぎ着けるために借金まみれだったし、会社にも期待されず、家族すら成功を疑っていた。文字通り自分の全てを懸けて、天候の変化や地域の背景、世の中の動きなど綿密に分析して試行錯誤を繰り返し、お客の求めるものを取り揃える現代のコンビニエンスストアの形を築き上げた。ヘヴンは一度軌道に乗ると、爆発的に店舗数を増やし、その分だけ売り上げを伸ばしてやがて親会社を呑み込んでしまうほどになる。ヘヴンの成功にあやかって、他の会社もコンビニを始めるようになり、日本はコンビニ大国として世界にコンビニを展開するようになった。

まさに一代で現在のヘヴンを築き上げた創始は、大帝と呼ばれて全ての者に敬い恐れられるようになった。ヘヴンの店舗数が増えるに連れて、店に雑誌や新聞、広告を置いてもらわないと成り立たなくなった出版社や新聞社、企業を徐々に手中に収め、マスコミ業界に強いコネを作って情報・広告をコントロールし、政治家への政治献金によって自社に益する制度を設けた。その影響力は財界・政界全てに及び、平成最後のフィクサーとして君臨している。

そんな創始も齢七十を過ぎた高齢になった。

彼の悩みは全ての時代のご多分に漏れず、後継者問題だった。

創始には三人の息子が居た。息子は皆優秀と言って良かった。

長男は40歳、次男は35歳で、それぞれ第3回と第4回のコンビニバトルオリンピックで優勝している。現在では二人ともヘヴングループの重役の地位にあって、ヘヴンの日本統一に向けて尽力している。そして三男は今年で20歳になる。他の二人から年齢が大きく離れているのは、三男が愛人の子だからだ。優秀で実績を残している二人の兄を持つ愛人の子は、兄達以上に優秀で実績を残していた。

「誰だと思う？」

後ろから突然目隠しで視界を塞がれた根倉伊代は、発注機を持ったまま固まってしまう。

こんな子供みたいなことをやる人物は一人しか心当たりがなかった。

「若っ⁉　帰ってきたんですね！」

普段はめったに大きな声を出さない伊代は声を弾ませた。手が離れて視界が開けるとすぐに振り返って、自分と同じくらいの身長の小柄な少年を見た。

「ただいま」

見た目はまるで中学生のような容姿の少年は、満面の笑みを浮かべて伊代に抱きつく。伊代はされるがままに身を委ねた。自分の上司だからではなく、心から目の前の少年を好いていた。

少年の名前は創世。

ヘヴングループCEO創始の三番目の息子であり、コンビニの申し子と呼ばれる天才だ。高校から飛び級でアメリカの名門大学に進学し、18歳でMBAの学位を取得。多国語を操り、経済・経営・金融・社会・法・情報のあらゆる分野を学んだエキスパートでありながら、剣道三段、空手三段、柔道二段を持ち武道にも精通している。生まれ持ったスペックの高さは一般教養に留まらず、彼がコンビニの申し子と呼ばれる最大の所以、全てのコンビニチェーンのオペレーションマニュアルを取得していることにある。

どのコンビニチェーンも、階級の識別方法は異なれど、一般アルバイトから店長クラスまでのランク付け試験を設けている。どれだけコンビニ業務を理解し、実務を行えるかのパラメーターである資格試験は、そのままスタッフとその店のレベルを表している。

一番上の資格を仮にA級とするなら、どのコンビニチェーンも一店舗につきB級以上のスタッフ二名在籍をノルマに課している。数段階ある資格のトップまで取得するには平均2～3年はかかると言われる中で、ヘヴンに留まらず、日本に存在する全てのコンビニチェーンのオペレーションマスターだからこそそのコンビニの申し子だ。

「若、お帰りなさい」

店のマネージャーである執子伊奈(しっこいな)が、創世に気がついて笑顔で駆け寄ってきた。創世は伊代から離れると、挨拶代わりに伊奈に抱きつく。長身の伊奈は抱きつかれる前に、自分の腰を落として身長を合わせた。

「店は順調?」

ここ山口県を初めとした中国地方にヘヴンが進出して、まだ1年しか経っていなかった。

「現在まで各地の店の売り上げは右肩上がりです。以前まで中国地方市場を大幅にシェアしていたシンが潰れて、最初は抵抗もあったみたいですが、今ではアンケート調査でもヘヴンに染まりつつあるようです」

中国地方に基盤を持っていたシンを潰すと同時に、その土俵にある全てを奪ったのがヘヴンだ。

シンの店の跡地は全てヘヴンに変わり、それまで付き合いのあった取引先もヘヴンに従わせている。創世はヘヴンの中国地方進出プロジェクトを任され、たったの1年で制圧した。自分の能力が机の上だけでなく、現場でも遺憾なく発揮できることを証明したことで、それまで跡継ぎ候補として認められていなかった創世は一気に台頭した。

「お帰りになっていたのですか！」

事務所から若い大柄な女性が出て来る。まだ20代後半ながら、この店を初めとした10店舗ほどの経営を任されたオーナーの度実だ。ついこの間まで中国地方を席巻していたコンビニチェーン・シンで始皇帝と称えられた度偉の実の妹である。彼女はシンと兄を見限って、ヘヴンに味方した裏切り者だった。

「ずっと待ってましたよ！」

度実は駆け足で創世の元まで行くと、創世を大きな手で抱きあげた。自身の二倍近い体軀の度実に抱き上げられる創世は本当に小さな子供のようだった。

目をキラキラさせる度実に創世は優しい笑顔を向ける。

「僕も会いたかった」

根暗伊代。執子伊奈。度実。

この三人の女性はこの中国地方にあるヘヴン創世派の十傑に数えられている。

今のヘヴングループは、三人の跡継ぎ候補を支持する三つの派閥に分かれていた。創世がこの中国地方進出を買って出たのも、自身の派閥を形成するためである。

創世は偉大な父を尊敬していたが、上の兄二人には情がない。それは愛人の子として冷遇された記憶に依る所が大きいが、自分の計画を成すために兄達と戦うことを子供の時分から決意していたからである。

創世はやっと降ろしてもらうと、自分をキラキラした目で見つめる三人をゆっくりと見回した。子供のような外見と天才と呼ばれる内面のギャップも相まって、創世は女性の心を虜にしてしまう。創世自身も女性が大好きで、特定の恋人を持たない。しかし、その本質は世間で言う女好きと少々異なる。

創世は女性の持つ母性本能ゆえの教育能力を高く評価していた。

女性ほど心許した男性に全てを捧げる者はいない。それはヘヴン内で味方が一人もいなくて孤立していた創世が、相手を信じるに足るただ一つの理由でもあったし、創世の生まれ持つ能力にとって必要不可欠だった。創世は物心ついた時から、二人の兄に虐められ、父親にはお金は与えられても父親らしい愛情を注がれたことがない。ヘヴンに生まれた自分の存在価値はここでしかないと早くに気づいてから、創世は自分が成り上がるためには時間があまりに少なすぎると感じていた。自分がヘヴンを使って成し遂げる計画を実行するには、父親以上の能力と人望を短期間で手に入れないといけない。二人の兄との年齢の差があるから、早い段階で結果を出さないと後継者争いに加われないからだ。

自分一人で学ぶには時間がかかりすぎる。だから創世は教わることにした。自分の周りの優秀な女性に。創世は優秀な女性と関係を結ぶことを通して、その女性の持つスキルを自分のものにする。女性は創世に惜しみなく全てを晒け出すので、一つのスキルの習得までの期間は大幅に短縮されるのだ。そうやって創世は、自分が尊敬する女性達全てを愛し、その能力を我がものにしてきた。創世を愛した女性達によって、今日の創世は形作られたのだ。

そんな創世が次に狙う女性がいた。

店の奥にあるウォークイン冷蔵庫の補充を終えて、バックヤードから出て来たツインテールの少女の姿を発見して創世は息を呑んだ。

三日間ぶっ通しで勤務中のツインテールの少女、音無空(おとなしそら)は創世の都心からの帰還を確認してゆっくりと歩いて近づいて来る。

「空、元気だった?」

創世は再会を喜んで無垢な空の手を取った。その瞬間、空はわずかに手を震わせてしまう。

創世だけでなく、周りの三人はその一瞬を見逃さず驚いて息を呑んだ。

空はヘヴンの「理想のコンビニスタッフ育成プログラム」を作るための実験で、引き取られた孤児の一人だった。他の多くの孤児とともに失敗を前提として行われた実験は、空以外の全ての者の精神と肉体を崩壊させた。空だけがたまたま成功した。コンビニスタッフとして必要な能力以外は何一つ必要ないものとして育てられた空は、学校にも通わせてもらえずヘヴンの廃れた研究所に閉じ込められた。空の話を聞き及んだ創世が中国地方進出のために研究所を訪れると、研究所内にぁるヘヴンで一人だけで一週間ぶっ通しでコンビニ業務に励む彼女を見つけた。空は疲れた顔を見せるどころか、感情の摩耗すらなかった。彼女はコンビニ業務だけに喜びを見出すように育てられたので、苦痛どころかテンションはハイだった。

中国地方を1年で制圧できたのは、戦乙女として先頭に立った空のおかげと言っていい。

ことさらイメージ戦略が大事なコンビニ経営では、ツインテールの少女は眩い光を放ち、ライバルのシンに粗野で乱暴なイメージを植え付けた。お客のシン離れは加速し、離れたお客はヘヴンに雪崩れ込んだ。

創世は気を取り直して、空へ渡そうと用意した一輪のバラを差し出した。空は無表情で受け取る。

「空。父上がもうすぐ正式にヘヴンで発表するけど、今度のコンビニバトルオリンピックは、兄達と僕の後継者を決める戦いになる。君の力を貸してくれ」

「言われるまでもなく」

空は即答してレジに向かって歩いて行く。彼女はプログラムされた次の業務を実行する。休息は必要ない。会った時から変わらないコンビニマシーンだ。

しかし、創世は久しぶりに会った彼女の変化を見逃していない。

伊代が創世に近づいて小声で囁く。

「やっぱり、四国に行かせてから変わりましたよー」

創世は含み笑いを浮かべた。空に足りないものを創世はよく知っていた。

山の中に籠もって人に会わないことで、怒りも哀しみもないと豪語する悟りではなく、人間の中にあってその境地に達してこそ本物だ。空もコンビニ以外の喜びを知った上で、それを切り捨ててコンビニを選んだ時こそ本物の戦乙女になる。

人は高みに昇らないといけないと創世は強く思う。

それはコンビニにも言えた。

まだ何も知らない小学生だった頃、ヘヴングループ創始者の息子であることが誇らしく、コンビニを心から自慢できた。しかし、同年代の子供達がある日言った一言で目が覚めた。

「しょせんコンビニじゃん」

創世はコンビニはもっと高い次元にいかないといけない、全ての者に見上げられる存在にしないとダメだ。それができるのは自分だけだと思っている。そして事実、創世にはその能力とビジョンがあった。

カラン

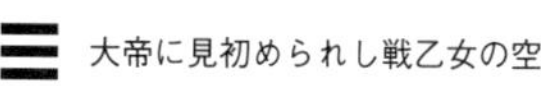

レジカウンターの下にあるゴミ箱に直結した、ゴミ捨て口が開いた音に創世達は振り返った。

空が創世にもらったばかりのバラを捨てたのだ。

慌てて詰め寄ろうとした伊代の肩を創世は摑んだ。

怒りで眉を吊り上げる伊代に創世は満足そうに微笑む。

「あれでこそ空だ」

空に他意はない。ただ、コンビニ業務にバラは必要ないから捨てた。しかし、空の背中から創世はわずかな感情の揺れを見逃さない。

空の中で確実に変化がある。四国での詳細は伊代から聞かされている。

「いいんですか？」

伊代は拗ねた顔で創世に聞いた。創世は大きく頷く。

空は確実に本物に近づいている。彼女が本物になった時こそ、創世は彼女を吸収する。

その時はたとえどんな障害があろうとも取り除く。

それこそ空の心に別の男が居たとしてもだ。

相手から奪い取ることは嫌いじゃない。

「僕もまだその経験だけはないからさ。楽しみではある」

創世は笑みがこぼれる自分の顔を両手で軽く挟んだ。

そうしないといつまでもニヤケていそうだったからだ。

東京のヘヴン本社のCEO室では、創始が窓から階下を見下ろしていた。

ミニチュアサイズに見える人や建物に視線を落としながらも、心はそこにはない。

創始は雲一つない青い空を見上げた。

青い空にツインテールの少女の顔を連想する。

ヘヴンはただ一人の勝者になるために、何でもやってきた。

コンビニバトルオリンピックですら、そのための手段でしかない。

「ツインテール、か」

創始は初めて空を見た時、ヘヴンのしてきたことの恐ろしさを再認識した。今さら良心は痛まない。そうしないと勝てないからだ。

しかし、同時に空の存在は創始の心を揺さぶった。

コンビニはもう一つ別の未来へ進める可能性があるのかもしれない。

創始は空の中にある可能性を、見て見ぬ振りはできなかった。

他の息子達ではなく三男に彼女を預けたのも、可能性がどこまで広がるかを見たいからだ。

「今回のコンビニバトルオリンピックは荒れる……か」

創始は目を閉じる。

しょせん、勝者は幾つもの屍の上にしか成立しないのだ。

屍の数だけ勝者の価値は上がる。
大いに戦え、と創始は心の中で呟いた。

戦う我を貫くと決めた救世

四国高知県にある越知町は、壇ノ浦の戦いで敗れた平氏が安徳天皇と共に流れ着いた地という伝説がある町で、コスモスの名所でも有名だ。

レガシー越知町店は、平氏の末裔である平現盛が経営しており、大学生になる息子の英盛が父親を助けて働く評判のいい店だったが、ここ最近でさらに評判が良くなった。その理由は、お店に入ったばかりの新人による。およそ二週間前にお店にやってきた二人の新人の内の一人、救世が地元の人々の心を摑んで離さないのだ。

オーナーの現盛と英盛の父子もすっかり救世に入れあげていた。

それだけ救世は可愛くて性格も良かった。

男だが。

可愛い男の娘の評判は瞬く間に広まり、連日お客さんが押し寄せて来る。

町の住人は学生から社会人まで救世に会いに店に来る。

「超可愛い！」

高校生の男子も女子も救世の可憐さに目を奪われて、一口サイズの平家まんじゅうを何度も買いにやってくる。

「この町に来たばかりなのか？　なんかあったら言ってくれよ。毎日来るからさ」

大人も男性女性問わず、この町にやってきたばかりの救世を気遣った。

「まだ高校生なのに一人暮らしなんて大変じゃゃね〜めげずに頑張りなさいよ。これ良かったら食べてな」

年配の方々は日替わりで、ジャンボみかんの土佐文旦や土佐茶、いもけんぴなどを差し入れで持って来る。

「どうもありがとう」

救世は店に連日やってくるお客さんの熱意に、はにかみながらお礼を言うのだ。

「救世、もう棚掃除も終わったのか？」

夕勤も上がりが近づいた時間帯、英盛がレジ点検をしている救世に尋ねた。

健康そうな浅黒い肌をした救世は、バックヤードの整頓を終えて出て来た英盛に頷く。

「うん、全部終わったよ」

「手が速いな！　救世は！」

英盛は口笛を鳴らす。スピードには自信があったが、救世の方が速いのかもしれないと思った。

いや、救世はもとから効率良く仕事を片付けていたが、この店にやって来たばかりの頃よりも仕事のスピードが上がっている気がした。

英盛はレジカウンター内に入り、救世の傍に駆け寄った。肩にそっと手を置いて「いつも助かってる。ありがとう」とねぎらいの言葉をかける。

「どういたしまして」

自分を見上げて微笑む救世の顔に英盛はドキッとした。救世はまるでコスモスのようだと英盛は思う。この越知町では毎年150万本ものコスモスが咲き乱れる。コスモスの花言葉は色によって様々だが、「純潔」「調和」「優美」その全てが救世に当てはまる。

「救世は常に全力だからな。あまりに無茶するんじゃないぞ」

この店だけでなく町の有力者の息子として顔役でもある英盛は、自他ともに厳しいが救世には優しくなってしまう。英盛は救世の腰に自分の手を回して耳元で囁く。

「疲れてるだろ？　仕事上がりにちょっと俺の家にでも寄っていかないか？」

救世のコインカウンターに小銭を並べる手が止まった。

救世はこういうのは本当に困る。最近の英盛は機会があれば、このように救世を誘ってくる。

「な？　いいだろ？」

英盛の救世の腰に回された手に力が込められる。獲物を逃すまいとする動作の力強さは、さすが名門武士の平家一門だ。

「今日こそ来いよ」

英盛の唇が耳に触れるスレスレだった。救世はなんとか距離を取ろうと身を捻るが、腰は抑えられ、英盛の片足も救世の両足に絡められてしまっていた。

来たばかりの頃はこんなことしなかったのに、と救世は困った。英盛は聡明で度胸があり、コンビニのA級ライセンスをもっており、周りの信頼が厚いナイスガイだ。一週間後に控えたコンビニバトルオリンピックで店の代表にも選ばれている。

しかし、どんな英雄であれ、いや英雄であるほど色を好むと言われるように、惚れ込んだ女を手に入れようとする時は男は強引になりがちだ。救世は男だが。

英盛の唇が救世の眼前に迫って来る。救世はさすがに拒絶しようと腕を上げるが、その手もすぐに抑えられてしまう。

万事休す。

「英盛！」

英盛の動きが止まった。救世が入り口を見れば、そこには夕勤スタッフの藤原道子が立っていた。

道子は怒りで顔を蒸気させている。

「今すぐ離れてよ！」

恋人に怒鳴られた英盛は、苦笑いを浮かべて救世から離れた。

道子は駆け足でレジカウンター内に入ってきて、二人の間に割って入ると救世を睨みつける。

「英盛を誘惑してまで、そこまでしてこの店の代表枠に入りたいの　なんて浅ましい！」

「おい！」

英盛が道子の肩に手を伸ばすが道子はそれをはね除ける。

「昔の縁があると言うだけで、店を失って行く場所が無いあなたを受け入れたのに。恩を仇で返すとはこのこと！　恥を知るといい！」

救世は押し黙った。英盛を誘惑する気などさらさらなかったが、代表枠が欲しいのは本音だった。この店にやってきたばかりの救世は、一週間後の本登録までにこの店の代表に選ばれないとコンビニバトルオリンピックに出場できない。しかし、現在この店の代表は英盛と道子に決まっていた。

「私達平氏を自分の目的のために利用するなんて、武士の風上にも置けない奴！　今すぐ山に帰りなさいよ！」

「いい加減にしろ！」

今度は英盛が救世を庇うようにして間に入った。

「言い過ぎだぞ！」

「だって！」

道子は自分が悪いとは思っていないので引き下がらない。

「今の自分を見てみろ！　優しくて気遣いのできる道子はどこに行った？　それに昨日お客に商品入れ忘れてたろ？　報告もしないで何やってるんだ？　さっきお客が来店して怒ってたんだぞ？　救世が対応してくれなきゃ本部にクレームを入れる勢いだった。最近たるんでる！　今の道子と救世を比べてしまえば、女としてもスタッフとしても救世の方が上だ！」

救世は男だが。

「妻としても母としても彼女の方が上だ」は、かつて中国の後漢の初代皇帝劉秀が、第二夫人に嫉妬してヒステリーを起こした皇后に言い放った辛らつな言葉である。それを言われるのは女性として甚だ屈辱だ。

救世が来るまで、スタッフとしての信頼と恋人としての愛情を独占した道子は、今では完全な二番手だった。

道子は声を詰まらせ、見る見る泣き顔になって店を走り去っていく。

英盛は彼女を追わない。

「救世、大丈夫か？　気にするな。君がどれだけ一生懸命に働いているか分かっている。代表のことも……悪いようにはしない」

救世に振り返った英盛はまた救世の肩に手を置く。彼の頭の中は今日、救世を自分の家に連れて行くことで大部分が占められていた。救世はそれを察して顔を引きつらせる。

繰り返すが救世は男だ。

しかし、外見が女の子のような容姿であるのに男であることが、言い知れない魅力を醸し出している。周りを狂わせるほどに。

救世の頭にツインテールが浮かぶ。

どのような事情であれ、それでも英盛に身を委ねるわけにはいかなかった。

「おう。二人ともレジ点検は終わったのか？」

強烈な威圧感に救世と英盛は顔を上げる。夜勤スタッフの度偉が出勤してきた所だった。

2メートルを超す巨体の度偉は天井に頭がつきそうで、窮屈さを感じてまっすぐ背を伸ばしていない。やや前傾姿勢でいるのが、まるで今にも飛びかかろうとする獰猛な獣を思わせて、見る者に恐怖を与える。

「いえ、これからやるところでした」

英盛はバツが悪そうに髪の毛を掻きむしる。

「早く済ませんか。ああ、それとな救世。お前は今日も残りだ」

度偉の言葉に英盛が反応して振り向く。度偉は何か言おうとする英盛を眼力で黙らせる。

救世と一緒にこの店にやってきた度偉は、夜勤スタッフに配属されていた。三十路が近い年齢の度偉には、さすがの英盛も気を遣わざるを得ない。

救世は英盛の誘いを躱(かわ)せてホッとした。

「救世よ」

憮然とした顔で英盛が帰った後、事務所で度偉はイスに座って傍に救世を立たせた。

「今日で夜勤業務も十回目だ。もう流れは完全に摑んだだろう？　ワシはここを動かん。お前一人で完全にやってみろ」

救世はぎこちなく頷いた。

まだ高校二年生の救世は当然ながら法律に触れるので、夜十時〜朝五時まで勤務してはいけない。以前在籍していた店でも夜勤業務をやったことなど当然ない。しかし、この店に度偉と一緒に来てすぐに度偉は救世に夜勤の仕事を覚えろと言った。

夜勤業務とその他の時間帯の業務は、全く仕事の流れも質も違う。

簡単に言えば、夜勤は商品補充・清掃メインで、その他の時間帯が接客メインだ。

フライヤーやスチーマーなどの什器(じゅうき)清掃、店内清掃、おにぎりやチルド弁当などが配送されるセンター便の納品、飲料やお菓子、カップ麵などが配送される常温便品の納品、フライドフードやアイスなどの冷凍便の納品、雑誌・新聞の納品といった夜勤業務の仕事量は全時間帯トップであるだけでなく、必ず朝までに終わらせなければいけないタイムアタック制なのだ。他の時間帯なら客数も多いため接客優先で終わらなくて良くても、お客の少ない夜勤の時間帯でしか商品補充も清掃もできないので、絶対に夜勤の時間帯で終わらせる必要がある。

もちろんそれでもお客最優先だが、仕事が終わらない言い訳にはならない。

しかも場所によっては一人夜勤だったりするわけだ。実際この店は一人夜勤だ。そうなればトイレに行ったり体調不良で休んだりすることもできない。そのプレッシャーたるや想像を絶する。

最も過酷な業務をこなす夜勤スタッフは、強靭なメンタリティとタフな肉体を育まれる。

夜勤スタッフができればどの時間帯でも通用する。夜勤スタッフが一番仕事を理解している。夜勤業務を経験せずにコンビニスタッフは語れない。

度偉はそう考えていたので、コンビニバトルオリンピックに向けて、救世に足りないスキルを身につけさせようと夜勤スタッフをやらせている。

もちろん、タダ働きだ。条例に引っかかるので本人が夜遊びしているという設定になっている。もちろん、未成年の夜間外出は自粛するように言われているが、まだ店がしょっぴかれることはない。度偉は鬼だった。しかし夕勤からぶっ続けで働かされる救世に不満はない。

救世は時間休まず一週間ぶっ続けで働くツインテールの少女を知っている。

この程度で疲れたなどと思うだけで恥ずかしい。それに夜勤勤務を始めてから確かに救世の仕事スキルは伸びていた。大会まで時間がない中で、どれだけ自分を高められるかが大切だ。

センター便と常温便の納品を終えた夜中の三時過ぎに、事務所で居眠りしていた度偉は起きて救世を再び呼んだ。

「救世よ。英盛はお前に好意を持っているようだな」

いきなりの話に救世は返す言葉が思いつかない。度偉は救世の反応を見てほくそ笑む。

「お前のこの店での評判はすでに道子を超えている。おまけに店長とその息子をも心酔させるとはな。この短期間で恐ろしい奴よ。先ほど店長に言われた。一週間後の本登録メンバーは英盛とお前で決めたそうだ。英盛の強い推薦があったらしい」

救世は息を呑んだ。

色仕掛けしたから得た結果だと言われたみたいで、救世は下唇を噛んだ。

「誤解するな。そして侮るな。店長も英盛も人の上に立つ才能がある男だ。かつて10店舗も同時経

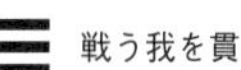

営していたワシが言うのだから間違いない。奴らには人を見る目がある。色仕掛けなどでたぶらかそうとも、それだけでお前を気に入ったりはしない。お前の底知れぬ才能を見抜いているからこそ評価しているのだ」

「そう言ったってさ……あまりいい気分じゃないよ。さっきも道子さんが泣いちゃったし」

度偉は声を立てて笑った。救世はますますムッとする。

「戦いたくないお前としては、彼女を蹴落として代表になるのが不本意か？　ならばその旨を伝えて辞退するといい。だがそうすれば、お前はあのツインテールの少女に再会することは叶わなくなるがな」

救世は押し黙った。そんな救世を見て度偉は笑うのをやめない。

「戦いたくないのに、戦うことでしか望みが叶わない。それが真理だ。そして、部族の期待と雪辱の思いよりもたった一人の女子への想いが勝るのも真理だ。それこそが我であり、その究極の我がお前を高みへと導く。今はまだ分からんだろうがな。内心で思う存分に葛藤するが良いぞ」

「わかってるよ！」

救世も語気を強くした。

言われるまでもなく自分勝手なのは重々承知している。どれだけ非難されても仕方がない。

自分にはどうしても譲れないものがあるのだ。

「だから僕は自分の我を貫く分、犠牲になった全ての人達を背負うよ。一族の願いも平家の思いも、道子さんの希望も僕が背負って道を開く！」

度偉は救世の言葉の重さと表情から彼の決意を感じ取った。

あの戦いからまだ二週間ほどしか経っていないのに、少年は大きく成長しようとしている。

なるほど、救世主と予言されただけはある。いつまでも戦うことから逃げる、臆病で卑怯な子供ではいないというわけだ。それならば自分も負けていられまい。

度偉の携帯電話が鳴った。メールの着信音だった。度偉はメールを確認すると、イスから立ち上がった。

「あれ？　どうしたの？」

「お前に心酔しきった男から呼び出しがあった。どうもお前とワシの関係を勘ぐっているらしい」

救世は眉を顰める。どうしてそうなるのか分からない。

「男の妄想力のたくましさだな。だが、それこそがワシの狙いでもあった。行って来る」

「どこに？」

救世は自分を通り過ぎようとする度偉を慌てて呼び止めた。

「止めるな。ワシはお前と違って、直接戦って代表の座を奪い取る。狙い通り向こうが売って来たケンカだ。手加減はせん」

度偉は全身に闘気を漲らせていた。振り返らずに事務所のドアをくぐって店の出口へと向かう。

「待って！」

救世は叫んだ。

度偉に声は届かず、度偉は店から出て行く。

「だから！　誰が夜勤スタッフだか忘れてるでしょ！」

救世の声は店内に空しく響くのだった。

コンビニバトルオリンピック開催まで残り一週間。

あとがき

『鶴ヶ島 コンビニ戦記』お楽しみ頂けましたでしょうか？

今作は始まりの位置づけで、これから物語が大きく動き出していきます。本編に加えて、主人公2人以外のメインキャラにスポットを当てた外伝も予定しています。

今作を書こうと思ったのには二つ理由があります。

一つは、これまで30店以上のコンビニで働き続けてきて、そこで出会った多くのスタッフへの感謝を形にしたかったからです。コンビニで学んだことは大学よりも多く、僕の世界を広げてくれました。コンビニは多くの人にとってあまりに身近であり、時代の流れを反映している場所です。年月の移り変わりをまず最初にコンビニで感じることも多いでしょう。

そんな時代の最先端を行くコンビニはオペレーションマニュアルも徹底しており、お客がどこの店に行っても同じであることを目指しています。しかし実際は、人間の個性を抑えつけることは不可能でスタッフの色が出てきます。コンビニが用意した枠組がキツイほど、個性は色強く目に映るでしょう。内装や品揃えの種類からして明らかに他とは違う店、型破りな接客をするスタッフなど、数え上げたら切りがありません。魅力と取るか逸脱と取るかは人それぞれですが、僕はそんなコンビニスタッフの良さを多くの方に伝えたいのです。

もう一つは、僕の故郷である埼玉県鶴ケ島市への恩返しです。

鶴ヶ島はいわゆるベッドタウンであり、多くの人が働くにしても遊ぶにしても都心を中心に見ます。年々若い人が減っており、鶴ヶ島が大好きだから遊びに来る人はめったにいないと思います。

確かに鶴ヶ島は、観光地として成功しているお隣の川越や秩父と比べると、歴史的建造物も自然もありません。ですが、それだけが町の魅力ではないはずです。僕は鶴ヶ島の人々が大好きです。鶴ヶ島の風土が大好きです。故郷というものは大きな理由無しにそう思わせてくれます。「故郷に錦を飾りたい」という言葉があるように、自分を作家に育ててくれた鶴ヶ島に感謝を示したい。鶴ヶ島の良さを今まで気づかなかった人や、鶴ヶ島に来たことがない人にも知ってもらいたい。僕はこの作品を通して「鶴ヶ島のまちおこし」を志したのです。

最後に『鶴ヶ島 コンビニ戦記』を世に出すに当たって、お世話になった方々にこの場を借りてお礼を言わせて下さい。

『鶴ヶ島 コンビニ戦記』の全てのイラストを描いて下さった芳村拓哉様。

専門学校リカレントで出会い、今作を書くと決めて最初に相談させて頂きました。２０１４年明け早々、喫茶店で、イラストラフを見ながら一緒に作品のタイトルと設定を考えたのが原点です。イラストが作品の世界観を広げてくれました。

小説だけに留まらずまちおこしの活動でも、タイアップイラストやフリーペーパー製作などご尽力頂きました。まさに今作は僕ら二人の化学反応で生まれた作品です。

インディーズ時代の『鶴ヶ島 コンビニ戦記』の編集をして下さった河嶌太郎様。

高校の同級生であり、インディーズ作家として活動を始めた初期の頃から僕の作品を一番厳しい目で見てくれました。おかげで一作一作と成長し、今作を生み出せたと思います。

　今作の装丁をデザインして下さった小林満様。作品の世界観が一目で伝わるように際立たせてくれました。


　リカレント講師の齊藤聡昌先生。

　僕がインディーズ作家として活動を始められたのは、先生のおかげです。

　鶴ケ島市にある「キングショップ誠屋」社長の眞仁田清様、「まぁちゃん拉麵」マスターの関口信一様。鶴ヶ島でまちおこしを始めた時から、大きな期待をかけて下さり、お力をお貸し頂きました。


　世界コスプレサミット2012年世界王者の海都様。

「アニメ」と「観光」がテーマの第2回アニ玉祭に、鶴ヶ島まちおこし委員会を出店させて下さり、『鶴ヶ島 コンビニ戦記』をコスプレイヤーの力で盛り上げて頂きました。その際コスプレをして下さった373minami様、性(さが)様、火将ロシエル様、神崎りのあ様にも合わせてお礼申し上げます。中でも373minami様は公式衣装を製作した方で、その後の冬コミでも売り子をして下さいました。

今作の編集を担当して下さったディスカヴァー・トゥエンティワンの塔下太朗様。

『鶴ヶ島 コンビニ戦記』をインディーズで出したばかりの2014年7月、第3回クリエイターEXPOに出展していた僕を見つけて一番に声をかけて頂きました。『鶴ヶ島 コンビニ戦記』をまるでファンのように大好きになってくれて、最高の形で商業化するために再構成や展開の仕方を考えて下さいました。

この度『鶴ヶ島 コンビニ戦記』を手に取って下さった読者の皆様。

期待を裏切らないように（良い意味では裏切りたいと考えていますが）、頑張っていきますので応援よろしくお願いします。求められる限り、できるだけ急いで世に作品を出して行きますので。

また次回のあとがきでお会いできるのを楽しみにしております。

幻夜軌跡

鶴ヶ島コンビニ戦記　発行日　2015年2月22日　第1刷

Author　幻夜軌跡
Illustrator　芳村拓哉
Book Design　小林　満（ジェニアロイド）
Publication　株式会社ディスカヴァー・トゥエンティワン
〒102-0093　東京都千代田区平河町2-16-1 平河町森タワー11F
TEL　03-3237-8321（代表）　FAX　03-3237-8323　http://www.d21.co.jp
Publisher　干場弓子
Editor　塔下太朗

Marketing Group
Staf　小田孝文　中澤泰宏　片平美恵子　吉澤道子　井筒浩　小関勝則　千葉潤子　飯田智樹　佐藤昌幸　谷口奈緒美　山中麻吏　西川なつか　古矢薫　伊藤利文　米山健一　原大士　郭迪　松原史与志　蛯原昇　中山大祐　林拓馬　安永智洋　鍋田匠伴　榊原僚　佐竹祐哉　塔下太朗　廣内悠理　安達情未　伊東佑真　梅本翔太　奥田千晶　田中姫菜　橋本莉奈
Assistant Staf　俵敬子　町田加奈子　丸山香織　小林里美　井澤徳子　橋詰悠子　藤井多穂子　藤井かおり　葛目美枝子　竹内恵子　熊谷芳美　清水有基栄　小松里絵　川井栄子　伊藤由美　伊藤香　阿部薫　松田惟吹　常徳すみ

Operation Group
Staff　松尾幸政　田中亜紀　中村郁子　福永友紀　山﨑あゆみ　杉田彰子

Productive Group
Staff　藤田浩芳　千葉正幸　原典宏　林秀樹　石塚理恵子　三谷祐一　石橋和佳　大山聡子　大竹朝子　堀部直人　井上慎平　松石悠　木下智尋　伍佳妮　張俊崴

Proofreader　鷗来堂
DTP　アーティザンカンパニー株式会社
Printing　日経印刷株式会社

ISBN978-4-7993-1627-6

キャラクターが
文壇デビューする、
新感覚レーベル!
Twitter
更新中!
@hajime_huminon
SINCE 2015
NOVELiDOL
ノベライドル
A "Novelidol" has two faces: one as a pop idol and one as a novelist. Beyond the tale, they entertain people with a wide range of activities, and open up a new perspective into the literary world.
5月
発売予定